十七世紀英文学会編

十七世紀英文学における生と死

——十七世紀英文学研究 XIX——

金 星 堂

まえがき

　「人生百年」の時代となりましたが、生きた長さよりも、如何に生きたかの方が大切なはずです。死を迎えるからこそ生きる意味が生じるのでしょう。それは、「時の翼ある戦車」が背後に迫りくる中、何とか〆切に間に合わせようと懸命に執筆している姿に似ています。もし〆切がなければ、永遠に上書きを続けるか放置したままで、脱稿することは決してないはずです。

　皆様のお蔭をもちまして、「生と死」をテーマとした論集19号を世に送り出すことができました。執筆者諸氏の成果／精華をご堪能下さい。今年2019年は、奇しくもダ・ヴィンチ歿後500年に当たります。「生と死」を見極めようとした、近代科学的な意味での「解剖」は、やはりルネサンスから始まり、自らの手で解剖を行い精確に記録するという意味で、ダ・ヴィンチは画期的でした。

　周知のように、「解剖」は17世紀のキーワードの一つでもあります。当時のヨーロッパの主要都市に「解剖劇場」が設立された頃ですし、デカルトの動物機械論が展開され、ハーヴィーの血液循環論などによって「人体」の理解が大いに進みました。文学では、ダンの『一周忌——世界の解剖』やバートンの『憂鬱の解剖』を、絵画では、レンブラントの『テュルプ博士の解剖学講義』などを思い起こします。

　何事にも必ず終わりはありますが、それは次の始まりと連環しています。「死」は「生」を産み、元号では、平成は終わり、令和が始まりました。時間を止めることはできませんが、管理することはできます。生きている者に尽くせるのは、与えられた時間を大事に使い、どういう終わり方をするかということだけでしょう。

令和元(2019)年8月吉日
　　　　　　　　　　　　　　十七世紀英文学会会長　植月惠一郎

目　　次

まえがき・・・・・・・・・・・・・・・・・・十七世紀英文学会会長　植月　惠一郎　　i

受け継がれる corona
　――メアリー・ロウスとロバート・シドニーの corona の役割
　・・・・・・・・・・・・・・・・・・・・・・・・・・・・・・・・・・・青木　愛美　　1

How sweet thoughts be, if that are but thought on *Phillis*!
　――トマス・ロッジ『フィリス』におけるパストラル的死とペトラルカ的
　愛の憂鬱――・・・・・・・・・・・・・・・・・・・・・・・・・岩永　弘人　　25

ウィリアム・ハビントンのコズミック・エスケイピズム
　・・・・・・・・・・・・・・・・・・・・・・・・・・・・・・・・・・・吉中　孝志　　43

『十二夜』における熊いじめ・動物愛護・ピューリタニズム
　・・・・・・・・・・・・・・・・・・・・・・・・・・・・・・・・・・本多　まりえ　　71

アンティゴナスの死と忘れられた貞節
　――『冬物語』におけるもう一組の夫婦について――
　・・・・・・・・・・・・・・・・・・・・・・・・・・・・・・・・・・・丹羽　佐紀　　95

『あわれ彼女は娼婦』に見る〈男女の双子〉という幻想の終わり
　・・・・・・・・・・・・・・・・・・・・・・・・・・・・・・・・・・・岩田　美喜　　113

ミルトンの時間意識・・・・・・・・・・・・・・・・・・・・・・・佐野　弘子　　135

十七世紀イギリスにおける〈死〉の意識革命
　――ミルトンの「リシダス」に見るスピリチュアリティ――
　・・・・・・・・・・・・・・・・・・・・・・・・・・・・・・・・・・・中山　理　　163

(魂の) 生か、死か、それが問題だ
　　——16–17世紀の予定神学とミルトンの『失楽園』——
　　………………………………………………冨樫　　剛　187

性別を与えられた樹木とその背景
　　——ラニヤー、カウリー、キャヴェンディッシュの選択——
　　………………………………………………竹山　友子　215

結合から分割へ
　　——キャヴェンディッシュの原子論における多様性と秩序——
　　………………………………………………川田　　潤　237

亡霊は二度死ぬ
　　——マシュー・プライアによる翻案批判とアフラ・ベーンの翻訳論——
　　………………………………………………大久保 友博　259

編集後記………………………………………………西川　健誠　283

受け継がれるcorona
——メアリー・ロウスとロバート・シドニーのcoronaの役割[1]

青木　愛美

I. はじめに

　男性詩人が活躍した17世紀に、女性が詩を書き、公開するという行為は一般的ではなかった。そのような時代において、メアリー・ロウス (Lady Mary Wroth, 1587–1651/3) は、ソネット連作『パンフィリアからアンフィランサスへ』(*Pamphilia to Amphilanthus*, 1621) を出版した。この連作はいわゆる実話小説 (roman à clef) というジャンルに分類できる作品として知られる散文ロマンス『モンゴメリー伯爵夫人のユーレイニア』(*The Countess of Montgomery's Urania*, 1621、以下『ユーレイニア』と略す) に付随する形で出版され、ソネットの一部は既に『ユーレイニア』の中に含まれており、語り手は『ユーレイニア』に登場するパンフィリア (Pamphilia) という女性に設定されている。語り手が女性であるソネット連作というのはイギリスで初めての試みであった。ロウスが連作を出版した1620年代には既にソネットの流行は終わっていたのだが、その時期にソネットを書いた背景には、ロウスの伯父サー・フィリップ・シドニー (Sir Philip Sidney, 1554–86) の影響があったと考えられる。[2] フィリップ・シドニーはソネット連作『アストロフェルとステラ』(*Astrophil and Stella*, 1591) を1580年代に執筆した。ロウスの連作のタイトルは『アストロフェルとステラ』を模倣して付けられ、散文ロマンス『ユーレイニア』に関しても同様に『ペンブルック伯爵夫人のアーケイディア』(*The Countess of Pembroke's Arcadia*, 1593) を模倣し

たと考えられている。実際にロウスに関する先行研究にはフィリップ・シドニーを引き合いに出すものが多く、例えばトム・パーカー (Tom Parker) は、ロウスがシドニー家の伝統を引き継ぎ、流行が終わってからもソネット連作を存続させることになったと主張している (131)。伝統を守るためとはいえ、当時流行が廃れてしまっているソネットという形式を用いて、しかも「書く」という行為自体を認められていなかった女性がソネット連作を書いて出版しているということには、どのような意味があるのか。

　この時代に女性が書くという問題に関して、忘れてはならない人物がフィリップの妹、メアリー・シドニー・ハーバート (Mary Sidney Herbert, 1561–1621) である。彼女はフィリップの死後、詩篇の翻訳やフィリップの作品の編集・出版に携わり、自身で詩を書くことはなかったものの、フィリップの後継者であったことは明らかだからである。メアリー・シドニーが女性の書き手の先駆けであったことは間違いなく、マーガレット・ハネイ (Margaret Hannay) によればメアリー・シドニーは「女性の書き手」というものがオクシモロン (oxymoron) ではないことをロウスに示し、そういった影響を受けてロウスは女性として、というだけでなく、シドニー家の女性として、「詩の権威」("poetic authority") の意識を持って執筆を行ったとされる。[3] メアリー・シドニーは『ユーレイニア』に登場するナポリの女王 (the Queen of Naples) のモデルにもなっており、ロウスの執筆の根底にメアリー・シドニーがいるため、ロウスとメアリー・シドニーを比較する研究が多い。

　ロウスの詩においては、フィリップ・シドニーの影響が色濃くうかがえる。たとえばギャビン・アレグザンダー (Gavin Alexander) は、『アストロフェルとステラ』の Sonnet 47 とロウスの『パンフィリアからアンフィランサスへ』の Sonnet 14 [P16][4] を比較して、ロウスがフィリップの疑問を繰り返す形で詩を始め、フィリップの論理を逆転する形で締めくくっていることを示し、ロウスのフィリップへの応答を指摘し

ている (291)。また、フィリップ・シドニーの場合はソネット連作ではなくロマンスにおいてではあるが、両者ともcoronaという形式を用いている。このcoronaという詩形は、先行する詩の最終行が次に続く詩の1行目と一致しており、corona内の最後の詩が最終的にcoronaの最初の詩の1行目に戻ることで、円環を成す構造になっている。フィリップ・シドニーの『オールド・アーケイディア』(*Old Arcadia*, 1590) では、第四牧歌 (Fourth Eclogues) の中にcorona形式を持つ詩が存在し、ロウスも『パンフィリアからアンフィランサスへ』の中で14篇のソネットによってcoronaを形成している。連作全体を通してそれぞれのソネットやソングが相互に関連しているわけではないが、coronaに含まれる14篇のソネットは構造上も結びつきが強く、内容に関しても相互関係が見られる。Coronaは円環を描くことができるという特徴を持っているため、王冠 (Crown) とも呼ばれ、語りかける相手へと捧げる王冠としての役割を担うこともあった。実際にロウスは自身のcoronaに「愛の神へ捧げるソネットの王冠」("A Crown of Sonnet dedicated to LOVE") というタイトルを付し、ソネットによって王冠を形成しようとしている。一方でフィリップ・シドニーのcoronaは、第10スタンザの最終行が第1スタンザの1行目と一致してはいるものの、第10スタンザの後に4行の詩が付け加えられているため、円環が構造上閉じてから再び開いてしまっている。[5]

　フィリップ・シドニーは完結したはずのcoronaにさらに4行を付け加えることでcoronaを一旦完成したように見せてから再開し、未完成の状態のままにしておくという構造を作り上げているが、完成することのない未完成のcoronaも存在している。この未完成のcoronaを作ったのが、フィリップ・シドニーの弟であり、メアリー・ロウスの父親であるロバート・シドニー (Robert Sidney, 1563–1626) だった。ロバートは自身のソネット連作の中にcoronaを取り入れているため、おそらくロウスはフィリップだけでなくロバートの作品も視野に入れながら執筆を

行ったと推測できる。P・J・クロフト (P. J. Croft) はロバートの連作に含まれる Song 6 がフィリップの連作の Song viii を彷彿させることを示し、ロバートがフィリップと比較されたくないという意思を持っていたと述べている (48)。同じように、偉大な詩人である兄フィリップへのロバートの劣等感のようなものを取り上げてシドニー兄弟を比較する研究が多いなかで、アレグザンダーは『パンフィリアからアンフィランサスへ』の Song 6 [P42] がロバートの Song 1 によく似ていると指摘しており、ロウスにとって、自身の詩は、フィリップの詩形によりもロバートのものにより近づけやすく、ロバートを模倣していたのではないかとしている (293)。しかしロバートを模倣したのであればロウスの corona も同じように円環を形成する必要がなかったのではないかと思われるが、実際にはロウスの円環は完成している。もしロウスにロバートの代わりに corona を完成させようという意志があったのだとしたら、ロウスの corona にはロバートの corona との共通点が見つかることになる。ロバートから、そしてもちろんフィリップからも受け継いだものが、彼らの死後もシドニー家の伝統としてロウスの中に生きていたとも言える。当然のことではあるが、手段や手法が同じであっても、目的が違えば結果は異なる。逆に言えば、結果の違いから目的の違いを推測することが可能になる。ロバートは、またロウスは、corona にそれぞれどのような役割を与えようとしたのか。両者の意図を読み解くことで、メアリー・ロウスとロバート・シドニー親子を繋ぐ鍵を見出しながら、ロウスの女性詩人としての試みを検討していきたい。

II. ロバートの未完成の corona

　ロバート・シドニーのマニュスクリプトが初めて公になったのは 1833 年のことで、その後ソネットやソングなどを全て含むマニュスク

リプトが 1973 年にクロフトによって公表された。ロバートの詩に関して執筆年代は明確ではないが、1595 年から 98 年の間に書かれたと推定されている。[6] ロバートのソネット連作は 35 篇のソネットと 24 篇のソング、14 篇のパストラル、そしてそれ以外のエレジーなど数篇の詩によって構成されている。Sonnet 11 の前に「未完成のソネットの王冠」("A crown of sonnets, but unfinished.") という見出しがついており、ここから corona が形成されていると考えられる。Corona に含まれる Sonnet 14 までは通し番号が付されているが、14 の後は Sonnet 15 ではなく 5 という番号が付され、4 行のみの詩の後で "The rest of the 13 sonnets doth want.〔13 編のソネットの残りのソネットを欠いている〕" と述べられている。Sonnet 15 はこの corona に含まれておらず、corona に続く Song 5、6 の後のソネットが 15 番から通し番号を振られる形になっている。「残りのソネットを欠いている」という記述から考えれば、ロバートは元々 13 篇のソネットで corona を作り上げようと考えていたのだろうと推測することができる。そのうちの 4 篇と数行しか corona に含まれうる詩は書かれておらず、残りの 8 篇と数行が欠ける形となっている。元々 corona を 13 篇のソネットで作り上げようとしていたにも関わらず、その半分にも満たないソネットしか書かなかったことにはどのような意味があるのか。

　ロバートの corona は女性に向けて書かれているものと考えられ、corona の初めの詩にあたる Sonnet 11 は相手への称賛で始まる。6、7 行目は "the deadly wounds the dart / Of your fair eyes doth give〔あなたの美しい両目から射られた矢がつける死に至る傷〕" となっており、女性の目の中にキューピッドが住んでいて、目から矢が射られると恋に落ちてしまうというルネサンスの伝統を受け継いでいることがわかる。[7] このようにロバートは男性から女性へ向けられる伝統的なソネットを、corona 形成の際にも用いている。このソネットでは呼びかける相手である「あなた」を "the ornament of Nature's art, / Worth of this world, of all joys the sovereign;〔自然の女神が巧みを凝らした贅沢な装飾品であり、この世そのものと同じくらいの価値があり、喜びの中でも至福のもの〕" (3–4) と説明し、自分の言葉では「あなた」を完全に表現することはできない、というフィリップ・シドニーが用いたような伝統的な表現方法を用いている。

　言葉によって相手のことを称賛することはできないと考える語り手は Sonnet 11 でこのように述べている。

> Your will, the law I only reverence,
> Skill-less and praise-less I do you obey;
> Nor merit seek, but pity, if thus I
> Do folly show to prove obedience;
> Who gives himself, may ill his words deny. (10–14)

> あなたの意志は、私が唯一あがめる法であり、
> 技術も称賛も持たない私はあなたに従う。
> 報いを求めず、哀れんでください、もしこうして私が
> 愚かな行いをして服従を示すとしても。
> 自分自身を相手へ引き渡す人は自身の言葉を悪し様に否定するかもしれない。

10、11 行目で自分には「あなた」を称賛できるほどの技量がないために「あなた」に従うしかないのだと述べているが、14 行目で述べられる、自分を相手へ引き渡すような人は自分の言葉を否定するという彼の考えは、自分の言ったこと、つまり自分の言葉を記した詩を、否定しているようにも読める。詩人として相手のことを何かしら書きたいと考えながらも、自分は相手について満足の行くように書くことはできないため、相手のことを言葉で表現するのではなく相手の意志に仕えることが重要だという考えを、この Sonnet 11 でうかがうことができる。

その一方で、corona に含まれると考えられる 2 つ目の詩、Sonnet 12 では、相手への称賛を十分に表すことはできない語り手の言葉だが、自分が相手のものであると約束し、自分と相手とを結び付けておく役割を果たすことが示されている。長くなってしまうが、説明には必要であるため、ここで Sonnet 12 を全文引用しておく。

> Who gives himself, may ill his words deny;
> My words gave me to you, my word I gave
> Still to be yours, you speech and speaker have:
> Me to my word, my word to you I tie.
> Long ere I was, I was by Destiny
> Unto your love ordained, a free-bound slave;
> Destiny, which me to mine own choice drave
> And to my ends made me my will apply:
> For ere on earth in you true beauty came,
> My first breath I had drawn upon the day
> Sacred to you, blessed in your fair name;
> And all the days and hours I since do spend
> Are but the fatal, wishèd time to slay,
> To seal the bands of service without end.

自分自身を相手へ引き渡す人間は、自身の言葉を悪し様に否定するかもしれない。
私の言葉は私をあなたへ捧げ、私が捧げる言葉は
いつもあなたのものであり、私も私の言葉もあなたのものである。
私は自分を自身の言葉に結びつけ、自身の言葉をあなたに結びつける。
私が運命によって
あなたを愛することを定められ、拘束されてはいるが自由な奴隷となるずっと前から。
運命は、私を私自身の選択へと追い立て、
私の意志を私の目的へと向けさせる。

> というのは、地上であなたに真の美が表れる前に、
> 私は初めて呼吸をしたから
> あなたへ捧げられ、あなたの美しい名前で祝福された日に。
> そしてそれから私が過ごす全ての日々と時間は、
> 運命によって定められた時に過ぎないのだ、
> 終わりのないあなたへの奉仕へと捧げられる私の生に私の死で封をするまでは。

　自分を相手へ引き渡す人間が自分の言葉を否定するかもしれないと述べておきながら、2–4行目では自らがその言葉を用いて自分を相手へ捧げようとしており、矛盾が生じる。また、語り手は自分自身が「拘束されてはいるが自由な奴隷」("free-bound slave") であると説明しているが、これはオクシモロンになっている。その後の2行では運命によって無理矢理追い立てられる先にあるのが自分の選択であったり、自分の目的へと無理矢理向けられるのが自分の意志であったりと、自分自身でどうにかできそうなことに関して、自分ではない何かに強制されているという書き方をしている。その根底には、自分ではどうすることもできない、運命によって定められた生と死の対比がうかがえ、メメント・モリ的な思想に、自分の詩作における矛盾を重ね合わせているようにみえる。9–11行目では相手の女性の名前が付けられた祭日に自分が生まれたことを述べ、相手の名前を示唆しながら、相手の女性より先に自分が生まれたことも示している。[8]

　相手のことを詩で書くよりも相手に仕えようと考える語り手は、そういった趣旨をわざわざ詩で書いている。それならばcoronaを、さらには詩を書かなくともよいのではないかということになるのだが、詩を書くことについてのロバートの葛藤が、未完成のcoronaにも繋がっているのかもしれない。連作に登場する語り手がロバート本人であるかどうかは明確ではないが、実際にロバートが妻や好意を寄せていたであろう女性に向けて語っていることが示唆されている箇所はいくつかあるた

め、事実を反映させていたことは間違いない。[9] Corona が未完成である理由は様々考えられるが、クロフトは自身が編集したソネット連作のイントロダクションでロバートが未完成の corona を意図的に連作の中に残しておいたのではないかという考えを示している。クロフトの意見では、ロバートが corona を書き始めたものの、もし創作意欲を失くして完成させられなかっただけだとしたら、corona を連作の中に入れずに取り除いてしまうこともできたはずだが、そうせずに敢えて corona を残したのは、完成させられなかった corona によって自分の計画の頓挫を強調し、「運に恵まれなかった恋する人」("hapless lover") の象徴として欠けた corona を扱おうという意図があったからだ (26)。

　ロバートが敢えて欠けた corona を連作中に取り入れようとしていたとすれば、「13編のソネットの残りのソネットを欠いている」と corona の最後にわざわざ記したことにも「技術を持たない」("skill-less") 自分を表現する意図がうかがえる。クロフトは、更にロバートが示した 13 という数字についても、フィリップやロウスの corona の数が corona に内包される詩の行数と一致している点に触れ、本来ロバートの corona もソネットの行数と同じく 14 篇で構成されるべきだったが、そうしなかったのは「13 という数字の不吉さ」("the unluckiness of thirteen in popular belief") をほのめかす目的があったためと指摘している (27)。

　また、クロフトによると、ロバートは元々 corona に連作の中での中心的な役割を与えようと考えていたとされている。本来円を成すはずの corona を完成させずに、しかも 13 という不吉な数字をあえて示していることから、運に見放され、相手のことを賞賛できるほどの言葉も持ち合わせていない可哀想な詩人のイメージを示唆し、更には本来円環構造を持つはずの corona を欠けさせることで、そういった詩人のイメージをはっきりと目に見える形で示すことにも成功していると言える。実際に corona に含まれる Sonnet 12 は結ばれることはなかった女性へ向けて語られる詩であり、corona 全体に可哀想な詩人のイメージが含まれ

ている可能性が高い。13 という数字についてはパーカーもまた、「恋する人の不運」("lover's misfortune") を表すもので、ロバートの 13 という数字への執着を言及している (123)。クロフトやパーカーも指摘していることだが、未完成であるという事実と提示される数字によって不吉なイメージが連想される。しかし相手の女性を賞賛したいがそれに見合った詩の技量を持ち合わせていないという、ソネットのテーマとしてごくありふれた内容を踏まえれば、自分自身を服従 (obedience) の象徴として相手へ捧げる冠に見立てて語っているとも考えられる。そういったところに corona の別名でもある王冠のイメージを含ませている可能性があるため、完成していないとはいえ、それまで使われてきた伝統的な corona の用法を用いていると言える。

III. メアリー・ロウスの完成した corona

ロウスはフィリップ・シドニーやメアリー・シドニーなど、シドニー家の詩人たちの影響を受けており、その影響の中に父ロバートのものも含まれていると考えられるが、corona を未完のままにしたロバートに対し、ロウスは corona を完成させている。『パンフィリアからアンフィランサスへ』の語り手パンフィリアは「全てを愛するもの」("all-loving") を意味する名前であり、パンフィリアが語り掛ける相手アンフィランサス (Amphilanthus) の名前には「二人の恋人」("a lover of the two") の意味がある。名前の意味からもわかるとおり、一途なパンフィリアに対してアンフィランサスは浮気性な性格として設定されている。男性詩人が書くソネットの語り手と聞き手は詩人自身とその詩人が想いを寄せる女性をモデルとしていることが多かったが、それと同じように、語り手であるパンフィリアはロウス自身をモデルとしており、ジョゼフィーン・ロバーツ (Josephine Roberts) によるとアンフィランサスはロウスの従兄

弟ウィリアム・ハーバート (William Herbert, 1580–1630) がモデルである と考えられる (43)。ロウスは夫ロバート・ロウス (Robert Wroth, 1540–1606) の死後、ハーバートとの間に子を 2 人産んでいるが、ハーバートがその子たちを認知することはなかった。

　ロウスの corona は Sonnet 1 [P77] から Sonnet 14 [P90] の 14 篇の詩で構成されている。相手の女性への称賛で corona を始めたロバートに対し、ロウスの corona に含まれる初めの詩である Sonnet 1 [P77] の中には呼び掛ける相手が存在しない。ロウスは男性が女性に向けて発する従来のソネットの形から離れ、女性をソネットの語り手としている。形式ばかりか内容にも女性が書き手であることの特質が現れており、連作内にパンフィリアの署名があることから、手紙のような形で連作が書かれ、ロウスのソネットの世界では呼び掛けられているアンフィランサスがパンフィリアの目の前にいないことがわかる。[10] 同じように corona でもパンフィリアが一人で迷宮 (Labyrinth) の出口を探している様子がうかがえ、"Yet that which most my troubled sense doth moue, / Is to leaue all, and take the threed of Loue.〔しかし私の困惑した感覚が訴えかけてくるのは、一切を捨てて、キューピッドの糸を手繰ることだ〕" (13–14) という箇所で愛の神キューピッドの糸を辿りながら一人で迷宮の中を彷徨う姿が描かれる。[11]

　続く Sonnet 2 [P78] ではパンフィリアがキューピッドの糸を辿りながら正しい道を進もうとする様子が述べられる。

> Is to leaue all, and take the threed of Loue,
> Which line straite leades vnto the soules content,
> Where choice delights with pleasures wings doe moue,
> And idle fant'sie neuer roome had lent.
> When chaste thoughts guide vs, then our minds are bent
> To take that good which ills from vs remoue:
> Light of true loue brings fruite which none repent;

But constant Louers seeke and wish to proue.
Loue is the shining Starre of blessings light,
The feruent fire of zeale, the roote of peace,
The lasting lampe, fed with the oyle of right,
Image of Faith, and wombe for ioyes increase.
Loue is true Vertue, and his ends delight,
His flames are ioyes, his bands true Louers might.

一切を捨てて、キューピッドの糸を手繰ることだ
その糸は魂の満足へとまっすぐに繋がっており、
そこでは選りすぐりの喜びが愉悦の翼で飛び回り、
無為の想念に居場所などない。
貞節の思いが私たちを導くときには、私たちの精神は
私たちから悪しきものを遠去けるあの善きものを手に入れようとする。
本当の愛の光は誰も悔やむことがない果実をもたらし、
一途に恋する人々だけがその果実を求め、味わってみたいと思う。
愛は祝福の光という輝く星であり、
情熱の燃えたぎる炎、平和の根、
公正の油を差された永遠に消えない灯、
信仰の像、そして喜びを殖やす子宮なのだ。
キューピッドは真の美徳であり、その目的は歓喜、
その炎は喜悦、その縛（いましめ）は真の恋人たちの力なのだ。

キューピッドの糸が導く先には「魂の満足」（"soules content"）があり、そこに辿り着けば幻想ではない本当の愛を見ることができるとパンフィリアは考えているようだ。そのため彼女は愛の神キューピッドが「真の美徳」（"true Vertue"）であると述べているのだが、このソネットは循環する corona に含まれる詩の一つである。したがってパンフィリアが目指す場所へ辿り着くことができないのは明白である。Corona の最後の詩である Sonnet 14 [P90] では、パンフィリアが燃えるような愛を抱きながら尚も迷宮を彷徨う姿が描かれる。

Except my heart, which you bestow'd before,
And for a signe of Conquest gaue away
As worthlesse to be kept in your choice store;
Yet one more spotlesse with you doth not stay.
The tribute which my heart doth truely pay,
Is faith vntouch'd, pure thoughts discharge the score
Of debts for me, where Constancy beares sway,
And rules as Lord, vnharm'd by Enuies sore,
Yet other mischiefes faile not to attend,
As enimies to you, my foes must be,
Curst Iealousie doth all her forces bend
To my vndoing, thus my harmes I see.
So though in Loue I feruently doe burne,
In this strange Labyrinth how shall I turne?

私の心は別にして、あなたがかつて捧げてしまい、
征服の印として引き渡してしまった私の心、
あなたの選りすぐりの貯蔵庫に入れておく価値などないとして。
しかし更に無垢な心があなたと共にあることはない。
私の心が本当に与える捧げものは
元のままの忠誠であり、汚れなき思いが負債を
私に代わって返済する。そこでは節操が権力を行使し、
君主として統治し、嫉妬の恨みによって傷つけられることはない。
しかし他の災いがあなたの敵として
必ずや付き纏い、私の敵となるに相違ない、
忌々しい嫉妬が自分の力の全てを注ぎ
私を破滅させようとし、こうして私は自分への害がわかる。
だから、私は恋をして激しく燃え上がっているが、
この奇妙な迷宮の中で、私はどちらを向けばいいのだろうか？

魂の満足を望んでいたパンフィリアだが、corona の締め括りとなるこのソネットでは忌々しい嫉妬によって彼女が破滅へと導かれることが示

されている。最終行は corona の初めの詩にあたる Sonnet 1 [P77] の 1 行目に戻ってしまうため、結局パンフィリアは迷宮の中から抜け出せずに留まり続ける結果となる。この Sonnet 14 [P90] で心、あるいはまさに心臓を捧げることが述べられているが、corona 外にある Sonnet 26 [P30] にはアンフィランサスの元へ逃げて行ってしまったパンフィリアの心臓についての話がある。

>   Deare cherish this, and with it my soules will,
>   Nor for it ran away doe it abuse:
>   Alas it left (poor me) your brest to choose,
>   As the blest shrine, where it would harbour still.
>   Then fauour shew, and not vnkindly kill
>   The heart which fled to you, but doe excuse
>   That which for better did the wurse refuse;
>   And pleas'd Ile be, though heartless my lyfe spill. (1–8)

>   愛しい人[アンフィランサス]、私の心を可愛がって、私の魂の意志と一緒に、
>   その心が逃げ出したことで罵らないで。
>   私の心は可哀想な私の元を去り、あなたの胸を選ぶ、
>   神聖な場所として、そこに私の心はいつも隠れる。
>   だから、好意を見せて、薄情に殺さないで
>   あなたの元に逃げて行った心を、大目に見て、
>   善きものを求めて悪しきものを拒絶した私の心を。
>   そして私は喜ぶでしょう、心がなくて私は命を落としてしまうとしても。

1 行目の「愛しい人」("dear") はアンフィランサスへの呼びかけとなっており、パンフィリアの心、あるいはまさに心臓がアンフィランサスの元へ逃げて行ってしまったため、その心臓を可愛がってほしいとパンフィリアは懇願する。元々パンフィリアの胸の中にあった心臓はアンフィ

ランサスの胸の中に住み着こうとしているが、心臓がなければパンフィリアは死んでしまうため、アンフィランサスの心臓との交換を提案する。そしてパンフィリアはアンフィランサスの心臓に対して、誠実な愛を捧げ物とすることを誓う。"Send me your heart, which in mine's place shall feed / On faithfull love to your devotion bound,〔私にあなたの心を送って。あなたの心は私の心があるところであなたへの献身に支配された忠実な愛を糧にするだろう〕" (10–11) と述べ、自分の元にアンフィランサスの心を送ってほしいというパンフィリアの要求が語られるこの詩からもわかるように、アンフィランサスの立ち位置はいつもパンフィリアの手の届かない遠い場所に置かれている。

　フィリップが10篇の10行詩でcoronaを構成したように、ロウスのcoronaもソネットの行数と同じ14篇の詩によって構成されている。ロバートのcoronaが未完成であったのに対し、ロウスのcoronaは完成することによって連作の中に円環を作り上げ、性質上直線的に進行していく連作に循環をもたらす効果を持っていると言える。Corona形式においてパンフィリアが彷徨う迷宮は、パンフィリアのように内側から見れば出口を隠し人々を迷わせる場所であるが、読み手として外側から三次元的に見れば内部の複雑さが理解できる。メアリー・ムーア (Mary Moore) はロウスがこの迷宮の二面性に着目し、連作を執筆する際のテーマとしていたため、coronaの外にも迷宮のイメージとして「目が見えないこと」("blindness") や「自己を閉じ込めること」("self-enclosure") といった要素をちりばめたと述べている (65)。こうしてロウスは迷宮へと読み手の意識を導きながら、パンフィリアを連作の、特に円環構造を持つcoronaの内部で彷徨わせることで読み手も連作の中へと引き込んでいく。終着点が同時に始発点となるcoronaの性質に気づいた読み手はその複雑な構造を読み解くために、それこそパンフィリアと共に迷宮の中を彷徨うような感覚に陥るが、ロウスにはそういった意図もあったと思われる。

迷宮のような複雑さは脚韻にも現れている。Corona 内のほとんどのソネットがイタリア型の脚韻構造 (ababbabacdcdee) を持つのだが、corona に含まれる Sonnet 3 [P79] は独特の脚韻構造を持つ。(以下、脚韻構造の分析のためにだけ引用するので、試訳は付さないことにする。)

> His flames are ioyes, his bandes true Louers might,
> No stain is there, but pure, as purest white,
> Where no cloud can appaere to dimme his light,
> Nor spot defile, but shame will soon requite.
> Heere are affections, tryde by Loues iust might
> As Gold by fire, and black discern'd by white;
> Error by truth, and darknes knowne by light,
> Where Faith is vallu'd, for Loue to requite.
> Please him, and serue him, glory in his might
> And firme hee'le be, as Innocency white,
> Cleere as th'ayre, warme as Sun's beames, as day light
> Iust as Truth, constant as Fate, ioy'd to requite.
> Then loue obey, striue to obserue his might
> And be in his braue Court a glorious light.

このソネットだけは、1行目から14行目まで全て同じ音で脚韻が踏まれている。しかも脚韻に使われている単語は "might" "white" "light" "requite" の4種類のみのため、ほとんどが同音韻 (identical rhyme) ということになる。イタリア型の脚韻構造から完全に逸脱し、他のどの伝統的な脚韻構造とも異なるこの脚韻構造からは、用いられた4つの単語とその音への執着のようなものがうかがえ、異様な印象を受ける。Corona 外の詩でも、Sonnet 5 [P5] がイタリア型の脚韻構造とみなし難い脚韻構造を持ち、3行目と9行目の末尾がどちらも "sting" となっており、同音韻であることがわかる。このソネットは『アストロフェルとステラ』の Sonnet 43 を意識して書かれているが、こちらは脚韻が

ababbabacdcdee であるため、脚韻構造までを真似ようとは思っていなかったようだ。一方ロバートの corona に含まれるソネットは全て脚韻がイタリア型の脚韻構造を保持している。このようにロウスは従来のソネットからかけ離れた脚韻構造を取り入れることで読み手にその意図を考えさせつつ足止めをする。特に Sonnet 3 [P79] の異様な脚韻構造はそういった意味合いが大きく、視覚的にも出口を探し出すことが困難な迷宮を強調する役目を果たす。表面上はキューピッドへ捧げる王冠をかたどったロウスの corona はその円環を利用してパンフィリアのみならず読み手をも迷わせる迷宮になっていると言えるのではないだろうか。

IV. 未完の円環から完全な円環へ

本論では、相手の女性を称賛するためには自分の言葉では不十分だということを示すためにロバートが意図的に不完全な corona を用いた可能性があること、そしてロウスは愛の神の糸に導かれながら迷宮を彷徨い歩く構造を作り上げるために完全な corona を用いたのではないかということを論じてきた。[12] Corona を用いた、という以外に両者に共通点はないようにも見えるが、ロウスがロバートの連作を念頭に置いて自分の作品を執筆したことは、ロウスがロバートと対応するような言い回しを用いていることからもわかる。クロフトはロバートの連作内の表現をロウスが意識して書いたと考えられる箇所をいくつかあげている (343)。例えば、"Winter is come at last, / Cold winter, dark and sad〔冬が漸くやって来た、冷たく、暗く悲しい冬が〕" (Song 3) というロバートの一節に対応するようにロウスは "The spring now come at last… / Cold winter yet remains〔春が今、漸くやって来た……冷たい冬はまだここにいる〕" (Song 1 [P7]) と書いており、同じように "Thus said a shepherd, once / With weights of change oppressed〔このように羊飼いはかつて言

った、変わることの重さに押しつぶされて〕"(Song 3)とロバートが書けば、それに呼応してロウスが "A shepherdess thus said, / Who was with grief oppressed〔羊飼いの女性はこう言った、悲しみに押しつぶされて〕" (Song 1 [P7]) と書くと述べている。

　ロウスがロバートを意識して執筆を行ったということは、ロバートの corona に対する意識をも念頭に置いていた可能性がある。ロバートの corona では相手を称賛する際の言葉の不十分さが述べられ、そういった意識が未完成の corona の形にも反映されていた。ロウスは corona に「愛の神へ捧げるソネットの王冠」というタイトルを付すことで愛の神を称賛する王冠として corona を書いているように見せているが、自分が corona という迷宮の中でできる唯一のことはキューピッドの糸を辿ることだと述べ、迷宮の存在というものの無限性を強調しているだけで実際にキューピッドを讃えることを corona の中心的なテーマとしているわけではないと考えられる。その根拠の一つとして挙げられるのは、呼びかけの対象である。ロバートが corona を捧げようとしているであろう相手に二人称「あなた」("you") で呼びかけているのに対し、ロウスは corona を捧げようとしている相手である愛の神を三人称「彼」("he") で示し、連作内で姿を見せず、名前すら登場しないアンフィランサスに対して二人称で呼びかけている。しかしそれが明白なのは Sonnet 12 [P88] までであり、Sonnet 13 [P89] ではキューピッドを三人称で扱うのではなく、彼に対して直接呼びかけを用いている。

> To thee then, Lord commander of all hearts,
> Ruler of our affections, kinde, and iust,
> Great King of Loue, my soule from faigned smarts,
> Or thought of change, I offer to your trust,
> This Crowne, my selfe, and all that I haue more,
> Except my heart, which you bestow'd before. (9–14)

> それならあなたに、全ての心の指導者であり、
> 私たちの愛情の優しく公正な支配者、
> 愛の偉大な王であるあなたに、偽りの痛み、あるいは
> 変化の思いから私の魂をあなたの信頼へ捧げる、
> この冠を、私自身を、そして私が他に持っているもの全てを、
> 私の心は別にして、あなたがかつて捧げてしまった私の心は。

　ここで王冠を自分自身とし、アンフィランサスへ捧げてしまった自分の心以外をキューピッドへ捧げることを述べている。それまでアンフィランサスに対して呼びかけを行ってきたパンフィリアが突然ここで呼びかける対象を変えたことには、タイトルでも示した「ソネットの王冠」の役割をロウスが形式上果たそうとしているためだと考えられる。そもそも「愛の神へ捧げるソネットの王冠」とタイトルをわざわざ掲げたのは、corona に迷宮というテーマを持たせながらも、ロバートと同様に相手へ捧げる王冠としての役割を corona に与えようという意識からきていると考えることができるのではないか。

　もしロウスの corona が「愛の神へ捧げるソネットの王冠」というタイトルのとおり迷宮の中で糸を用いて導いてくれたキューピッドへの感謝を表すようなものだとして、パンフィリアがキューピッドへ王冠を捧げようとしているのであれば、Sonnet 2 [P78] の2行目で「その糸は魂の満足へとまっすぐに繋がっている」と述べられるように、パンフィリアは「魂の満足」へと辿り着けるはずであるが、実際には辿り着けていない。この「魂の満足」がアンフィランサスを指しているとすればパンフィリアが目指している出口もアンフィランサスと考えられるため、「魂の満足」も同じように迷宮の出口を指すと言えるのかもしれない。それならば、パンフィリアを迷宮の出口へと導いてくれるはずのキューピッドの糸だが、単にパンフィリアだけがその糸を辿れば出口へ辿り着けると信じ込んでいるだけで、キューピッド自身にパンフィリアを外に導こうとする意図があったかどうかは明らかではない。さらにキューピ

ッドには盲目という特徴があるため、パンフィリアを誤った道へと導き続け、結果的に迷宮の中から出られない状況へと陥らせている可能性すらある。

　ロウスは Sonnet 2 [P78] の 13 行目で「キューピッドは真の美徳である」と述べ、それ以降のソネットの中でもキューピッドを称賛する内容を含むのは確かである。そういった内容のソネットを、相手へ捧げる王冠の形を取りながら、むしろ迷宮として corona を用いて書いたことで、内容と形式の間に若干の齟齬をきたしているように見える。未完成ではあるが内容を強調するかのように欠けた corona を用いたロバートと、完成してはいるが語りの内容とは一致しないような corona を作り上げたロウスとの対照関係が見えてくる。

　もしロバートが corona を完成させていたとしたら、相手を称賛できるほどの言葉を持ち合わせていないというロバートの考えに反してしまうわけだが、そもそもロバートは corona を 13 篇のソネットで作り上げようと予め計画していた。クロフトも述べていたように、14 行のソネットで corona を作るには、行数と同じく 14 篇書くのが適切であると考えられる。実際にロバートの兄フィリップは「十行詩」("dizain") を 10 篇用いることで corona を形成した。ロバートには元々完全な corona を作ろうという意識はなく、当初から予定していた 13 篇全て書いていたとしても、その corona は 14 篇ではないため不完全ということになったと考えられる。

V. 終わりに

　欠けたところのない円環を敢えて完成させないという姿勢を corona に対してとっていたロバートに対し、ロウスは corona を完成させることで迷宮という閉鎖的な空間をソネット内に作り上げている。ロバート

が行ったような、相手を称賛し、まさに相手へ捧げる王冠として corona を扱う、というのは伝統的な方法だが、ロウスはわざわざ corona を用いながら形式的な王冠の中に迷宮を作り上げ、伝統に従いつつ独自の方法を採用している。女性が書くことへの規制やウィリアム・ハーバートとの不倫関係など、ロウス自身を取り巻く状況は彼女の、抑圧され逃げ場のない状況という迷宮になっており、詩作にも、それが現れていると考えられる。シドニー家の人々が用いた corona という形式を用いることで自らもその一員であるということを明示しつつ、ロウスは女性による語りという新たな挑戦に際し、corona という円環に迷宮の役割を付け加えたのではないだろうか。

注

(1) 本稿は 2017 年 12 月 2 日に東北大学で開催された日本英文学会東北支部第 72 回大会において「未完の円環から完全な円環へ：Robert Sidney と Mary Wroth の corona」と題した口頭発表原稿に加筆修正したものである。
(2) マイケル・スピラー (Michael Spiller) によると、ソネットの流行はおおよそ 1580 年から 1600 年の間とされている (83)。
(3) Hannay, "'Your virtuous and learned Aunt'", p.16 を参照。
(4) ロバーツは『パンフィリアからアンフィランサスへ』に含まれるソネット、及びソングに P1 〜 P103 と通し番号を付しており、本稿ではそれに従い、このような表記方法を採用している。
(5) 青木「Sir Philip Sidney と Lady Mary Wroth を繋ぐ corona」p.26 を参照。
(6) クロフト によると、ロバートが詩を書く際に使用していた紙にはこの時期に使用されていた Briquet 2291 や Heawood 481 と似たような透かし模様 (Watermark) があり、またこの透かし模様は 1596 年にロバートが妻のバーバラ・ガメッジ (Barbara Gamage) へ宛てた手紙にも見られることから、とりわけ 1596 年が有力な執筆年と考えられている (xiv)。
(7) ロバート・シドニーの詩の引用は全て以下の文献からである。Sidney, Robert. *The Poems of Robert Sidney*, edited by P. J. Croft, Oxford UP, 1984.
(8) クロフトによると、ロバート・シドニーの誕生日である 11 月 19 日が祭日とされている聖人は聖エリーザベト (Saint Elizabeth of Hungary) であり、ここでロバートが示唆している名前はエリザベス (Elizabeth) ということがわかるため、

エリザベス・ケアリー (Elizabeth Carey) という女性のことを示すとされている (90–92)。この女性は Pastoral 7 と Sonnet 28 に "Lysa" として、Elegy 16、Sonnet 28、Song 21 には "Charys" として登場する。
(9) エリザベス・ケアリーだけでなく、ロバート・シドニーの妻であるバーバラ・ガメッジのことを示す箇所もある。クロフトによるとそれは Song 6 で、ロバートがフリシンンゲン (Flushing) にいる間ペンズハースト館 (Penshurst Place) にいるバーバラと離れて過ごしていた期間のことを示すとされている (79)。
(10) Sonnet 48 [P55] の末尾にパンフィリアの署名がある。フォルジャー・マニュスクリプトでは最終ソネットである Sonnet 9 [P103] の末尾にもパンフィリアの署名が見られ、ロバーツ版ではそれが採用されている。
(11) ロウスのソネットの引用は全て以下の文献からである。Wroth, Mary. Pamphilia to Amphilanthus. Benediction Classics, 2009.
(12) 青木、p. 33

参考文献

Alexander, Gavin. *Writing after Sidney: The Literary Response to Sir Philip Sidney 1586–1640*. Oxford UP, 2006.

Doob, Penelope R. *The Idea of the Labyrinth from Classical Antiquity Through the Middle Ages*. Cornell UP, 1990.

Ferguson, Margaret W. "Renaissance concepts of the 'woman writer'." *Women and Literature in Britain 1500–1700*, edited by Helen Wilcox, Cambridge UP, 1998, pp. 143–168.

Hannay, Margaret P. *Mary Sidney, Lady Wroth*. Ashgate, 2010.

——. "'Your virtuous and learned Aunt': The Countess of Pembroke as a Mentor to Mary Wroth." *Reading Mary Wroth: representing alternatives in early modern England*, edited by Naomi J. Miller and Gary Waller, The University of Tennessee P, 1991, pp. 15–34.

Kingsley-Smith, Jane. *Cupid in Early Modern Literature and Culture*. Cambridge UP, 2010.

Kinney, Clare R, editor. *Ashgate Critical Essays on Women Writers in England, 1550–1700*: Volume 4. Ashgate, 2009.

Miller, Naomi J. "Rewriting Lyric Fictions: The Role of the Lady in Lady Mary Wroth's *Pamphilia to Amphilanthus*." *Ashgate Critical Essays on Women Writers in England, 1550–1700: Volume 4*, edited by Clare R. Kinney, Ashgate, 2009, pp. 45–60.

Miller, Naomi J. and Gary Waller, editors. *Reading Mary Wroth: representing alternatives in early modern England*. The University of Tennessee P, 1991.

Moore, Mary. "The Labyrinth as Style in *Pamphilia to Amphilanthus*." *Ashgate Critical Essays on Women Writers in England, 1550–1700: Volume 4*, edited by Clare R. Kinney, Ashgate, 2009, pp. 61–77.

Parker, Tom W. N. *Proportional Form in the Sonnets of the Sidney Circle: Loving in Truth*. Clarendon P, 1998.

Sidney, Philip. *The Countess of Pembroke's Arcadia (The Old Arcadia)*, edited by Katherine Duncan-Jones, Oxford UP, 1985.

Sidney, Robert. *The Poems of Robert Sidney*, edited by P. J. Croft, Oxford UP, 1984.

——. Preface. *The Poems of Robert Sidney*, edited by P. J. Croft, Oxford UP, 1984, pp. xiii–xvii.

——. Introduction. *The Poems of Robert Sidney*, edited by P. J. Croft, Oxford UP, 1984, pp. 1–124.

——. Appendix. *The Poems of Robert Sidney*, edited by P. J. Croft, Oxford UP, 1984, pp. 333–350.

Spiller, Michael R. G. *The Development of the Sonnet: An Introduction*. RKP, 1992.

Wilcox, Helen, editor. *Women and Literature in Britain 1500–1700*. Cambridge UP, 1998.

Wroth, Lady Mary. *Pamphilia to Amphilanthus*. Benediction Classics, 2009.

——. *The Poems of Lady Mary Wroth*, edited by Josephine A. Roberts, Louisiana State UP, 1983.

——. Introduction. *The Poems of Lady Mary Wroth*, edited by Josephine A. Roberts, Louisiana State UP, 1983, pp. 3–75.

青木愛美.「Sir Philip Sidney と Lady Mary Wroth を繋ぐ corona」『東北』（東北学院大学文学研究科）vol.51, 2018, pp. 21–35.

How sweet thoughts be,
if that are but thought on *Phillis*!
——トマス・ロッジ『フィリス』におけるパストラル的死と
ペトラルカ的愛の憂鬱

岩永　弘人

　1590年代に連作ソネットを書いた詩人たちは、いわゆる「ペトラルキズム」で括られるソネット文学独自のトポス（あるいは言い回し）を、自分なりのやり方で自分の詩に取り入れ、それを自分のものにしていった。そういう文脈の中で、本論ではトマス・ロッジ (Thomas Lodge, 1558–1625) のソネット詩集『フィリス』(*Phillis: Honoured with Pastorall Sonnets, Elegies, and amorous delights*, 1593) について（特に、そのパストラル的な死とペトラルカ的愛の憂鬱とについて）考察してみたい。[1]

　トマス・ロッジは、シェイクスピアの『お気に召すまま』(*As You Like It*, 1600) の種本とされる『ロザリンド』(*Rosalynde*, 1590) を書いた事で有名であるが、同時にソネット詩人でもあった。特に本論の中心となる『フィリス』は、彼の連作ソネット詩集である。この詩集は、40個のソネットと短い抒情詩、牧歌、エレジーから成り立っている。彼はもともと、イタリア文学やフランス文学の、紹介者という側面を持っていたが、『フィリス』においても、ロンサールやサンナツァロなどの凝った文体を模倣し、比較的忠実に翻訳している。このため、シドニー・リーはロッジの詩質について、以下のような皮肉なコメントを寄せている。

　　Lyric faculty need not be denied Lodge, even after his habits of plagiarism have been brought to light; but it is a misuse of terms to describe him as an original poet seeking to give voice to his individuality. He is a clever and spirited adapter of foreign texts, whose sense of rhythm and literary sensibility are not altogether obscured in his borrowed lines; but no trace of his own personality remains there when his methods of composition are rightly apprehended. (Lee lxxiv)

当然のごとく、この詩集の先行研究においては各ソネットのソース探し（特にフランスの詩人）に時間が費やされてきた。具体的には、スコット (Scott 1929) やパラダイス (Paradise 1931)、テニー (Tenny 1935) 等のものだが、その後ロッシュ (Roche 1992)、スピラー (Spiller 1992)、インズ (Inns 1997) 等がこれを引き継いだ形を取る。

　そこで本論では少し視点を変えて、ペトラルキストとしてのソネット詩人ロッジの特質を見てみたい。その際、特にロッジの thought という語がペトラルカの pensiero の訳語として使われているという仮説に立って彼の詩を分析してみたい。その補助線として、作家としてはトマス・ワトスン (?1557–92)、作品としては『ロザリンド』を使う。そして、最後にソネット文学とパストラルの関係性について問題提起ができればと考える。

　ところで、以前ロッジと同時代の詩人トマス・ワトスンのソネット詩集『ファンシーの涙』について論じた。そこでは、この詩集に登場する fancy という語がイタリア語の pensiero に対するワトスンなりの訳語ではないか、という仮説を提示した。(岩永) これを踏まえて、本論ではトマス・ロッジが thought という語を、pensiero の訳語として用いたのではないかという提案をしてみたい。

　まず、イタリア語の pensiero と英語の thought を比べて見よう。(ただしここでは、pensier などの語尾切断による綴りの変種も視野に入れた。) *Dizionario della Lingua Italiana* によれば、pensiero には、普通に '3. la rappresentazione mentale de figurazione intelletto.—Anche: l'oggetto di tale atto. すなわち、「想像力」、「考えること」、「考える対象」などの語義の他に、'7.—Intenzione o disposizione amorosa verso una persona; desiderio amoroso'「1人の人間に対する愛の傾向あるいは意図；愛の欲望」という意味がある。またさらには '10.Angustia, affanno, preoccupazione.—Anche: condizione d'inquietudine dovuta a una precisa causa; afflizione, abbattimento, dolore.'「苦悶、苦しみ、不安；また、1つの特定の原因による落ち着きのない状態」という意味もある。いずれにしても言える事は、この語にはもともと「愛の想い」と「愛する人への欲望」という2つの意味が同時に存在するという点である。

　一方、OED で 'thought' を見てみよう。thought についても、ジェネラルな意味として '1c. The product of mental action or effect; what a person thinks.' から始まるが、3 に 'conception, imagination, fancy' とあり、4a. は 'cosideration, attention, heed, care' 5 には、'Remembrance, a person's memory or mind' とある。そして 8a. までいくと 'Anxiety or dis-turbance of mind; solicitude; grief, sorrow, trouble, care, vexation.' とあり、また 8b. には 'A cause of feeling of distress or anxiety; a worry, an annoyance' とある。

　が一方で、6. では、'a. The entertaining of some project in the mind; the idea or notion of doing sth, as contemplated or entertained in the mind; (hence) intention, purpose, design; *esp.*imperfect or half-formed intention.' という意味もある。thought のこの2つの意味（「悲しみ」と「意志」）は、先ほど見た pensiero のもつ2つの意味ではないか。すなわち、それは単なる愛する人への「想い」、その人を愛するがゆえの「悲しみ」「苦しみ」を越えて、理性の制止を押し切ってでも自分のウィルを押し進めようという推進力を含んでいて、乱暴な言い方が許されれば「欲望」にかなり接近した意味だと言えるのではないか。

　ワトスンとほぼ同時代に連作ソネット詩集を上梓したロッジであったが、彼の場合はイタリア語の pensiero に、ペトラルカ的な2つの意味

(「悲しみ」と「意志」) を込めて使ったのではないかと考えられる。そしてその結果、このソネット詩集に、ある統一感を与えているのではないかというのが、本論の主旨であるが、そのペトラルカ的な thought はさらに変容をとげ、イギリス独自の、ロッジ独自のそれになっていく。

　順序としては、最初に〈悲しみという想い〉としての thought、2 番目に〈欲望という意志〉としての thought、そして最後にロッジ独自の thought が使われていると思われるソネットをそれぞれ見ていく。

　それではまず、ロッジの『フィリス』の中で、フィリスへの想いという意味で thought が使われているソネットを見てみよう。それは、詩集冒頭の1番である。

(1) 〈想い〉としての thought

> Sonnet I.
> Oh pleasing thoughts, apprentises of loue,
> Fore-runners of desire, sweet Methridates
> The poison of my sorrowes to remoue,
> With whom my hopes and feare full oft debates.
> Inritch your selues and me by your selfe riches,
> (Which are the thoughts you spend on heauen bred beauty,)
> Rowse you my muse beyond our Poets pitches,
> And working wonders yet say all is duty.
> Vse you no Eglets eyes, nor Phenix feathers,
> To tower the heauen from whence heauens wonder sallies:
> For why your sonne singes sweetly to hir wethers:
> Making a springe of winter in the vallies.
> Show to the world tho poore and scant my skill is,
> How sweet thoughts bee, that are but thought on Phillis.

ああ、楽しい想いよ。愛の徒弟。
欲望の先駆け。甘い万能薬。
僕の悲しみの毒を取り除くための。
それを相手に、僕の希望と恐れはいつもいつも争っているのだ。
お前自身と僕を、お前自身の富で、豊かにする。
(それはお前が、天来の美に費やす「想い」であるのだから。)
そして、僕の詩神を、我々の詩人の高さを超えて登らせ、
奇跡を起こしながらも、全ては仕事ですから、と言え。
お前は、天の奇跡がそこから投げられる場所(天国)へと高く登るために、
子鷲の目とかフェニックスの羽根とか言わなくていい。
何故なら、お前の太陽(フィリス)は、自分の天候に合わせて甘美に歌うのだから。
谷で、冬から春を作りあげながら。
世界に教えてやれ。僕の技巧は貧しくて、全然足りないが、
「想い」はいかに甘美な事か。それがフィリスに対するものである限り。

　最初に述べられているのは、愛の想いへの呼びかけである。それは「愛の徒弟」であり、「欲望の先駆け」であり、同時に悲しみを取り除く万能薬でもある。その「想い」と共に、詩人は「希望と恐れ」と戦う。第2連では、その「想い」は天来の美に対して向けられているから、詩人自身の力量以上のものへと導くことが歌われる。「だから」と第4連ではこう歌う。「オーバーに誇張して、鷲とかフェニックスなどのイメジを使わなくてもいい。」なぜなら「お前の太陽は、彼女の天候次第で、谷に春をもたらせる」から。言いかえれば、フィリスの存在が、錬金術のように冬枯れの風景に緑をもたらし、すべてを美しく見せる事になるのである。最後のカプレットは、当時のソネットによくある謙遜の形を取る。「自分の技巧は全然足りないが、素晴らしいきみの事を歌えばそれで全て美しくなる」と。
　このソネットは詩集『フィリス』のイントロダクション的なものである。ここでは thought という語が1行目、5行目、14行目と使われてい

て、その意味が掴みやすい。この 3 箇所の使い方を総合すると、(1)「想い」は希望と恐れの戦いの原因である事。(すなわち彼女のイメージ、姿を表す)。(2)「想い」は、美に対して「費やされる」ものであるということ、である。だからこそそれは今後、欲望へと変わって行く可能性を持つ。

　想いを材料にして、戦いが行われ、彼女の自分への好意を評価するという事からそれは純粋な憧れや淡い想いから、その相手を自分だけのものにしたいという欲望へと変わっていくのが、エリザベス朝の恋愛ソネットの特徴であるが、この詩は詩集の序詞の役割を果たしているので、そこまで複雑な趣旨はうたっていない。6 行目にあるような 'heavenly beauty' についての思いであるから、当然 'How sweet thoughts bee' となるのである。これは先ほどの *OED* の 3 番目の conception, imagination, fancy に近い意味である。

(2) 欲望としての thought

　次に thought という語が、「欲望」寄りに使われている 21 番のソネットを見てみたい。

> Sonnet XXI.
> Ye heraultes of my heart, mine ardent groanes,
> O teares which gladly would burst out to brookes,
> Oh spent on fruitlesse sande my surging moanes,
> Oh thoughtes enthrald vnto care-boading lookes.
> Ah iust laments of my vniust distresse,
> Ah fond desires whom reason could not guide,
> Oh hopes of loue that intimate redresse,
> Yet proue the load-stars vnto bad betide.

When will you cease? or shall paine neuer ceasing,
Seaze on my heart? oh molifie your rage,
Least your assaultes with ouer switf increasing,
Procure my death, or call on timelesse age.
What if they do? they shall but feede the fire,
Which I haue kindled by my fond desire.
　お前たち、心の使者、僕の激しいうめき声よ、
　ああ、喜んで川になって流れ出す涙よ、
　ああ、不毛で、収穫のない、砂地。僕の流れでる嘆きよ。
　ああ、苦しみを予言する眼差しに捕われた、想いよ。
　ああ、僕の不当な苦しみに対する正当な嘆きよ。
　ああ、理性が導く事ができない、愚かな欲望よ。
　ああ、報いをほのめかしながら、
　実は不幸への道しるべである、愛の希望よ。
　お前たちはいつ終わる。それとも、決して終わる事のない苦痛が
　僕の心を捕えつづけるのか。ああ、お前たちの激しさを静めよ。
　お前の攻撃が、加速度を増しながら、
　僕の死を齎したり、時期尚早に老いを迎えさせたりしないように。
　もしそうなってもどうだ？　それは火に燃料をくべるだけだろう。
　その火を、僕は愚かな欲望でもって燃え立たせてきたのだから。

thought はこの詩の4行目にある。ここでは「苦しみを予言する眼差しに捕われた、想いよ。」と呼びかけられており、このソネットのキーイメジの1つになっている。ロッジのこのソネットでは、恋をしたものが見せるペトラルカ的な様々な兆候（ため息、涙、など）が最初の8行で述べられ、それがいつ終わるのだろうかという嘆きが述べられている。そして、後半6行では、その終息を願った後、最後の2行では開き直る形で「もしそうなってもどうだというのだ？　それらは火に燃料をくべるだけだろう。／その火を僕は、愚かな欲望でもって燃え立たせてきたのだから。」

このソネットには本歌があるとされる。シドニー・リーなどの批評家が指摘しているように、それはイタリアの詩人アリオスト (Ludovico Ariosto, 1474–1533) の『リーメ』(*Le Rime*) の中のソネット 24 番である。(Segre 142)

> O messaggi del cor sospiri ardenti
> o lacrime che 'l giorno io celo a pena,
> o prieghi sparsi in non feconda arena,
> o del mio ingiusto mal giusti lamenti
> o sempre in un voler pensieri intenti,
> o desir che ragion mai non rafrena,
> ああ、心の使者、激しいため息よ、
> ああ、昼間は僕が苦労して隠している涙よ、
> ああ、不毛な砂に対する、まき散らされた祈りよ、
> ああ、僕への不当な加害から生じる、正当な嘆きよ、
> ああ、いつも1つの対象に対する、激しい想いよ、
> ああ、理性が押しとどめる事ができない欲望よ、

トマス・ロッジの、21番4行目の thoughtes という言葉のオリジナルが、今あげたアリオストの『リーメ』では5行目 pensieri にあたると推察される。その根拠として、アリオストの4行目「僕への不当な苦しみから生ずる、正当な嘆きよ。」というフレーズは、行が入れ替わる形でロッジの5行目ではほぼ直訳されているからである。ペトラルカ自身の作品ではないが、その流れを汲むアリオストを訳す際に、ロッジがこの語を用いたのには意味があると思われる。ここには、ロッジの thought の意味を理解するための1つのヒントがある。
　ちなみに、それぞれのソネットの最後の3行を比較すると、ロッジとアリオストの歌い方は大分違っている。ロッジは、それがどうした、と開きなおり「そうしたとしても（欲望が静まるとしても）結局はそれが逆に自分の欲望を高める事になるだけだ」と括る。一方アリオストは、

"Che fia non so, ma ben chiaro discern / che mio poco consiglio e troppo ardire / soli posso incolpare ch'io viva in guai." (12–14)「どうなるかわからない。だがはっきりしているのは、／僕の弱い分別と強い情熱が、／苦しい人生の原因だという事だ」と、自分の苦境を少し客観視する。もちろん、自分の欲望を責めている形を取る（「僕の、少ない分別と過剰な欲望が、僕の苦しみの原因だ」）と言う点では、両者共通してはいるが。

さらに付け加えると、今あげたロッジの21番の9行目から10行目の部分が、ペトラルカの328番を想起させる事も指摘しておきたい。'tal mi sentia, non sappiend' io che leve / venisse 'l fin de' miei ben non intregri.'（そのように僕は感じるのだ。もちろん、／僕の不完全な幸福の終わりがすぐに来るのかどうか、よくは知らないのだが。）

面白いことに、ペトラルカがここで死（病い）と老いのイメジを使っているのに対して、アリオストはそれを排除した。その一方で、さらに後世の英国詩人であるロッジは、再びそのイメジを持ち出した。当然、これには2つの説明が考えられる。(1) ロッジが、ペトラルカの詩を直接知っていた。(2) ロッジが、アリオストの詩を読んで、偶然そのようなイメジを思いついた。どちらにしても、ペトラルカの「死」のイメジが、アリオストを経て、再びロッジの詩で先祖帰りしたという点は非常に興味深いと思われる。

(3) ペトラルカを超えた thought

最後にロッジのペトラルカ／ペトラルキズムが進化した形として『フィリス』14番をあげる。ここには、ペトラルカを出発点としながらも、ロッジのイギリス的なオリジナリティを感じる。そこにはパストラル的なものが感じられるのが大きな特徴である。といっても、もともとペトラルカ／ペトラルキズムの詩に田園はつきもので、ロッジのオリジナル

とは言え、上に提示したようにここでもフランスからイタリアのソネットに先祖帰りした、という言い方の方が正しいかもしれないが。

    Sonnet XIIII.
    I wroat in Mirrhaes barcke, and as I wroate,
    Poore Mirrha wept because I wroat forsaken:
    T'was of thy pride I soong in weeping noate,
    When as hir leaues great moane for pittie maken.
    The falling fountaines from the mountaines falling,
    Cride out ah-las, so faire and bee so cruel?
    And Babling Echo neuer ceased callinge,
    Phillis disdaine is fitte for none but truthlesse.
    The rising pines wherein I had engraued,
    Thy memorie consulting with the winde:
    Are trucemen to thy heart, and thoughts depraued,
    And say thy kind should not bee so vnkinde.
    But (out ah-las) so fell is Phillis pheerlesse,
    That she hath made hir Damon welnie tearlesse.

僕はミリスの木の樹皮に文字を書いた。そして、
僕が「見捨てられた」と書いたので、かわいそうなミリスは泣いた。
涙を誘う調子で僕が歌ったのは、きみのプライドについてだった。
その葉が、哀れみのために大きな嘆き声をあげた時、
山から流れ落ちる泉が「ああ」と叫んだ。
「あんなに美しいのに、あんなに冷酷。」
そして泡をたてるエコーも、叫ぶ事を止めなかった。
「フィリスの軽蔑は、真実がない者にだけふさわしい。」
高く聳える松の木。そこに僕は
風と相談しながら、きみの記憶を刻みつけていたが、
その木は、きみの心と踏みにじられた想いの仲裁人だ。
その木は言うのだ。「お前たち女は、そんなに非人情ではいけない。」

だが、ああ、フィリスは比類なく残忍なので、
　　彼女を愛するデイモンの涙を、ほとんど涸らしてしまっていたのだ。

1行目のイメジは、まさにシェイクスピアの『お気に召すまま』、すなわちロッジの『ロザリンド』、の一場面である。このソネット14番に関してはイタリアやフランスのオリジナルは指摘されておらず、むしろロッジ自身の『ロザリンド』に鏤められている詩群を連想させる。それはとりもなおさず、パストラルというジャンルへの、ソネット文学の越境を意味する。

　まず1行目と2行目には、木に彫り込まれた、愛する人の名前を見て、木が涙を流すというオヴィディウスやダンテを連想させる表現がある。(2) その後それに共鳴するように、葉っぱや泉や木霊や風等がそれに答え、冷酷なフィリスを責める。そして松の木は、彼の想いと冷酷な彼女の仲裁人としての役割を果たし、フィリスに少し心を開くように勧める。しかしそれでもフィリスは、極端に冷酷なので詩人ダエモンの涙はすっかり涸れてしまった。先ほども指摘したように、このソネットの優れている点は、ペトラルカに含まれるパストラル的要素をうまくイギリスに移植し、フィリスをペトラルカのラウラではなく、羊飼いの娘に似せて設定している点である。

　ここでフィリスという女性名について考えてみよう。この詩集のタイトルでもある〈フィリス〉は、彼の『ロザリンド』でも言及される。そこには2人のフィリスが現れる。その1人はギリシア神話に登場するトラキアの女王フィリスであるが、おそらくロッジがイメージしていたフィリスは2人目のフィリスである。それは、ウェルギリウスの『牧歌』に登場するプライドの高い田舎娘、すなわちロッジの『ロザリンド』のフィービに当たる女性である。ウェルギリウスの『牧歌』においては、そこに出てくる女性名はフィリスも含め、本人の名前というよりはパストラルの中での〈役名〉に過ぎなかったと言えるが、ロッジのフィリス

にもそのような事が言えそうだ。言いかえると、この詩集はフィリスという特定の女性に宛てたものというよりは、パストラルに登場する男性に対して冷酷な態度を示す田舎女（フィービのような）全体をフィリスと呼び、そのような女性全体に対して呼びかけるという形を取ったものであった。

　先ほど見たソネット14番の最後のカプレット But (out ah-las) so fell is Phillis pheerlesse, / That she hath made hir Damon welnie tearlesse. という言い方も、このような冷酷な田舎娘というイメージで歌われているように思われる。つまり、ロッジはソネットを歌う対象である女性を、〈女神〉から〈地上の女性〉（それはシェイクスピアのダークレーディにもつながるアイコンであるが）へと近づけたと言える。これは彼の、イギリスソネット文学に対する大きな貢献の1つであり、それは thought という言葉の力を借りたものであった。

(4) 結論

　以上、ロッジの thought の3種類の使い方を見てきたが、その結果言える事は、ロッジがこの語をうまく使いながら、ペトラルカの世界に内在していたパストラル的な世界観を自分の詩に巧みに取り込んだのではないかという点である。もともとパストラルというジャンルは、アルカディア的な黄金時代をベースにしながらも、そこに現実（政治や病い、死など）が介入してくる仕組みになっている。それはペトラルカにおいてもそうである。

　ペトラルカの『カンツォニエーレ』のパストラル性は〈自然描写〉と〈思索〉に集約される。例えば有名な「想いから想いへ」ではじまる129番のたとえば「すべての人が住む場所は／私の目にとって不倶戴天の敵だ。」ogni abitato loco / è nemico mortal degli occhi miei. (129: 15–

16) という言い方からも、ペトラルカは社会を忌避して、孤独へ入って行こうとしている事がわかるし、実際にヴォークリュズに庵を結び、物理的にもそうしていた。同じく 129 番を引用すると「一歩歩むごとに、わが愛する人への想い (penser) が生まれる。」(129: 17–18) それは思索のためでありながら、同時に愛のためでもあった。彼は「川や泉」「谷」などで、「心を静める事ができる」のである。(129: 4–6) これはペトラルカの、愛ゆえの現実逃避と言える。[3]

一方ロッジにおいては、このようなマイナス面を含んだパストラル性は、『ロザリンド』の中のソングの中にさらに色濃く見られる。2 つ例を見てみよう。

1 つ目は「モンタナスとコリドンの楽しげな牧歌」(A pleasant Eglog between Montanus and Coridon.) である。ここでは、パストラル的世界にも存在する恋の悲しみが列挙されている。登場人物の 1 人コリドンは、ペトラルカのソネット 1 番を連想させる 'Oh staylesse youth, by errour so misguided,'（おお、あやまりにみちびかれるうつろい変る青春よ）という呼びかけを述べたあと、恋する苦しみを次のように列挙していく。

> As many stars as glorious heauen contains,
> As many storms as wayward winter weepes,
> As many plagues as hell inclosed keepes:
> So many griefs in loue, so many pains.
> 天に輝く星のよう、
> 気ままな冬が号泣するあらしのよう、
> 地獄に閉じこめられている疫病のよう、
> そのような数知れぬ悲しみ、苦痛が、恋にはひそんでいるのだ。
>
> Suspitions, thoughts, desires, opinions, prayers;
> Mislikes, misdeeds, fondioies, and fained peace,
> How sweet thoughts be, if that are but thought on *Phillis*!

Illusions, dreames great paines, and small increase,
Vowes, hope, acceptance, scorns, and deepe despaires.
疑惑、物思い、欲望、意見、祈り、
嫌悪、あやまり、おろかなよろこび、いつわりの平和、
幻想、夢、大きな苦しみ、無益さ、
誓い、希望、容認、軽侮、深い絶望、(Gosse, vol I, 44)[(4)]

　ここでパストラル的世界（アルカディア）に対する数々の苦しみ (griefs) の侵入は、ソネット文学でいうと、愛の世界に対する「悲しみ」の侵入である事がわかる。

　もう1つの例は、先ほどフィリスの名前の件であげた詩 'Phoebes Sonnet, a replie to Montanus passion.' で、ここでは上記のような恋愛の不都合が、どのようにして我々人間に生じていったが説明されている。

　「愛という感情が最初に生まれた時」、それは「神の意志によって人間におろされた。」それは最初の頃は "Deuoid of all deceipt,/ A chast and holy fire" であり "Did quicken mans conceipt,/ And womens brest inspire," という結果となった。「神はこれを見て、大変喜んだ。」しかし、

　　But during this accord,
　　A wonder strange to heare:
　　Whilest Loue in deed and word
　　Most faythfull did appeare.
　　False semblance came in place,
　　By iealousie attended,
　　And with a double face
　　Both loue and fancie blended.
　　でも、聞くのもふしぎな
　　　この調和がおこなわれ、
　　愛の神さまが、行為でも言葉でも、
　　　とても誠実に見えたとき、

いつわりのみせかけが
　　嫉妬にともなわれて登場し、
　二重の顔で
　　愛情ときまぐれをつきまぜたのです。(Gosse, Vol I, 47–48)

という皮肉な結果となってしまった。アダムの堕落以前と以後という捉え方もできるだろうか。

　さて、上記の２つの例からも明らかなように、パストラル的世界観には暗い、悲しみや苦悩が付き物であった。この事実は「我は、アルカディアにもあり」というモットーを思い起こさせる。もちろんこの場合の「我」は「死」であるわけだが、この場合の「我」は「死」といっても「人間にはどうしようもない、取り返しのつかない傷」の比喩としての「死」である。したがって、この「我」は不幸や悩み、苦しみとかを表すと思われる。言いかえるとそれは、この世の人間につきまとう憂鬱や不確定性である。つまりアルカディアにもマイナス面、暗い面はあるわけで、それは『お気に召すまま』に登場するジェイクウィズの「憂鬱」にも似ている。そのような憂鬱は、人間同士の交わり、広い意味の愛、から生じ、皮肉な事に一番人に求められる愛が、アルカディアでの一番大きな障害となっているのである。この楽園での「死」は、命を持つ我々の現実の死ほどには現実的ではないにしても、次に述べるペトラルカ的な「死」よりはよりリアルに現実を映す鏡となっている。

　一方、ペトラルカ的な恋人にとって、愛する女性からの拒絶は「死」を意味する。先にも述べたように、一種人工的なペトラルカ的な愛の世界に愛する女性のノーが侵入してくる様は、パストラル的アルカディアに「死」が侵入してくる様に似ている。

　そのようなペトラルカ的な愛の憂鬱を、ペトラルカはpensieroと表現し、ロッジはthoughtと表現したのではなかったか。これらの言葉は、愛する女性への純粋な、憧れにも崇拝にも似た気持ちをあらわしな

がら（これはアルカディア的な世界観である）、同時にその女性に対する抑え難い欲望とそこから生じる苦痛（非アルカディア的であり、アルカディアでも避けられない現実）、も表現しているように思える。愛するものにとって、愛する対象からの拒絶は「死」を意味するのだから。このようなマイナス面も含めてこそパストラルは成立しているのであり、それを表現するのにロッジは thought という訳語をあて、その二面性を複眼的に描いたのではないだろうか。言いかえれば、ロッジは thought という語の力を借りて、ペトラルカの詩に内在したパストラル性を引き出し、愛する女性の拒絶とアルカディアにおける死をパラレルにする事によって、新たなソネットの世界を切り開いた詩人であったと言える。

注

(1) 本論は、2018 年 9 月 8 日に関西学院大学大阪梅田キャンパスで開催された「十七世紀英文学会全国大会」での口頭発表「How sweet thoughts be, if that are but thought on *Phillis*!：トマス・ロッジ『フィリス』のペトラルカ性」の発表原稿に大幅に加筆・修正を加えたものである。
(2) たとえばダンテの『神曲』地獄篇第 13 歌では、自分の肉体に暴力を加えた自殺者が、節くれてひね曲がった樹木に変化させられている。
(3) 一方、ロッジも小品ではあるが、ホラティウス風の「孤独の勧め」("In commendation of the solitarie life")、「田舎の勧め」("praise of the Country life") を書いていて、これらは非常にペトラルカの孤独への指向と通底するものがある。
(4) 『ロザリンド』の和訳は、北川悌二訳を使用させていただいた。

Works Cited

Céard, Jean et al. *Ronsard: Oeuvres completes*. Paris: Gallimard, 1993.
Cuvelier, Elaine. *Thomas Lodge: témoin de son temps*. Paris; Didier, 1984.
Davis, Walter R. *Idea and Act in Elizabethan Fiction*. Princeton, N.J., 1969.
Durling, Robert M. *Petrarch's Lyric Poems: the Rime sparse and other lyrics*. Cambridge, Mass. : Harvard, 1976.

Gosse, Edmund. *The Complete Works of Thomas Lodge*. New York: Russell and Rusell, 1963.
Inns, Paul. *Shakespeare and the English Renaissance Sonnet: Verses of Feigning Love*. London: Macmillan Press, 1997.
John, Lisle Cecil. *The Elizabethan Sonnet Sequences: Studies in Conventional Conceits*. New York: Russel and Russel, 1964.
Kastner, L. E. "Thomas Logde as an Imitator of the Italian Poets." *Modern Language Review*. 2:2 (1907), 155–161.
Lee, Sidney. *Elizabethan Sonnets*. London: Archibald Constable and Co. , 1904.
Minto, William. *Characteristics of English Poets from Chaucer to Shirley*. Edinburgh: William Blackwood, 1885.
Nellist, Brian ed. *Thomas Lodge: Rosalynd*. Ryburn publishing: Keele Univ.Press, 1995.
Pearson, Lu Emily. *Elizabethan Love Conventions*. New York: Barnes & Noble, 1933.
Paradise, N. Burton. *Thomas Lodge: The History of an Elizabethan*. New Haven : Yale UP., 1931.
Rae, Welsey D. *Thomas Lodge. (TEAS 59)*, Boston : Twayne, 1967.
Scott, Janet G. *Les Sonnets Élizabéthains: Les Sources et Personnel*. Paris: Librairie Ancienne Honoré Champion, 1929.
Segre Ceare (ed.) *Lodovico Ariosto: Opere Minori*. Milano: R. Riccardi, 1954.
Spiller, Michael. *The Development of the Sonnet: An Introduction*. London: Routledge, 1992.
Sisson, Charles Jastper et al. *Thomas Lodge and other Elizabethans*. New York: Octagon Books, 1966.
Tenny, E. A. *Thomas Lodge*. Ithaca: Cornell, 1935.
Whitney, Charles C. *Thomas Lodge*. London : Ashgate, 2011.

池田廉訳『カンツォニエーレ：俗事詩片』名古屋：名古屋大学出版会、1992。
岩永弘人『ペトラルキズムのありか：エリザベス朝恋愛ソネット論』東京：音羽書房鶴見書店、2010。
北川悌二訳、トマス・ロッジ作『ロザリンド』東京：北星堂書店、1973。

ウィリアム・ハビントンの
コズミック・エスケイピズム

吉中　孝志

　ウィリアム・ハビントン (William Habington, 1605–1654) の詩の評価は、総じて、彼自身が謙遜して望んだように、「驚くほど高いわけでもなく、軽蔑されるほど低いわけでもない」('not so high, as to be wondred at, nor so low as to be contemned') とされるのが正当であろう。[1] 既に17世紀後半には殆ど無名になりかかっていたこの二流詩人は、しかしながら、18世紀の終わりから19世紀の初頭にかけてささやかな流行の時期を享受している。例えば、ロマン派詩人ウィリアム・ワーズワス (William Wordsworth, 1770–1850) は、『抒情歌謡集』第二版（1800年）に収められた、いわゆる 'Lucy poems' の一つ、「彼女は人里離れた所に住んでいた」('She dwelt among the untrodden ways') という行で始まる詩の中で、ルーシーを「人目から半ば隠されて／苔むす石のそばで咲く菫の花」('A violet by a mossy stone / Half hidden from the eye', lines 5–6) に喩えた。[2] ワーズワスのこの表現は、ハビントンが、後に妻となる女性、初代ポーイス男爵ウィリアム・ハーバートの娘、ルーシーを次のように表した詩行に由来していることが指摘されている。[3]

　　Like the Violet which alone
　　Prospers in some happy shade:
　　My *Castara* lives unknown,
　　To no looser eye betray'd[.] (51, '*The Description of* Castara', lines 1–4)

　　とある幸せな木陰でひとり
　　綺麗に咲く菫のように、

ふしだらな眼なんかには見つからず、
僕のカスターラは、人知れず生きている。

　ハビントンの詩に何らかの魅力があるとすれば、それは、読者にとっては、穏健な道徳性であるとともに、研究者にとっては、その間テクスト性であると言えるだろう。特に、同時代の詩人たちとの間テクスト性は、ジェームズ・シャーリー (James Shirley, 1596–1666) を筆頭に、ウィリアム・ダヴェナント (William Davenant, 1606–1668)、リチャード・ラヴレイス (Richard Lovelace, 1618–1658)、ロバート・ヘリック (Robert Herrick, 1591–1674)、トマス・カルー (Thomas Carew, 1594/5?–?1639)、トマス・スタンリー (Thomas Stanley, 1625–1678)、さらには、ヘンリー・ヴォーン (Henry Vaughan, 1622–1695) のテクストの中に見出され、ハビントン自身が先行する詩人たち、サー・フィリップ・シドニー (Sir Philip Sidney, 1554–1586)、エドモンド・スペンサー (Edmund Spenser, 1552–1599)、そして、ジョン・ダン (John Donne, 1572–1631) やベン・ジョンソン (Ben Jonson, 1572–1637) らのテクストをどのように加工したのかを見るのは興味深い。

　例えば、ダンが、「行って、流れ星を捕まえて来い」('Goe, and catche a falling starre') という言葉で始まる詩の中で、「人魚が歌っているのを聞く方法を教えてくれ」('Teach me to hear mermaids singing', line 5) といった数々の無理難題を列挙した後で、たとえそれらが叶えられたとしても「どこにも／貞節で美しい女はいない」('Nowhere / Lives a woman true and fair', lines 17–18) ことを誓わざるをえない、[4]と唄ったのに応じて、ハビントンは、「女性に対して不貞を主張する輩に抗して」(*Against them who lay unchastity to the sex of Women*) と題された詩の中で次のように言い返している。

　　They heare but when the Meremaid sings,
　　And onely see the falling starre:

>   Who ever dare,
> Affirme no woman chaste and faire.
>
> Goe cure your feavers …[.] (79, lines 3–7)

> 人魚が歌う時にしか耳が聞こえない、
> 流れ星が見えるだけ、そんな輩が
> 　　あつかましくも
> 断言するのだ、貞節で美しい女などいないと。
>
> 君たちの熱病を治して来い……。

ハビントンがここで弁護している、彼の妻に体現された女性の美徳は、詩集に付け加えられた「特質短描」(characters) の一つ「恋人」('A Mistris') の最後でも繰り返されている。

> *And Ile conclude, (though the next sinod of Ladies condemne this character as an heresie broacht by a Precision) that onely she who hath as great a share in virtue as in beauty, deserves a noble love to serve her; and a free Poesie to speake her.* (10)

> かくして私は次のように結論する、（たとえ次回の女性会議が、この特質短描を清教徒によって持ち出された異端説であるとして非難するとしても）、美しさと美徳において同量の大きな割り当てを担っている女性のみが、彼女に仕えるべき高貴な愛に、そして彼女を描くべき偏見のない詩に値するのだ、と。

ハビントンは、政治に口を出し始めた当時の饒舌な女性活動家たちを揶揄しているが、ここで重要なのは、彼自身が提唱する保守的な女性像が、「厳格な人々」('precise folk') と呼ばれた清教徒の説く女性像と間違われることを冗談半分で懸念しつつも肯定しているように思われること

だ。ハビントンは、国王チャールズ1世と王妃ヘンリエッタ・マリアとの間の夫婦愛を讃える時 (57, *'To Castara, Vpon the Mutuall Love of Their Majesties'*) も、その愛は「あらゆる安楽な情熱を避けるストア哲学者」('The Stoike, who all easie passion flies', line 5) でさえ「彼の宗派の信条」('The tenets of his sect', line 8) である禁欲主義を「異端として」('As heresies', line 7) 捨てさせるほどの純粋なものであると主張する。愛の概念においては、ハビントンは清教徒なのである。彼の気質上の清教徒主義は、「貞節な美徳のみが、真実で美しい」('Chaste vertue's onely true and faire', 95, *'To Castara. Of true delight'*, line 32) ことを言う為に、此の世的な快楽の空しさを説く時にも見られる。

> Why doth the pallate buy the choyce
> Delights oth' sea, to enrich her fare?
> …
> And when the sewer takes away
> I'm left with no more taste, then death. (94, lines 3–4, 7–8)

> なぜ味覚は、食事を豪華にするために
> えりすぐりの海の珍味を買い求めるのか？
> ……
> そして配膳方が食卓を片付ければ、
> 死の味だけが残される。

しかし、もう一方で、ハビントンが忠実な王党派であり、カトリック教徒であったという事実は、彼が酒や宴を愛でる時に否応なく現れる。「カナリア諸島の富」('the wealth / Of the *Canaries*') すなわち、カナリーワインは、「良き国王陛下の健康を祝すために飲みつくされる。／それなしで誰が彼らを忠実な臣民と判断するだろう」('was exhaust, the health / Of his good Majestye to celebrate, / Who'le judge them loyall subjects without that[?]', 84, 'To My Noblest Friend, Sir I. P. Knight', lines 27–30) とハビントンは言う。また、シャーリーの「クラレットを飲んだ時になされた会合の約束を破った二人の紳士」('Two Gent[lemen] that broke their promise of a meeting, made when they drank Claret') という詩への返答として書かれた「友人へ、約束した会合に彼を誘って」('To a Friend, Inviting him to a meeting upon promise') は、ハビントンの反清教徒的な表現に満ちている。清教徒たちへの悪口を魚に二人で飲もうというわけだ。

> May you drinke beare, or that adult'rate wine
> Which makes the zeale of *Amsterdam* divine;
> If you make breach of promise. I have now
> So rich a Sacke, that even your selfe will bow
> T'adore my *Genius*. Of this wine should *Prynne*
> Drinke but a plenteous glasse, he would beginne
> A health to *Shakespeares* ghost. (61, lines 1–7)

> ビールでも、アムステルダムの熱狂を神聖にする
> あの混ぜ物をしたワインでも、飲んでりゃいいさ、
> もし君が約束違反をするのならね。僕は今、
> 君自身でさえ腰をかがめて僕の好みを
> 崇めるほどの芳醇なサックを持ってるんだ。万が一、
> たっぷり注いだ一杯のこのワインをプリンが飲もうものなら、
> 彼は、シェイクスピアの幽霊に健康を祈念して乾杯し始めるだろうよ。

新興宗教に寛容だったオランダには、当時、数多くのプロテスタント系のセクト集団が住んでおり、ハビントンはここで、狂信的なカルヴィニストたちの宗教的熱心さを嘲笑っている。通常、図像学的には水で薄められたワインは、節制を表すが、ここではまるで彼らが何やらいかがわしいワインのせいで宗教的な酩酊状態にあるかのように表現されてい

る。加えて、詩人が自慢している「サック」とは、通常スペイン産のシェリーや白ワインで、シャーリーの詩で言及された「クラレット」がフランス、ボルドー産の赤ワインであることを考えると、プロテスタント国に対するカトリック教国の優位が含意されているのかもしれない。さらなる清教徒批判は、清教徒の指導者ウィリアム・プリン (William Prynne, 1600–1669) への言及によってなされている。飲酒や宴会は罪であると主張する厳しい規律励行者であったプリンは、『ヒストリオマスティクス——俳優のしもと、または役者の悲劇』(*Histrio-mastix, the Players Scourge, or, Actors Tragædie*, 1633) という小冊子を、ハビントンが自らの詩集の初版を出版する一年前に出版して物議を醸していた。その中でプリンは、演劇自体に反対するとともにヘンリエッタ・マリア王妃を含めて女優を告発したのである。しかしこのワインさえ飲めば、と詩人は言う、あの堅物のプリンでさえ彼の信条を変えて、大劇作家シェイクスピアに乾杯するだろう、と。幽霊に健康も何もないという冗談だけではなく、そもそも煉獄の存在を信じないはずの清教徒が、幽霊が実在することを前提として乾杯するという点には、根本的な教義の違いを利用した笑いが組み込まれている。

　また、ハビントンは同じ詩の中で、清教徒たちの偶像破壊行為、教会財産の売買、そして彼らの聖職者が当時剥奪されていた聖職禄をも揶揄している。

> … and I know [you]
> Will sooner stones at *Salis'bury* casements throw,
> Or buy up for the silenc'd Levits, all
> The rich impropriations, then let pall
> So pure Canary, and breake such an oath[.] (62, lines 19–23)

> ……それに僕はわかっているよ、君は、
> こんなに透き通ったカナリーワインを

まずくして、そんな誓いを破るよりは、むしろ
ソールズベリーの窓に石を投げたり、ぜんぶ高価な教会財産を
黙らされたレビ人たちのために買い上げたいと思うだろ。

1630年代の清教徒たちは、カトリック教徒の王妃が主導権を持つ王室と大主教ウィリアム・ロード (William Laud, 1573–1645) が導く教会体制の下で、明らかな劣勢状態にあり、1630年にソールズベリー市街の聖エドモンド教会のステンド・グラスを偶像だと非難して破壊した市の記録係であったシャーフィールドという人物も、星室庁で裁かれるただの罪人でしかなかった。清教徒たちの熱狂が「混ぜ物をした」('adult'rate') ワインで生じさせられたものだと言い放つ詩人にとって、「純粋な」('pure') のは、ピューリタンではなく、カナリーワインの方である。だからこそ詩人は、「より多くの宗教的熱情は、自らのサックの中にある」('more Enthusiasmes are in my sacke', line 34) と言って、詩的霊感を与える、彼の供する白ワインを讃えるのである。ただ我々は、神がかり状態を作り出すワインの力をハビントンが、「僕のサックは、あらゆる人間的な考えから開放する」('My sacke will disingage / All humane thoughts', lines 31–32) と言った言葉の意味合いが1640年代には変わって行くことに留意しておくべきだろう。内乱勃発後、王党派やカトリック教徒にとって、議会派が成そうとしていることは、神の意思ではなく、あくまで「人為的な政策」('humane pollicie', 115) であり、それによって宗教的に、また政治的に窮地に追い込まれていくハビントンたちにとって酒は現実逃避の手段ともなって行くからである。

　内乱の足音を耳にするようになった頃、ハビントンは、1640年出版の『カスターラ』第三版に「特質短描」を付け加えている。「妻」('A Wife') たるべき者の理想的な姿を描いた箇所では、「彼女は信心深く、毎日が彼女を殉教者として栄冠を与え、彼女の宗教的熱心さは、反乱を起こさず国の融和をも乱さない」('She is so religious that every day *crownes her a martyr; and her zeale neither rebellious nor uncivill'*, 55) と言って、清教徒たちの宗教的熱情を揶揄しているかのようである。また、「聖なる者」('A Holy Man') を定義しながら、宗教に関して彼は「私的個人の霊という虚空に、もしくはどんな新たな分離派の砂の上に、宗教を立てることは破壊的な狂気であると心得ているので、カトリック信仰が、彼が建てる基盤である」('*Catholique faith is the foundation on which he erects Religion; knowing it a ruinous madnesse to build in the ayre of a private spirit, or on the sands of any new schisme*', 115) と明言し、清教徒たち、特に急進派の主張する神からの啓示とは彼らの「人間的な考え」の偽装にすぎないことを暴露している。国王との関係に関しても、「聖なる者」はいつも君主に従うべきであり、たとえ彼の良心が国王の間違いを告げる時でさえ、「それでも反乱によって自らの信条を実現することは大逆罪であり、宗教の衣を被って世俗の敬意を保つことはいわば最も下劣な卑怯であると考える」('*he judgeth it neverthelesse high treason by rebellion to make good his tenets; as it were the basest cowardize, by dissimulation of religion, to preserve temporall respects*', 115) と言う。1640年以降、「人間的な考え」に悩まされる状況がハビントンにとっては加速されるのである。

　時に、ハビントンが動物や植物を賞賛するのも、彼らが「人間的な考え」に悩まない存在だからかもしれない。

　　　　　　　　　… by th' stealth
　　　Of our owne vanity, w'are left so poore,
　　　The creature merely sensuall knows more.
　　　　　　　　　　(44, '*To the Honourable Mr*. Wm. E.', lines 20–22)

　　　　　　　　　… fancy frames new rites
　　　To show it's superstition, anxious nights
　　　Are watcht to win its favour: while the beast

Content with Natures courtesie doth rest. (Ibid., 45, lines 39–42)

　　　　　　　　　我々自身の空しい思いが
忍び寄り、我々は、かくも貧しい状態で残されているので
　　　　単に感覚のある動物の方が人間よりも賢いのだ。

　　　　　　　　　　　妄想は、その迷信を示すために
新たな儀式を形作り、不安な夜が、妄想に気に入られようと
眠らないで過ぎて行く。一方で獣たちは、
自然の親切に満足して安息を得ている。

　ハビントンがヘンリー・ヴォーンの初期の詩群に大きな影響を与えていたことは、既に指摘されており、明らかであるが、[5]『火花散る火打石』(*Silex Scintillans*, 1650, 1655) に収められた宗教詩にも、その主題や表現においての反響を見出すことができることはもっと強調されていいだろう。例えば、ヴォーンは、「ひと」('Man') と題された詩の中で、「ひとはいつもつまらぬことを思い悩み、気苦労が絶えぬ」('Man hath stil either toyes, or Care', line 15) 一方で、ひとより劣ったはずの生き物たちが、「絶えず神からの召しに励み、／やすらかな心は、けっして、新たな仕事の為に破られることはない」('[some mean things] To his divine appointments ever cleave, / And no new business breaks their peace', lines 2, 10–11) と言う。また、「それで彼らはそうするのか」('And do they so?') という自問で始まる詩の中でヴォーンが、霊的な貧困状態にある人間よりもむしろ「僕は先祖代々、石か、木か、／花だったらよかったのにと思う」('I would I were a stone, or tree, / Or flowre by pedigree', lines 11–12) と嘆息する時、[6] それは、妻の愛の力が人間的な野心や出世を空しく感じさせてくれることを、変身願望によって伝えようとしているハビントンの表現を想起させる。

> I'de rather like the violet grow
> 　　Vnmarkt i'th shaded vale,
> Then on the hill those terrors know
> Are breath'd forth by an angry gale[.]
> 　　　　　　(46, 'To Castara, *The Vanity of Avarice*', lines 16–19)

> 丘の上で、怒りの突風によって吐き出された
> 　　あの恐怖を知るよりは、
> 僕はむしろ菫のように育ちたい
> 谷間の木陰で誰にも気付かれず。

　変身願望は、何らかの抑圧や苦悩からの逃避願望でもある。例えば、ギリシア神話のニオベの場合、こどもたちを殺された悲しみのあまり石に変わり、その涙は泉になって流れ続けたという。それは換言すれば、悲しみからの防衛機制でもあるだろう。石になれば、少なくとも人間でいた時ほどの悲しみは感じないで済むからである。[7] アンドリュー・マーヴェル (Andrew Marvell, 1621–1678) の「子鹿の死を悲しむニンフの歌」('The Nymph Complaining for the Death of her Fawn') の場合さらに、いわば第二のニオベのように、涙を流す彫像／噴水に変身するニンフは、「無慈悲な騎兵隊兵士がやって来て私の子鹿を撃ってしまった」('The wanton troopers riding by / Have shot my fawn', lines 1–2) と言っていることを考えると、愛する動物の死がもたらした悲しみだけではなく、1640年代の議会軍の騎馬兵の蛮行に表されるような内乱の不幸からの逃避願望をも暗示することになるだろう。[8] 同様に、カスターラの不在を嘆く詩人も、噴水、もしくは泉に変身している。

> Shee's gone, and I am lost. Some unknown grove
> I'le finde, whereby the miracle of Love
> I'le turne t' a fountaine, and divide the yeere,
> By numbring every moment with a teare.

(34, 'To Reason, *Vpon* Castara's *Absence*', lines 5–8)

彼女は行ってしまった。だから僕はもう駄目だ。どこか
知られていない森を僕は探そう。そこで愛の奇跡によって、
僕は泉に変わろう。そして年月を刻むのだ、
一瞬一瞬を涙で数えることによって。

　同時代の他の王党派の詩人たちとは違って、ハビントンのマーヴェルへの影響は指摘されて来なかったように思われる。[9] しかし、少なくともベン・ジョンソンの「ペンズハースト屋敷に寄せて」('To Penshurst', 1612) 以来のカントリーハウス詩の伝統の中で考えれば、ハビントンが生まれ育った田園邸宅について次のように書いた時、マーヴェルがフェアファックス卿のアップルトン・ハウスについてその慎ましさをローマ初代の王ロムルスの小さな部屋 ('As Romulus his bee-like cell', 'Upon Appleton House', line 40) のようだと讃えた詩と同一の系譜上にあると言えるだろう。[10]

> *Castara* rather seeke to dwell
> Ith' silence of a private cell.
> Rich discontent's a glorious hell.
>
> Yet *Hindlip* doth not want extent
> Of roome (though not magnificent)
> To give free welcome to content. (14, '*To* Castara', lines 4–9)

カスターラ、むしろ私的な小さな部屋の
静けさの中に住むことを求めよ。
豪華な不満足は、壮麗な地獄だ。

でもハインドリップ邸は、（壮大ではないけれど）
満足を遠慮なく歓迎するための

場所の広さに不足はないよ。

さらに、マーヴェルは、「庭」の中でオヴィディウスの『変身譚』を利用してダフネの月桂樹への変身に冷やかし半分の新解釈を与えた ('Apollo hunted Daphne so, / Only that she might laurel grow', 'The Garden', lines 29–30) が、同様にハビントンもハインドリップ邸 (Hindlip Hall) の庭でカスターラを讃える目的の為に次のように『変身譚』を変形している。

　　[The Nymphs] rouse the morne
　　With the shrill musicke of the horne.

　　Wakened with which, and viewing thee,
　　Faire *Daphne* her faire selfe shall free,
　　From the chaste prison of a tree:

　　And with *Narcissus* (to thy face
　　Who humbly will ascribe all grace)
　　Shall once againe pursue the chase. (15, lines 23–30)

　　［妖精たちは］かん高い角笛の
　　音楽で朝を目覚めさせる。

　　その音で起こされて、そして君を見て、
　　美しいダフネは、樹の貞節な牢獄から、
　　美しい自らを解き放つ。

　　そしてナルキッソス（彼は、謙遜に
　　君の顔にすべての美点を帰するだろう）と一緒に、
　　追いつ追われつを続行するに違いない。

マリナ・ウォーナーによれば、『変身譚』の世界は、神話上の黄金時代であって、その特徴の一つは、そこでは自然界のエネルギー、即ち「あらゆる現象の生きた連続体」('the vital continuum of all phenomena')を邪魔するものが何もないということである (Warner, 60–61, 5)。[11] 換言すれば、マーヴェルの「庭」やハビントンのハインドリップ邸の庭が黄金時代を再現しようとするのと同程度に、変身物語には自由な世界への渇望が内在している。だから、神話世界のダフネは、変身することによってアポロの強権から逃れ、ハビントンの書き換えた物語の中では、さらに閉じ込められていた月桂樹から解き放たれている。しかも再開された追跡においては、自由になったダフネが追いかけられているのか追いかけているのかさえ曖昧である。ダフネは、新たな連れ合いである美青年ナルキッソスと共に狩りを楽しんでいるのか、それとも、やはりダフネは追いかけられていて、彼女を追うのは、今度はアポロではなく、ナルキッソスだということなのか。もし後者ならば、神話世界のナルキッソスは自分自身の美しさを追いかけているのだから、その美しさはカスターラの美しさに由来するものだと表現することで、詩人は結局のところ、ダフネとカスターラとを重ねることを狙っている。ならば詩人は、ナルキッソスとは彼女を追いかける自分自身のことだと暗示したいのだろうか。ジョージ・サンズは、ナルキッソスを「ああ、逃げてゆく影を捕まえようと努力する愚か者よ！」('O Foole! that striu'st to catch a flying shade!') と呼んで、オヴィディウスの与えた教訓を英訳したが (Sandys, 56)、ハビントンもまた、高嶺の花であるルーシー・ハーバートに求愛する自らの詩の行間に自虐的な思いを含ませているのだろうか。ともかく詩人は、神話は単なる作り話だと評する知恵者たちは、「私達の中に／ダフネやナルキッソスが作り話以上のものだったと見出すだろう」('… shall in us / Finde, they were more then fabulous', 15, lines 32–33) と言って詩を結ぶ。ハビントンは、神話世界を現実世界と綯い交ぜにして作り直すことによって、実は神話世界へのさらなる没入を試みていると

も言えるだろう。もしもウォーナーが示唆するように、変身物語が不自由な世界からの逃避願望の表れであり、変化を必要とする人々が彼らの想像力の糧として使った主題であるとするならば、ハビントンが経験していた不自由とは何だったのだろうか？

　ハビントンの詩に一貫して表れる変身物語は、星への変身である。そしてそれは、後にヴォーンが「此の世の宿りの上空、はるか離れてあげられて、……／僕はどこかの星になりたい」('I would I were some ... Star, / ... lifted far / Above this *Inne*', 'CHRISTS Nativity', lines 13–15) と言ったように、この世界からの脱出でもある。例えば、ハビントンは次のようにカスターラに懇願する。

> Forsake with me the earth, my faire,
> And travel nimbly through the aire,
> Till we have reacht th' admiring skies;
> Then lend sight to those heavenly eyes
> …
> Wee'le fix like stares for ever there. (63, '*To Castara*', lines 1–4, 8)

> 美しい人よ、僕と一緒に大地を捨てておくれ、
> すばやく空中を飛んで、
> 驚く天空へと到達して、
> あの天の目に視力を与えるんだ。
> ……
> 僕たちは、そこで星のように永遠に留まる。

さらに詩人は、大熊座に変えられたとされるギリシア神話のカリストーが、「ゼウスの好色な血を燃え上がらせた」('she ... inflam'd *Ioves* lustfull blood', line 18)、そして、レダはゼウスが姿を変えた「白鳥と淫らな行為をし始めた」('she began / To play the wanton with a Swan', line 21–22) と言って次のように主張する。

If each of these loose beauties are
Transform'd to a more beauteous starre
By the adult'rous lust of *Iove*;
Why should not we, by purer love? (lines 23–26)

　もしもこの身持ちの悪い美人たちのそれぞれが、
　ゼウスの不純な情欲によって
　より美しい星に姿を変えられるのならば、
　もっと純粋な愛の力で、僕たちが星にならない理由があろうものか？

　ハビントンが別の詩でも言っているように「いにしえの美女たちは、詩人たちによって昇天させられ、各々はそこで星になった」('th' ancient beauties … translated are / By Poets up to heaven; each there a starre', 73, '*His Muse speakes to him*', lines 3–4) のであり、オヴィディウスもその詩人の一人だった。アラステア・ファウラーによれば、これが単なる比喩表現ではなく、ピュタゴラスやプラトンの学説、ヘルメス哲学の影響を受けて、人は死んだ後、星になるという思想 (stellification) へと変化していったと言う。そして 16、17 世紀の天文学の進歩が無数の星の存在を認めるようになったことと連動して、ただ単に名声を得た人物や皇帝たちのような限られた権力者たちだけではなく、無数にいる普通の人間も死後、星になるというリベラルな考え方が受け入れられるようにもなる (Fowler, 65–75)。ヴォーンが言ったように、死者は「みんな光の世界へ逝ってしまった」('They are all gone into the world of light!', line 1) のであり、人間の魂は墓から解き放たれれば、星として「あらゆる天球を通して輝く」('She[= 'a star']'l shine through all the sphære', line 32) のである。
　ハビントンも人が星になる権利を権力者たちに限定はしていない。しかし、無条件なのではなく、むしろその条件が満たされなければ、権力者たりといえども天上には昇れないことを暗示している詩行がある。[12]

ハビントンの場合、キリスト教的な考え方が付加されていると考えられる。つまり、宗教改革後、プロテスタントたちにとっては選民思想が、カトリック信者にとっては聖人崇拝が、星になれる人間を限定したのであるが、カスターラの「より輝かしい魂」('Her brighter soule') が変じた星は、処女の守り神であるアルテミス即ち「月にさらなる純潔を吹き込むだろう」('would in the Moone inspire / More chastity', 21, *'Vpon Thought Castara May Dye'*, lines 3–4) と表現され、「純粋に貞節な」('purely chaste', 73, *'His Muse Speaks to Him'*, line 14) 光を放つことからもハビントンにとって少なくとも純潔という条件が星への変身に不可欠の要素であったに違いない。また、「輝かしい聖人」('Bright Saint', 75, *'On the Death of the Right Honourable, George Earle of S.'*, line 1) と呼びかけられたハビントンの一番の友人、親族であった第7代シュルーズベリ伯爵ジョージ・タルボットも、星になっている。

> He tooke his flight to everlasting rest.
> There shine great Lord, and with propitious eyes,
>   Looke downe, and smile upon this sacrifice. (77, lines 60–63)

> 彼は永遠の休息へと飛行した。
> そこで偉大な主として輝きたまえ、そして好意的な目で
>   下界を見て、この［詩という］生贄に微笑みたまえ。

ハビントンが、タルボットに「彼方の星の宮廷で輝かしい君主として、時や運命のあざけりから自由になって生きよ」('Live, freed from the sport / Of time and fortune in yand' starry court / A glorious Potentate', 107, *'Elegie, 6'*, lines 23–25) と言う時、その言葉は死者への慰めの言葉であり、同時に自分自身の願望を表現したものでもあるように思われる。生前のタルボットは、「悪影響を与えるものとの交際を避けて、喜んで絶えず天を見つめ、彼の想いはそこで動いた」('free / From the commerce with mischiefe, joy'd to be / Still gazing heaven-ward, where his thoughts did move', 76, line 53–55) と描かれているが、フランスのサントメールで、おそらく一緒にカトリック教育を受けた二人にとって「此の世に対する蔑み」(contemptus mundi) は、星になるための条件の一つではなかっただろうか。ハビントンはタルボットへの別の追悼詩で、現世において、「神と一つになっている魂は」('The soule which doth with God unite,') と書き始めて次のように言う。

> Like sacred Virgin wax, which shines
> On Altars or on Martyrs shrines
> How doth she burne away?
>
> How violent are her throwes till she
> From envious earth delivered be,
>   Which doth her flight restraine?
>   (147–148, '*Cupio dissolvi. Paule*', lines 1, 4–9)

> 祭壇の上や殉教者の聖堂で
> 輝く、神聖で穢れのない蝋のように
> どんなに魂は燃え尽きてしまうだろうか？
>
> どんなに彼女の痛みは激しいことか、
> 彼女の飛翔を拘束する
>   悪意のあるこの大地から救い出されるまで。

　現世は拷問。だから必然的に、魂はそこから逃れようとし、肉体を脱した魂は飛翔する。ヴォーンが「我が開放された魂よ、起きよ、今やおまえの炎は純化され、何もおまえの翼の動きを邪魔するものも引き戻すものもない」('Get up my disintangled Soul, thy fire / Is now refin'd & nothing left to tire, / Or clog thy wings', '*The importunate Fortune, written to*

Doctor Powel of Cantre', lines 75–77) という時が訪れたなら、ハビントンの場合、選ばれた魂は星に向かって上昇する。そして選ばれるべき魂は、既に生前からその飛翔を瞑想によって予行演習しているようだ。

> When I survay the bright
>   Cœlestiall spheare:
> So rich with jewels hung, that night
> Doth like an Æthiop bride appeare.
>
> My soule her wings doth spread
>   And heaven-ward flies,
> Th' Almighty's Mysteries to read
> In the large volumes of the skies.
>   (127, '*Nox nocti indicat Scientiam*. David', lines 1–8)

> 輝かしい天空を
>   見渡すとき、
> とても豪華な宝石を下げて、夜は
> エチオピアの花嫁のよう。
>
> 我が魂は羽を広げ
>   天に向かって飛ぶ、
> 空という大きな書物の中に
> 全能の神の奥義を読むために。

'Mysteries'（「奥義」、「秘蹟」）という言葉は、タルボットの死を悼む詩の中で言及された「祭壇」（'Altars'）や「処女マリア」（'sacred Virgin'）と同様に、明らかにカトリック的である。それに加えて、カルヴィン主義に代表されるような改革派の教義においては、いわゆる「自然の書」(the Book of Nature) を正しく読むことは、堕落後の人間の理性にはとう

てい不可能であり、読もうとすること自体が不遜なことだったことを思い出す必要があるだろう。[13] 内乱へと向かう時代の趨勢の中で、ハビントンの表現が、明らかに反清教徒的であったことに疑問の余地はない。別の詩の中でもハビントンは、「全能の神の神秘的な文字」が「輝かしい星々」のことであることを示している ('bright starres, / Th' Almighties mystick Characters', 117, *Domine labia mea aperies. David*', lines 7–8)。後にヴォーンが、「星が輝く時、……僕は各々の熱烈な光を見渡し……、僕の魂は流れ出す」('[When] The starres shine … / I doe survey / Each busie Ray, // My soul doth streame', 'Midnight', lines 4–6, 9) と言ったように、この詩人たちの神秘的な飛翔は、人間の魂と星との間に働く、新プラトン主義的な感応作用によるものであろう。[14] ハビントンは、ここで羽に言及しているが、ガストン・バシュラールの「飛行の夢」に関する洞察が正しいならば、「想像的翼は飛行よりも後に生じる」ことにも留意しておく必要がある。すなわち、「夢の世界にあっては翼があるから飛べるのではなく、飛んだから翼があると信じる」と言うのである。そしてハビントンのような詩人が覚醒時に飛行の合理化をする際の手助けとなったのは、例えばプラトンが『パイドン』の中で語ったような思想であったに違いない。「翼の力とは本性として重さのあるものを神々の種族が住む高所に上らしめ導きうることである。肉体に属するすべてのもののなかで神的なものにもっとも多く関与するのは翼である」。[15] もしくは、魂が羽を広げる時、それを鳥や天使への変身と考えるならば、ハビントンの飛行は、ウォーナーが次のように言う変身物語の持つ作用に合致するものである。「オヴィディウス的変身は、事物の広大な生物学的体系に属し、宇宙規模の時間における普遍的な平面を占めており、人間の生命を捕らえて、時間のない広大な眺望へと至らせる。」(Warner, 4)[16]

　ハビントンの詩に表れた逃避主義は、隠棲を好むホラチウス的な伝統とカトリック的な現世蔑視という基本的な要素が彼の家庭環境と彼の生

きた時代の必然によってさらに助長されて出来上がったものと言えるかもしれない。1586年、カトリック教徒がエリザベス1世の暗殺をもくろんだとされる、いわゆるバビントン陰謀事件に連座した廉で、ハビントンの父親は6年の間、ロンドン塔に幽閉され、彼の叔父は処刑された。さらに父親は、ジェームズ1世もろとも議会を爆破しようとしたとされる1605年の火薬陰謀事件で、カトリック教徒を匿った罪で困難な状況に陥った。既にカトリック教徒の地域活動拠点となっていたハインドリップ邸で詩人が生まれたのは、まさにこの火薬陰謀事件が発覚する前夜であった。幼い頃も頻繁にカトリックの司祭が出入りし、突然の政府当局の調査がしばしば入り、中庭の芝生には少し盛り上がって丸く変色した場所、カトリックの司祭が火あぶりで殉教した場所があり、邸宅の内部には各所にカトリック教徒を匿うための秘密の隠し部屋が11室ほど散在していたという。このような環境の中で育った詩人にとって、二度の投獄に遭い、死刑を宣告されて執行猶予され、片田舎の偏狭で没収された自らの屋敷のために賃貸料を支払わされていた父親は、人生の教訓となる具体例であったに違いない。[17] そしてこのような環境は、何よりも強い閉塞感を詩人に幼い時からすり込んでいったに違いない。

　ハビントンの場合、星になることよりもむしろ厳密には、現実世界から脱出することが大事だったように思われるが、死んだら星になるという考え方や表現は、一時期プロテスタント派の宗教改革者たちにとって祭司主義的な連想からカトリック的なものとして受け止められていたことは興味深い。ファウラーは、勇猛な宗教改革者ウィリアム・ハリソンが、「天上での変容」('translation in heaven') つまり星への変身を「ローマ・カトリックの聖人たちのカタログのような、くだらない考え」('a toy much like to the catalogue of Romish saints') だと書いていたことを指摘している (Fowler, 93)。内乱へと突入して行く政治、宗教的混乱の状況下で、ハビントンの宇宙規模の逃避主義、いわばコズミック・エスケイピズムは、イデオロギー的な意味合いを帯びていたのかもしれない。少な

くとも 1634 年にトマス・カルーが『カイルム・ブリタニクム』(*Coelum Britannicum*) と題された仮面劇の中で暗闇の世界にヘンリエッタ・マリアと共に新たに輝く北極星 ('the bright Pole-starre') としてチャールズ 1 世を、彼らの高貴な従者たちを「ブリテンの星たち」('the Brittish Stars') として登場させ、登場人物のメリクリウスに「輝かしい永遠の神聖な御手が、あなたがたを星々の形にして、天球に据え付ける」('The sacred hand of bright Eternitie / Mould you to Stars, and fix you in the Spheare.') と言わせた様に、多くのスチュアート朝の仮面劇が天文学的イメージや星への変身による神格化を使ったことを考えると、[18] ハビントンの表現が、他のカトリック的なイメージや言葉と同等に、極めて王党派的なものと受け止められた可能性はあるだろう。

　ハビントンが星への変身というイメージや概念に意図的な政治的、宗教的偏向性を加えたかどうかは別にして、彼の魂が星の世界を目指して上昇するとき、そこから得られる慰めは明らかに彼が生きていた時代からの脱出願望と上昇によるものである。上昇は、「功徳」(merit) を必要とする。しかしそれを可能にするのは最終的には神の力でもある。

> 　　　[God] daign'd to elevate
> You 'bove the frailtie of your birth:
> Where you stand safe from that rude warre,
> 　　With which we troubled are
> By the rebellion of our earth.
> 　　　　　(131, '*Laudate Dominum de cælis*. David', lines 14–18)

> 　　　[神は] ありがたくもあなたを
> あなたの出生の弱点より高く上げてくださった。
> そこであなたは、あの乱暴な戦争から離れて安全にしていられる。
> 　　私たちはそれで困っているのだ、
> 　　私たちの地上の反乱によって。

もちろん 'earth' という単語の意味を「土くれ」と取れば、それは我々の肉体を意味し、人間の霊魂とそれに対して反乱を起こす肉体との間の精神的な戦争を表す詩行でもある。しかし、この詩がことさら 1640 年版に付け加えられたものであることを考えると当時の時代状況を含ませずに読むのはむしろ難しい。親友タルボットが死後に辿った「天空の旅」('cœlestiall journey') の跡を追いかけようとする詩人が書いた次の詩行もそうである。

> And now my sorrow followes thee, I tread
> The milkie way, and see the snowie head
> Of *Atlas* farre below, while all the high
> Swolne buildings seeme but atomes to my eye.
> I'me heighten'd by my ruine; …
> …
> How small seems greatness here! How not a span
> His empire, who commands the Ocean.
> …
> Nor can it greater seeme, when this great All
> For which men quarrel so, is but a ball
> Cast downe into the ayre to sport the starres.
> And all our generall ruines mortall warres,
> Depopulated states, caus'd by their sway;
> And mans so reverend wisedome but their play.
> (103–104, '*Elegie*, 3', lines 21–25, 33–34, 37–42)

> さあ、今や僕の悲しみが君の後を追う。僕は
> 銀河を踏んで行き、遥か下に天空を肩にかついだ巨人
> アトラスの雪白の頭を見る。高くふんぞりかえった
> 建物もみな、僕の目には微塵のようにしか見えない。
> 僕は自らの破滅／廃墟によって高くされる。……
> ……

ここでは、偉大さが何と小さく見えることか！　大海を統べる
　　人間の帝国が何と、てのひらの幅もない。
　　……
　　それはより偉大にも見えない、それを求めて人間たちがこんなにも争う
　　この偉大な全てが、星たちを楽しませるために空中へと
　　投げ出された単なる球にすぎないのだから。
　　そして我々全ての普遍的な破滅、死闘、
　　誰もいなくなった国々は星たちの支配によって生じ、
　　人間のたいそう敬うべき知恵も彼らの戯れにすぎないのだ。

詩人が感じる此の世の空しさは、国や世界の支配権を握ろうとする争いに対して向けられている。そして、地球自体が星たちを観客とする娯楽球技の球にすぎないという達観は、詩人が星の世界へと上昇することによって得られている。詩人は、親友を失ってその悲しみの為に自らが破滅した、つまり死んでしまったような絶望感を味わい、それがゆえに肉体と言う廃墟を抜け出して彼の魂は高みへと昇っている。その絶望感を助長していたのは、ハビントンの生きた時代が王党派やカトリック教徒たちに与えた政治的、宗教的な破滅／廃墟だったのかもしれない。[19] ハビントンのコズミック・エスケイピズムは、我々の人生が神々の慰み物でしかないという運命論的な虚無感を伝えると共に、星の世界への脱出によって現実の辛さと厳しさに対する慰めを与えることにもなっている。彼もまた、星になれるかもしれないのだから。

注
(1) Habington, 7. ハビントンのテクストの引用はすべてこの版により、以下本文中に散文の場合は頁数、韻文の場合はその頁数と行数を示す。
(2) Wordsworth, 366.
(3) Wu, 255.
(4) Donne, 195–196. ロビンズによれば、この詩は1590年代の初期に書かれて、その後46もの手書き原稿が記録されており (193)、よく知られていたことがわ

かっているが、ハビントンは、自らの詩集が出版される一年前、1633年に出版されたダン詩集の初版本に反応していると推測される。
(5) Habington, XLVI–XLVII.
(6) Vaughan, i, 143, 95. 以下、ヴォーンの詩の引用は、この版に拠る。
(7) いわゆる「道徳化された変身譚」として見れば、ニオベの石化は、彼女の高慢の罪が招いた罰の結果であり、高慢さを戒めると同時に過度の悲しみに注意すべきというのが多くの神話編纂者の解釈である。しかし、その過度の悲しみは、防衛機制としての無感覚をもたらすものであることも確かである。例えば、以下の記述を見よ。Ross, 182: 'The turning of *Niobe* into a stone, is to shew the nature and greatnesse of her griefe and sorrow, which made her stupid and benummed, and in a manner senseless; for *parvæ curæ loquuntur, ingentes stupent*'.
(8) Marvell, 69. 以下本文中のマーヴェルからの引用はこの版から。Cousins は、マーヴェルの神話作成術を「変形と適応の詩学」('a poetics of transformation and adaptation', 8) と呼んで、それが彼の生きた時代の変化と不安定性、人生の不確かさに適応するためのものであったことを示唆している (3)。「子鹿」とチャールズ1世との重なりについては、Smith, 67、および前注で引用したニオベの嘆きと国王処刑を嘆いたフェアファックス卿の詩とに共通するセネカの格言に注目せよ。Yoshinaka, 65, n. 50 も参照せよ。
(9) ハビントンとマーヴェルとの間での疑いのない語句の反響というよりも、むしろ両者が共通の詩的伝統の中で、詩人たち同士の同じ、もしくは近接したグループ内で、書いていることを示唆する例は数多くある。例えば、Habington: 'All those bright jems, for which ith' wealthy Maine, / The tann'd slave dives' (42, 'To the Right Honourable, the Lady, E.P.', lines 8–9). Marvell: 'The Indian slaves / That dive for pearl through seas profound' ('Mourning', lines 29–30). Habington: 'The worlds great eye / Though breaking Natures law, will us supply / With his still flaming lampe: and to obey / Our chaste desires, fix here perpetuall day.' (43, 'To Castara, Departing upon the Approach of Night', lines 9–12). Marvell: 'though we cannot make our sun / Stand still, yet we will make him run.' ('To His Coy Mistress', lines 45–46). Habington: 'O let us sympathize, / And onely talke ith' language of our eyes, / Like two stares in conjunction.' (50, 'To Castara. Of the Chastity of his Love', lines 7–9). Marvell: 'Therefore the love which us doth bind, / But Fate so enviously debars, / Is the conjunction of the mind, / And opposition of the stars.' ('The Definition of Love', lines 29–32).
(10) 所謂、'a modesty topos in the English country house poem' である。マーヴェルの政治的忠誠、神学的所属と関連して、このジャンルにおいて「アップルトン・ハウス」がどのように伝統から逸脱しているかについての考察は、例えば、

Cousins, 188, 200 を見よ。
(11) Wiseman, 5 も見よ。
(12) 126, 'Et fugit velut umbra. Iob. To the Right Honourable the Lord *Kintyre*', lines 27–32:
> And though the Superstition of those Times
> Which deified Kings to warrant their owne crimes
> Translated Caesar to a starre; yet they,
> Who every Region of the skie Survay;
> In their Cœlestiall travaile, that bright coast
> Could nere discover which containes his ghost.

(13) 例えば、*Institutes*, 1.5.12 (Calvin, i, 64–66) を参照せよ。
(14) 同様の思想をトマス・ハーディ (Thomas Hardy, 1840–1928) がテスに語らせている。「あたしたちの魂は、生きているうちでも、からだから抜け出せるってことは、ちゃんと知ってますわ。……魂が抜け出すのを一番簡単に知る方法は……夜、草の上に寝ころがって、どれか大きな光るお星さまをまっすぐ見上げるんですわ。そしてじっとその方に心を向けていると、まもなく自分が何百マイルもからだから離れていることに気がついて、からだなんかちっとも欲しくないような気になるんですわ」(『テス』、上、197頁)。
(15) Bachelard, 58: 'the imaginary wing comes *after* the flight'; 27: 'in the dream world we do not fly because we have wings; rather, we think we have wings because we have flown'; 68: 'The natural function of the wing is to soar upwards and carry that which is heavy to the place where dwells the race of the gods. More than any other thing that pertains to the body, it partakes of the nature of the divine.' 邦訳は、『空と夢 運動の想像力にかんする試論』、82、38、95頁を参照。ヴォーンは「昇天聖歌」('Ascension-Hymn') の中で、復活させる神の力を昇天させる神の力と同一視しながら「万物をご自身に従わせる力で／［キリストは］つちくれを、光よりも速く昇らせる［ことができる］」('by his all subduing might / [Christ can] Make clay ascend more quick then light', lines 41–42) と詠っているが、興味深いことに、松本舞は、この上昇の力が磁力によるものである可能性を論じている (Matsumoto, 179–180)。このことは、聖者たちが昇天する際に羽根を必要としないという考え方と関連しているのかもしれない。図像学的に、羽根が天使と聖人とを区別する極めて有効な手段であったことについては、*Angels in the Early Modern World*, ed. Marshall and Walsham, 5, note 10 を参照せよ。
(16) Warner の原文は 'Ovidian metamorphosis belongs to the vast, biological scheme of things, occupying a universal plane in cosmic time and catching up human lives into its timeless and vast perspective'.
(17) ハビントンの伝記的情報に関しては、Habington, esp. XII, XV, XVIII を見よ。

Wilcher も参照せよ。
(18) Carew, 3, 4, 25–26. および、Fowler, 101–103.
(19) 内乱敗戦後の王党派の窮状にあっても同様の達観が慰めとして機能している。例えば、ヴォーンの親友であったカントレフの教区牧師トマス・パウエル (Thomas Powell) が次のようにイタリア人の書簡を翻訳した時、それはまさに同胞のためであったに違いない。'If all the circumference of the earth be but a point of the Universe; If all times that were, or shall be, are compriz'd under one instant of Eternity: what thing is man, who is but one point of that circumference? And what is his life, but one moment of that eternity?' (Malvezzi, 14).

引用文献

Bachelard, Gaston. *Air and Breams: An Essay on the Imagination of Movement*, trans. Edith R. Farrell and C. Frederick Farrell. 1988; Dallas: The Dallas Institute Publications, 2011.

Calvin, John. *Institutes of the Christian Religion*, ed. John T. McNeill, trans. Ford Lewis Battles, 2 vols. Philadelphia: The Westminster Press, 1960.

Carew, Thomas. *Coelum Britanicum: A Masque at White-Hall in the Banqueting-House, on Shrovetvesday-Night, the 18. of February, 1633*. London, 1634.

Cousins, A. D. *Andrew Marvell: Loss and Aspiration, Home and Homeland in Miscellaneous Poems*. London: Routledge, 2016.

Donne, John. ed. Robin Robbins, *The Poems of John Donne*, 2 vols. Harlow: Longman, 2008.

Fowler, Alastair. *Time's Purpled Masquers: Stars and the Afterlife in Renaissance English Literature*. Oxford: Clarendon Press, 1996.

Habington, William. ed. Kenneth Allott, *The Poems of William Habington*. London: The University Press of Liverpool, 1948.

Malvezzi, Virgilio. trans. Thomas Powell, *Stoa Triumphans or, two sober paradoxes*. London, 1651.

Marshall, Peter and Alexander Walsham, eds. *Angels in the Early Modern World*. Cambridge: CUP, 2006.

Marvell, Andrew. ed. Nigel Smith, *The Poems of Andrew Marvell*. 2003; Harlow, Longman, 2007.

Matsumoto, Mai. 'Magnetic Power in Henry Vaughan's Poetry', *Scintilla*, 22 [2019], pp. 167–187.

Ross, Alexander. *Mystagogus Poeticus, or, The Muses Interpreter Explaining the Historicall Mysteries and Mysticall Histories of the Ancient Greek and Latine Poets.*

London, 1647.

Sandys, George. *Ovid's Metamorphosis Englished by G. S.* London, 1626.

Vaughan, Henry. ed. Donald R. Dickson, Alan Rudrum, and Robert Wilcher, *The Works of Henry Vaughan*, 3 vols. Oxford: OUP, 2018.

Warner, Marina. *Fantastic Metamorphoses, Other Worlds*. Oxford: Clarendon Press, 2002.

Wiseman, Susan. *Writing Metamorphosis in the English Renaissance 1550–1700*. Cambridge: CUP, 2014.

Wilcher, Robert. 'Habington, William', *ODNB*.

Wordsworth, William. ed. John O. Hayden, *William Wordsworth: The Poems Volume One*. 1977; Harmondsworth: Penguin, 1982.

Wu, Duncan. *Wordsworth's Reading 1800–1815*. 1995; Cambridge: CUP, 2007.

Yoshinaka, Takashi. *Marvell's Ambivalence: Religion and the Politics of Imagination in Mid-Seventeenth-Century England*. Cambridge: D. S. Brewer, 2011.

井上宗次・石田英二訳、トマス・ハーディ『テス』、東京：岩波文庫、1960年。

宇佐見英治訳、ガストン・バシュラール『空と夢　運動の想像力にかんする試論』、東京：法政大学出版局、1981年。

『十二夜』における熊いじめ・動物愛護・
ピューリタニズム

本多　まりえ

はじめに

　シェイクスピアの『十二夜』は、問題劇と呼ばれる『終わりよければすべてよし』や『尺には尺を』を除き、喜劇の中では最後の作品である。さらに、C・L・バーバーを始めとする多くの批評家から、祝祭喜劇と称されるように、祝祭色の濃い作品となっている (257–61)。本作品は、法学生ジョン・マニンガムの記録によると、1602 年 2 月 2 日にミドル・テンプルで上演された (Elam, Intro, 3–4; 93–96)。他方、レスリー・ホットソンは、1601 年 1 月 6 日に、イタリアのブラッチャーノ公爵ヴィルジニオ・オルシーニという「オーシーノ」を想起させる人物が、エリザベス女王によって招かれた際、ホワイトホールでいくつかの芝居が上演されたという記録を根拠に、『十二夜』はその中の一つで、エピファニーの祝宴として御前上演されたと推測している (Hotson 12–16)。しかし、ホットソンの推測には確固たる根拠はなく、一般的には容認されていない (Elam, Intro, 94)。

　マニンガムは、偽手紙に騙される「執事」即ちマルヴォーリオに関する副筋を記録に残しており、彼にとってこの副筋が非常に印象的であったことが窺える。現代では、マルヴォーリオに関する副筋、所謂「マルヴォーリオいじめ」をやり過ぎと批判し、マルヴォーリオに対し同情を寄せる批評家が少なからずいる (Logan 228; Skura 206–07; Novy 52–55; Elam, Intro, 8–9)。同様に、トレヴァー・ナン監督の映画など、マルヴォーリオを観客の同情を引くように描く映画や舞台演出もある (Novy

53)。このような解釈の中、ラルフ・ベリーは、マルヴォーリオが作品中で熊いじめの熊に喩えられていることを、最初に指摘した人物として重要である。ベリーはマルヴォーリオの最後の台詞、「この恨み、必ずはらすぞ、覚えておれ (I'll be revenged on the whole pack of you!)」(5.1.371) に着目し、この "you" には舞台上の人物だけではなく、張り出し舞台を取り囲む観客も含まれると指摘し、マルヴォーリオいじめを見ていた当時の観客は、この台詞を聞いて自らを恥じたと推察する (118–19)。[1]

シェイクスピア時代、熊いじめは娯楽の一つとして人気を博し、テムズ川南岸のベア・ガーデンやホープ座などの劇場で開催され、エリザベス女王も好んで観劇したという記録がある (Brownstein 237–50; Dickey 257–58)。熊いじめには、猿や馬を使ったものなど様々なヴァリエーションはあるが、基本的には熊に大勢の犬を襲わせ、双方が格闘する姿を見せる見世物であり、どちらが勝つか賭けられることも多かった。ガミーニ・サルガドは、ベツレヘム病院の狂人見学のことを、熊いじめや観劇と同様の気晴らしであり、今日我々が動物園に行くようなものだと述べている (193)。このような動物を使った「流血スポーツ (blood sports)」には、熊、牛、馬いじめの他、闘鶏や闘犬などもあり、中には人間が動物と格闘するものもあった。

ピューリタンはこのような娯楽を、演劇や祝祭と同様に批判し、彼らが 1642 年に政権を取ると、熊いじめを禁止する法を発令した (Watson 1115)。しかし、実際には 1824 年に「王立動物虐待防止協会」が誕生する頃まで、熊いじめなどの動物いじめは続けられた (Thomas 159)。動物いじめにおいて、観客の大半は、獰猛な動物たちが果敢に戦い合い血を流して倒れる姿に喜び、熊いじめでは特に、体格の良いマスティフ犬が戦う姿に関心を寄せたようだ。現代人にとっては、これらは非倫理的で野蛮な娯楽に見えるであろうが、当時は貴族の間で狩りが趣味とされるなど、動物を殺すことに対し罪悪感が抱かれることはなかった。『お

気に召すまま』の第2幕第1場で、貴族1という人物が、ジェイクイズが狩人の矢で傷ついた鹿を哀れみ、動物殺戮に対し批判をしていたと報告するが、このような動物愛護的な考えを持つ人は一部であっただろう。さらに、動物いじめの起源を遡ると、古代ギリシャの祝祭儀式で動物が生贄として捧げられていた慣習にたどり着くが、初期近代イングランドでは、そうした生贄の名残として、雄鶏への投石や熊いじめなどが行われていた (Chambers 1:141; Brownstein 242; Laroque 48)。

　ベリーは指摘していないが、『十二夜』ではマルヴォーリオのみならず、オリヴィアも熊いじめの熊に喩えられる。また、全般的に熊を含む動物の比喩が多く、その多くは流血や死の文脈で用いられる。本作品はしばしばマルヴォーリオのピューリタン的な気質から、ピューリタンへの風刺と見なされてきた。第2幕第3場のオリヴィア邸での夜中のどんちゃん騒ぎの場で、マルヴォーリオがサー・トービーらに注意をして、座をしらけさせて退場した後、マライアが「あの人ったらね、ときどき、ピューリタンみたいに見えるでしょ」(2.3.136) と言うことから、マルヴォーリオはピューリタンだと考える批評家もいるが、その後マライアは「ところがピューリタンなんてとんでもない、こうときまった主義なんてありゃしない、そのとき次第の日和見主義なのよ」(2.3.142–43) と続けることから、マルヴォーリオがピューリタンかどうかは定かではない。ただ、祝祭や熊いじめを嫌う点など、ピューリタン的な気質が多く見られることから、シェイクスピアは間違いなく当時のピューリタンを意識していたに違いない。

　演劇を悪徳として攻撃していたピューリタンは、劇作家にとって敵であり、トマス・ロッジやトマス・ヘイウッドといった演劇擁護論を書く劇作家がいたり、舞台上ではしばしばピューリタンがストックキャラクターとして登場し批判された。後で詳しく論じるが、シェイクスピアも本作品において、マルヴォーリオの描写やピューリタンが嫌う演劇や祝祭など娯楽の描写を用いて、間接的にピューリタンに対抗したと考えら

れる。劇作家のシェイクスピアが、立場的にピューリタンに対抗したのは当然のことと考えられるが、皮肉なことに、彼らの見解と重なる面もあった。

ピューリタンは、安息日に行われるという理由や、神が創った動物をいじめるべきではないという理由から熊いじめに反対し、肉食を忌む代わりに菜食を推奨するなど、現代人から見れば、動物を愛護する態度をとっていたが、この点において、シェイクスピアは彼らと同じ意見を持っていたように見える。シェイクスピアの作品にはしばしば動物の比喩が登場する。キャロライン・スパージョンによると、シェイクスピアは動物に同情をしており、特に罠にかかった鳥に深い同情を示していたようだ (106)。同様にキース・トマスも、シェイクスピアは、狩られた動物、罠にかけられた鳥、疲れた馬、ハエ、カタツムリ、カブトムシにあからさまな同情を示したと指摘している (174)。さらに、より注目すべきことに、スパージョンは、シェイクスピアはしばしば熊いじめのイメージを用いたが、マーロウなどエリザベス朝の他の作家は決して使用しなかったと指摘し、シェイクスピアは熊に共感を示していたと論じる (110)。

このようにシェイクスピアは熊いじめに対し並々ならぬ興味を持っていたようだが、『十二夜』においても熊いじめの比喩が用いており、いじめられる動物 (比喩なので実際にはマルヴォーリオやオリヴィア) への同情が読み取れる。また、これまで全く着目されてこなかったが、悪魔祓いの場でフェステが持ち出すピュタゴラスの輪廻転生説にも、シェイクスピアの動物愛護精神が仄めかされている。

さらに『十二夜』には、オーシーノによる幕開けの台詞「音楽が恋の糧であるなら、つづけてくれ。食傷するまで聞けば、さすがの恋も飽きがきて、その食欲も病みおとろえ、やがては消えるかもしれぬ (If music be the food of love, play on, / Give me excess of it, that surfeiting / The appetite may sicken and so die)」(1.1.1–3) とあるように、"excess" つま

り「過剰」のイメージも蔓延している。このイメージは後に書かれた『リア王』にも見られるが、ピューリタンは衣服にせよ飲食にせよ、「過剰」つまり度を過ぎることは良くないと述べている。後述する通り、シェイクスピアは『十二夜』において「過剰」のイメージを描く際に、ピューリタンを意識していたと考えられる。

　本稿では、『十二夜』における熊いじめや動物の比喩に着目し、熊いじめや動物愛護に対する当時の人々やシェイクスピアの見解、及びシェイクスピアとピューリタンが抱く動物観の類似性を論じ、本作品に対する新たな考察を提示したい。

1　熊いじめと動物の比喩

　本作品で「熊いじめ (bear-baiting)」という語が出てくるのは第1幕第2場と第2幕第5場の2回だけだが、熊いじめを連想させる語やイメージは作品中に多く見られる。熊いじめの比喩は、マルヴォーリオとオリヴィアに関する二つであり、両者共に熊に喩えられる。まず、マルヴォーリオに関する熊いじめの比喩を見て行きたい。第1幕第2場では、サー・アンドルーが、サー・トービーが述べたフランス語 "Pourquoi" (1.3.88) の意味を理解できず、「ああ、フェンシングやダンシングや熊いじめ見物についやした時間を、語学の勉強に使っとけばよかった (I would I had bestowed that time in the tongues that I have in fencing, dancing and bear-baiting)」(1.3.89–91) と言う。

　熊いじめは、ここでは娯楽の一つとして名前が挙げられるだけだが、実はこれは後の場面の伏線となっている。第2幕第3場でマルヴォーリオは、夜中にどんちゃん騒ぎをしていたサー・トービーたちに「みなさん、気でも狂われたか？ (My masters, are you mad)」(2.3.85) と言い、彼らを狂人扱いする。これが発端となり、サー・トービーたちのマルヴ

ォーリオへの復讐が始まる。マルヴォーリオが退場した後で、マライアがマルヴォーリオの「ピューリタンみたいな (a kind of Puritan)」(2.3.136) 気質やうぬぼれを糾弾し、「仕返し (revenge)」(2.3.148)、つまりはオリヴィアからの偽手紙をマルヴォーリオの前に落とすことを考案し、これを「最高に楽しい見世物 (Sport royal)」(2.3.167) と称する。マルヴォーリオを騙す副筋はこのように「仕返し」からやがて「見世物」へと推移し、この「見世物」は謂わば「劇中劇」として機能する。「見世物」は劇中の様々な人物により、表現を変えて何度も繰り返される。マライアは "jesting" (2.5.18) とも呼び、フェービアンは "this sport" (2.5.2, 174) 及び "a sportful malice" (5.1.359) と呼び、サー・トービーは "jest" (2.5.179) 及び "this knavery" (4.2.67) と呼び、フェステは "this interlude" (5.1.366) と呼ぶ。本作品では、ヴァイオラが男装に関し "disguise" (1.2.51)、"speech" (1.5.176)、"play" (1.5.179) など、メタシアトリカルな言葉を多く用いるが、「見世物」などの言葉もその一つである[(2)]。劇中の人物がこのようなメタシアトリカルな言葉を口にすることで、観客が今見ているものは、芝居、即ちフィクションであることが強調される。

　第2幕第5場のオリヴィア邸庭園の場では、この「最高に楽しい見世物」つまりマルヴォーリオいじめは、「熊いじめ」に重ねられる。この場面の冒頭で、これまで登場しなかったフェービアンという人物が突然登場する。フェービアンの人物像については、様々意見があるようだが、ベリーによれば、彼は中立的で客観的な口調で情報を提供する人物として機能し、最終場でマルヴォーリオからの手紙を読むという重要な役割を果たす (Berry 117)。確かに、フェービアンはマルヴォーリオに対し恨みを抱いている訳ではなく、「こんなのが舞台で上演されたら、あんまりばかばかしくい作りだって文句をつけるところですよ (If this were played upon a stage now, I could condemn it as an improbable fiction)」(3.4.123–24) と言って、劇空間から一歩引いてコメントをするなど、俳優と観客の間に立つコーラスのような役割を果たす。この台詞は、先に

挙げた「見世物」に関するよりもメタシアトリカルで自己言及的な台詞であり、この芝居のフィクション性を強調する。アーデン版編者のエラムによれば、フェービアンはオリヴィア邸に住む召使か一員か法学生のようだ (Elam, List or Roles, 15n.)。もし法学生であれば、この劇がミドル・テンプルで上演された際には、観客たちは彼に自己を投影したかもしれない。

　第2幕第5場の冒頭で、フェービアンとサー・トービーは、これから偽手紙を読むマルヴォーリオの姿を想像して楽しむ。サー・トービーが「あの弱いものいじめのケチな悪党が赤っ恥かくの図、なんていうのはいただけるじゃないか (Wouldst thou not be glad to have the niggardly, rascally sheep-biter come by some notable shame?)」(2.5.4–5) と同意を求めると、フェービアンは、"sheep-biter" という言葉から、羊を追う犬を連想し、そこからさらに「熊いじめ」を連想し、「いただけますとも。なにしろあいつが熊いじめの見世物なんてけしからんと言ったおかげですからね、私がお嬢様の信用をなくしたのは (I would exult, man. You know he brought me out o'favour with my lady about a bear-baiting here)」(2.5.6–7) と言う。この "here" はベア・ガーデンに近かったグローブ座を指す (Elam 2.5.7n.)。すると、トービーはマルヴォーリオを熊に見立て、「あいつを熊のようにいじめてやるか、怒るだろうなあ、目にクマができるほど痛めつけてやったら (To anger him we'll have the bear again, and we will fool him black and blue)」(2.5.8–9) とサー・アンドルーに提案する。

　このようにマルヴォーリオの「見世物」はここでは「熊いじめ」に喩えられる。さらに、熊いじめに関連する比喩として、マライアが「犬」に喩えられることが挙げられる。サー・トービーは、しばしば小柄なマライアを「ミソサザイ」(3.2.63) という小鳥などいろいろな生物に喩えるが、第2幕第3場では「血統書つきの小型猟犬だ (She's a beagle true bred)」(2.3.174) と、ビーグル犬に喩える[3]。また、第3幕第2場では、

マライア自身が自らを、マルヴォーリオを執拗に追う犬と殺人鬼に喩え、「私、あとをつけていったのよ、あの人のいのちをつけ狙うように (I have dogged him, like his murderer)」(3.2.72) と言う。熊いじめにおいてはたいていマスティフ犬が使われたが、野良犬が使われることもあったようだ。ここでマライアはマルヴォーリオに立ち向かう小型の猟犬に喩えられたのではないか。

　他方、熊いじめを嫌うオリヴィア自身が、皮肉なことに、熊いじめの比喩を用いて、自らを熊に喩える場面がある。オリヴィアはマルヴォーリオを使い、男装のヴァイオラの元へ嘘の理由をつけて、指輪を届けさせたことについて、ヴァイオラは腹を立て、自分に対し残酷な非難を浴びさせたと想像する。

<blockquote>
どうお思いかしら？
きっと私の名誉を的にし、むごい心が思いつく
ありとあらゆる残忍な非難の矢をそれにむかって
浴びせかけたことでしょう。

What might you think?
Have you not set mine honour at the stake
And baited it with all th'unmuzzled thoughts
That tyrannous heart can think? (3.1.115–18)
</blockquote>

　ここでオリヴィアは、自身の「名誉」を熊に喩え、ヴァイオラの「残忍な非難の矢」を犬に喩えるが、簡単に考えれば、オリヴィアは熊に、ヴァイオラは犬に喩えられたと解釈できよう。ベリーは本作品において、マルヴォーリオだけを熊いじめの熊、即ち被害者とみなしているようだが、このオリヴィアの台詞を聞いた観客の目には、オリヴィアもマルヴォーリオ同様、熊いじめの被害者として映ったはずだ。

　さらに批評家からは注目されていないが重要なことに、マルヴォーリ

オヤマライア、オリヴィアのみならず、オーシーノ、ヴァイオラ、サー・トービー、サー・アンドルーも含め主要登場人物のほぼ全員が何らかの動物に喩えられており、その際にいつも流血や死のイメージと結びつけられる。

　本作品の冒頭で、オーシーノはオリヴィアへの叶わぬ恋を嘆き、見るに見かねたキューリオが鹿狩りに出かけるよう勧めると、オーシーノは、オリヴィアに出会った時、鹿に変えられたと言う。「ダイアナを見たアクテオンのように、鹿に変えられ、猛々しい猟犬のような恋の思いに狩りたてられおる (That instant was I turned into a hart, / And my desires, like fell and cruel hounds, / E'er since pursue me)」(1.1.20–22)。アクテオンは、ローマ神話の人物で、オウィディウスの『変身物語』第3巻に収録されている。『変身物語』はグラマー・スクールの教科書として使われていたことから、シェイクスピアも読んでいたはずだ (Briggs 155)。『変身物語』において、青年アクテオンは森で狩りをしていた所、偶然ダイアナの水浴を覗き見してしまい、怒ったダイアナは彼を鹿の姿へ変えてしまう。鹿になったアクテオンは、飼い犬の猟犬たちに鹿と思われて追いかけられ、八つ裂きにされて死ぬ。オーシーノは、自身をアクテオンに、オリヴィアをダイアナに、そして猟犬を恋の欲望に喩え、ここでは言及していないが、最終的には死ぬことを予感しているのだろう[(4)]。つまり、オーシーノは、オリヴィアへの報われない恋のためにメランコリーに陥り、音楽を聞いて慰めようとするが気分は良くならず、キューリオの「鹿」と言う言葉から、アクテオンを思い出し、自らの死を予感したと考えられる。

　ロバート・バートンによれば、当時、恋のためにメランコリーに陥り、やがて狂気に陥り、ついには死に至る人が少なからずいたようだ (Burton, The Third Partition, 187–88)。オーシーノも同様に、しばしば死への願望を示し、第2幕第4場では、フェステに、前の晩にも聞いた歌、つまり、失恋により死んだ男の歌を再び歌うよう頼む。そして、オ

ーシーノは「くるがいい、くるがいい、死よ、この身を杉の棺に横たえよ」(2.4.51–52) で始まるこの歌を聞きながら、歌詞に出てくる失恋で死んだ男性の姿に自らを重ね、オリヴィアへの恋ゆえに死ぬ自分を想像すると解釈される。メランコリーに陥るオーシーノにとって、恋と死は密接な関係にあり、換言すれば、オーシーノは命懸けで恋をしているのである。

　オーシーノによる動物の喩えと死の連想は、後の場面にも見られる。第5幕第1場で、オリヴィアとセバスチャンが結婚をした後、オリヴィアとオーシーノが対面し、オーシーノはいくら口説いても拒絶するオリヴィアに対し腹を立てる。そしてオーシーノは、これまでオリヴィアの「冷酷無情な祭壇」(5.1.109) に献身的な祈りを捧げてきたにも拘わらず彼女に拒絶された自分は、これからどうしたらよいかと彼女に尋ねる。オリヴィアが、自分に相応しいことをするよう述べると、オーシーノは、「とすれば、私にそれだけの勇気があれば、死にのぞんだエジプトの盗賊のように、愛するものを絞め殺しかねない」(5.1.113–15) と、エジプトの盗賊の例を挙げ、オリヴィアを殺し、自ら自殺することを仄めかす。この台詞にも先程見たような恋と死の連想が示される。

　オリヴィアがヴァイオラを愛していることに感づいているオーシーノは、この長台詞の後半でオリヴィアのことを諦めると述べるが、最後に「愛する小羊を生贄にしてさえも、この女の鳩の顔にひそむカラスの心に恨みをはらすぞ、このおれは」(5.1.126–27) と捨て台詞を吐いて退場する。ここではオリヴィアは、見た目は純粋だが烏のように黒い、即ち悪どい心を持つ鳩に、ヴァイオラは小羊に喩えられる。オリヴィアの「祭壇」のイメージからの連想で小羊という「生贄」に喩えられたのであろう。この台詞においても恋と死のイメージが繰り返されるが、この劇の根底に流れる祝祭の儀式とも関係があるのかもしれない。するとヴァイオラは、「あなた様の心をやすめるためなら、この私は一千たびでも生贄になります、心から喜んで」(5.1.128–29) と述べて後を追うが、

この台詞は、先に退場したオーシーノにはおそらく聞こえないだろう。

　サー・トービーとサー・アンドルーも動物に喩えられる。彼らはサー・アンドルーとヴァイオラの決闘の場で、セバスチャンをヴァイオラと勘違いし、セバスチャンに襲われて二人とも負傷をする。サー・アンドルーはオーシーノたちに、「あいつがぼくの頭を割りやがった、あいつがサー・トービーを血だらけの頭にしやがった (Has broke my head across, and has given Sir Toby a bloody coxcomb too)」(5.1.171–72) と述べる。そして、サー・アンドルーは、そこに居合わせたヴァイオラをセバスチャンと勘違いし、自分を殴った犯人と責め立てるが、ヴァイオラが身に覚えがないと応えると、「血だらけの頭が傷だらけの頭ってことなら、傷つけたってことじゃないか。血だらけの頭なんて、まるっ禿みたいに、けがないと思ってるんだろ (If a bloody coxcomb be a hurt, you have hurt me. I think you set nothing by a bloody coxcomb)」(5.1.185–86) と文句を言う。やがて頭から血を流したサー・トービーが登場すると、「ばかが介抱する？　ばか言うな、ばかが脳膜炎を病ンドルーみたいな面して、ベロベロの酔っ払いがベロを噛ンドルーみたいなこと言うな、ばか (Will you help? An ass-head and a coxcomb and a knave, a thin-faced knave, a gull?)」(5.1. 202–03) と言って馬鹿にする。

　上記の引用には "coxcomb" が4回出てくるが、エラムはサー・アンドルーの台詞に関しては「頭」と註を付け、この語は雄鶏のトサカのような形をした道化帽に由来すると述べている (5.1.172, 187, 186n.)。そして、サー・トービーの台詞には、「まぬけ」と註をつけている (5.1. 202n.)。他方、ジェイソン・スコット＝ウォーレンは、"coxcomb" を雄鶏のトサカと捉え、流血したサー・アンドルーとサー・トービーは、死ぬまで戦う闘鶏のイメージを喚起しただろうと指摘する (66)。この場面では馬鹿なサー・アンドルーが出てくるので、"coxcomb" には道化の帽子や「まぬけ」というイメージが強いだろうが、熊いじめからの連想で、闘鶏と解釈することも可能だろう。

マルヴォーリオが、羊を追う犬や熊に喩えられることは既に論じたが、同じ場面で彼は鳥にも喩えられており、サー・トービーから「七面鳥 (cock-turkey)」(2.5.28) と呼ばれ、フェービアンからは「ヤマシギ (woodcock)」(2.5.82) と呼ばれる。エラムによると、「七面鳥」は男性の自惚れを示す (2.5.28n.)。七面鳥はクジャクと同じようにプライドが高いと考えられており、ここではマルヴォーリオのプライドの高さが揶揄されている。他方、「ヤマシギ」はすぐに罠に引っかかるため馬鹿の代名詞であった (2.5.82n.)。

　このように本作品には、熊を始め様々な動物の比喩が用いられるが、次に、熊いじめに関する当時の人々の見解を検証する。

2 熊いじめと動物愛護

　本稿の冒頭で述べた通り、マルヴォーリオいじめと熊いじめの関係を最初に指摘したのはベリーであり、彼は熊に喩えられたマルヴォーリオに対し、同情的な解釈をした。ベリーは、その後の批評や舞台に影響を与え、メレディス・スクラはベリーに従い、シェイクスピアは熊に喩えられたマルヴォーリオに同情し、他の劇でも彼が熊いじめの比喩を用いる時には、熊に喩えられた人物に同情すると論じる (206–07)。また、1987年から1988年にビル・アレクサンダーが演出したRSCの上演では、マルヴォーリオの暗室の場は、アントニー・シャー演じるマルヴォーリオが杭に鎖でつながれ、熊いじめを想起させる演出となっていた (Scott-Warren 66)。

　スコット＝ウォーレンは、『十二夜』とベン・ジョンソンの『エピシーン』における熊いじめの描かれ方に着目し、当時、熊いじめは大衆には受けていたが、サー・ジョン・デイヴィスなどの知識人は熊いじめを非難しており、シェイクスピアとジョンソンも、熊いじめに反対だったと

主張する。スコット＝ウォーレンは、ミドル・テンプル出身の弁護士で詩人のデイヴィスが法学生だった時に書いたソネットを引用しているが、この中でデイヴィスは教科書を放り出し、ベア・ガーデンに行き、「下品な遊び (filthie sport)」即ち、熊いじめを見て興奮する法学生を非難する (qtd. in Scott-Warren 80–81)。さらに、スコット＝ウォーレンはサミュエル・ピュープスが闘鶏を見た時の記録を引用するが、ピュープスは鶏を哀れに思い、見ていられなかったようである (qtd. in Scott-Warren 71–72)。『十二夜』がミドル・テンプルで上演された際に、法学生の観客たちが劇中の熊いじめに関する比喩をどう解釈したかは不明であるが、マルヴォーリオいじめに興じたマニンガムは好意的に見ていたと推察される。

　スコット＝ウォーレンは指摘していないが、聖職者のドナルド・ラップトンは、熊いじめを見に来る客の柄の悪さを指摘したり、動物たちを憐れみ、他に用事がある時は来るような場所ではなく、1、2 時間の暇つぶしのために再び来るかもしれないが良い場所ではないと、アンビバレントな見解を示す (qtd. in Wilson 213–14)。

　熊いじめを含む流血スポーツの残酷性は、イングランドでは 1550 年頃から大勢のピューリタンにより批判され、その結果 1642 年に熊いじめ禁止令が出た (Watson 1113–15)。例えばフィリップ・スタッブスは、安息日に行われる熊いじめや狩猟は神の教えに背くと言い、熊いじめのことを「下品で臭くて忌まわしい遊び (a filthie, stinkyng, and lothsome game)」と呼び、以下のように続ける。

> なぜキリスト教徒たちは哀れな動物たちが互いに引き裂き合い、殺し合うのを見て喜べるのか。それも愚かな楽しみの為だけに。動物は人間に残酷であり、人間の破滅を求めるが、我々は、神が創ったために、彼らが神が創り給うた生き物であるがために、彼らをいじめてはいけない。彼らは我々に悪さをしたり、我々の血に飢えているが、本質的には良い生き物で、神の栄光、力、偉大さを表したり、我々が利用するために創られた。

だから、神のために彼らを殺してはならない。(Stubbes 116)

　さらに、スタッブスは、1583年に大勢の見物によりベア・ガーデンの建物が壊れ、大勢の負傷者と少数の死者が出た事件にも触れ、これを神の天罰だとする (Stubbes 116–17)。同様に、狩猟に関しても、楽しみのために神が創った動物を殺すことはいけないと述べている (Stubbes 118–19)。
　このように、一部の知識人やピューリタンたちは、熊いじめに反対していたようだが、シェイクスピアの熊いじめや動物に対する考えはどうだったのか。そして、熊いじめや動物の比喩は『十二夜』においてどのような意義があったか。最後の節でこれら問題点について考察したい。

3　シェイクスピアとピューリタニズム

　牧師サー・トーパス扮するフェステは、マルヴォーリオいじめのクライマックスである暗室の場で、マルヴォーリオに対し悪魔祓いをしようとする際に、死んだ人間の魂が他の生物に宿るというピュタゴラスの輪廻転生説に言及する。ベリー、ディッキー、スコット＝ウォーレンは熊いじめの比喩には着目したが、このピュタゴラスの説には触れていない。この説は、神が人間を創ったと信じるキリスト教徒からすれば異教の考えであったが、シェイクスピアの動物観を考察する上では非常に重要である。
　牧師に扮したフェステが、マルヴォーリオに「野生の鳥に関するピュタゴラスの説とはなんじゃな？」(4.2.49–50) と問うと、マルヴォーリオは「死んだ祖母の魂が鳥に宿ることもある、と言っております」(4.2.51–52) と答える。次にフェステがこの説をどう思うか尋ねると、マルヴォーリオは「私は魂を尊いものと思いますゆえ、彼の説には同意でき

ません (I think nobly of the soul, and no way approve his opinion)」(4.2. 54–55) と答える。するとフェステは、マルヴォーリオがピュタゴラスの説を信じるまでは彼を正気と認めないと言い、「軽々しく阿呆鳥を殺してはならぬぞ、そなたの祖母の魂を害することになるやも知れぬからのう」(4.2.58–59) と警告し、マルヴォーリオを暗室に閉じ込めたまま退場する。興味深いことに、最初フェステは「野生の鳥 (wildfowl)」と言い、マルヴォーリオがこれを「鳥 (bird)」と言い換えると、フェステは今度は「阿呆鳥 (woodcock)」と言い換える。これは先の場面におけるマルヴォーリオの「ヤマシギ (woodcock)」(2.5.82) のイメージの余韻であろう。

　キリスト教徒のマルヴォーリオにとって、ピュタゴラスが唱えた説は受け入れ難かったはずだ。ピューリタンのようなマルヴォーリオが、カトリックやピューリタンが行う悪魔祓いの儀式を施され、異教徒のピュタゴラスの説を信じないために狂人と思われることには、皮肉なおかしさがあり、この場面は、カーニバル的さかさまの世界とも言える。このピュタゴラスの説は『変身物語』第 15 巻に収録されており、万物は流転するため、霊魂も死後生き続けるという考えが述べられている。シェイクスピアもこれをグラマー・スクールで読んでいたはずだが、ここでは冗談として用いられたと考えられる。

　ピュタゴラスの輪廻転生説は、『ヴェニスの商人』や『お気に召すまま』にも出てくるが、『十二夜』と同様に、冗談として持ち出される。『ヴェニスの商人』では、法廷の場において、グラシアーノは、無慈悲なシャイロックを見て、ピュタゴラスの説を信じたくなると述べる。というのも、シャイロックには獰猛な狼の魂が宿っていると考えるからだ (4.1. 129–37)。『お気に召すまま』では、ロザリンドが森で、ピュタゴラスの時代以来、これ程自分が詩に詠まれたことはないと述べる。そして、ピュタゴラスの時代には、今ではほとんど覚えていないが、自分はアイルランドのネズミであったと言い、ピュタゴラスが唱える霊魂の普遍性

を茶化す (3.2.172–73)。

　さらに、ピュタゴラスの名前は直接に言及されないが、『十二夜』の最後にフェステが歌う歌に、万物が流転するというピュタゴラスの思想が反映されているように思われる。フェステは子供時代から老年期まで人生の4段階を歌い、各スタンザの最後で「雨は毎日降るものさ (For the rain it raineth every day)」と繰り返すが、最後のスタンザでは、「この世のはじめは大昔、ヘイ、ホウ、風吹き、雨が降る。それでも芝居はおしまいだ、おいらは毎日笑わせる」と歌う。この歌は、人生の悲壮感を歌ったものと解釈されることが多いが、その中で5回繰り返される"everyday"という語には、雨という自然現象の継続性が表れる。最後のスタンザに「笑わせる」とあるのは、フェステを演じたのが喜劇俳優ロバート・アーミンであったことと関連するが、ここには今日の芝居が終わっても、将来、再びこの作品、或いは別の作品を上演するという継続性が暗示されている。しかも、ピュタゴラスの説を信じるサー・トーパスを演じたフェステがこれを語ることにより、「万物の流転」という考えが、二重に仄めかされているのではないか。

　シェイクスピアがピュタゴラスの説を信じていたかどうかは定かではないが、ロバート・N・ワトソンが指摘するように、フェステの「軽々しく阿呆鳥を殺してはならぬぞ、そなたの祖母の魂を害することになるやも知れぬからのう」という言葉から、少なくとも、ピュタゴラスが唱える動物を殺して食べてはいけないという考えには共感していたと考えられる (Watson 1130)。『変身物語』で、ピュタゴラスは、人間の魂は死後に動物に宿り、動物の魂は死後に人間の魂に宿るのだから、人間が動物を殺して食べることは仲間を食べることになるため、草木を食べるべきだと述べる。ピュタゴラスは動物の殺戮を血生臭いものだと否定的に考えるが、この点は先に挙げた知識人やピューリタンの考えと共通する。また、興味深いことにピューリタンも、ピュタゴラスと同様に菜食を奨励し、肉食を禁じている (Watson 1129–33)。スタッブスは、「イン

グランドにおける大食と過剰」という箇所で、最近の人々の過度な食事量や肉食を批判し、牛肉は消化に悪いと言い、昔の人々は小食で穀物や草や木の実などを食べていたため、今の人よりも健康で長生きしたと述べ、菜食を勧めている (59–60)。

ワトソンは、シェイクスピアは、『十二夜』の「阿呆鳥 (woodcodk)」の例の他、『ヴィーナスとアドーニス』の野ウサギや、『尺には尺を』のカブトムシや、『タイタス・アンドロニカス』のハエなどを例に挙げ、先に論じたスパージョンと同様、シェイクスピアは動物に同情を寄せていたと主張する (1123, 1128)。

イギリスにおける動物愛護は1824年に「王立動物虐待防止協会」が誕生したことで確立され、シェイクスピアの時代にはこのような意識を持つ人は知識人やピューリタンなど、ごく一部に限られていた。例えば、トマス・モアは『ユートピア』(1516) の中で、狩りで殺される兎などの無垢な動物に憐れみを寄せ、狩猟を低級で下劣な行為とみなし、動物を殺して喜ぶ行為を残酷と批判する (80–81)。また、モンテーニュも、『随想録』(1580) の中で、古代ローマで行われた動物を殺す見世物を残酷であると批判し、動物は人間同様に神の家族の一員であり、神は動物に対し愛着と尊敬を持つよう命じていると指摘し、さらには人間と動物の類似性を論じ、人間は動物より上でも下でもないと主張し、当時主流であった人間が動物より優れているという考えを傲慢と批判する (485, 513–14)。『ユートピア』の英訳が出たのは、1551年であり、シェイクスピアが英語で読んでいた可能性は高い。他方、『随想録』の英訳が出たのは1603年であるが、シェイクスピアは訳者のジョン・フローリオと親しかったため、出版される前に読んでいた可能性があると同時に、フランス語の原文で読んでいた可能性もある。『ユートピア』と『随想録』は、シェイクスピアの『テンペスト』と関連付けられてしばしば論じられるが、ロビン・ヘッドラム・ウェルズは、『テンペスト』など様々な作品においてこれら両作品からの人文主義的思想が見られるため、シェ

イクスピアはこれらを確かに読んでいたと主張する (Wells 102)。

『タイタス・アンドロニカス』では、タイタスが、何気なくハエを殺した弟マーカスの行為を残虐とみなし、罪のない生物を殺す者は弟ではないと激昂し、殺したハエにも家族がいたであろうと言う。『十二夜』には実際に熊いじめなど比喩が用いられるだけで、舞台上で生物が殺される場面はないが、度々出てくる熊いじめの比喩には、罪のない生物を殺してはいけないというタイタスと同じ考えが見受けられる。これは先に述べた、楽しみのために動物を殺してはならないというスタッブスの見解にもつながる。

では、シェイクスピアはなぜ『十二夜』において熊いじめなど動物の比喩を多用したのであろうか。第一の理由として祝祭と動物の連想が考えられるが、それ以外の理由として、彼は、人間も動物も愚かさや残酷さにおいては同等であり、時にそれらにおいて人間は動物より勝ると言いたかったからではないか。つまり、マルヴォーリオいじめは熊いじめと同等であり、ヴァイオラとサー・アンドルーの決闘は人間版の闘鶏と言えよう。動物による流血スポーツも、人間による決闘も、残酷さにおいては同じである。

動物の比喩は他の作品にも見られる。『十二夜』と同じ頃に書かれたとされる『ハムレット』では、ハムレットは、なかなか復讐が果たせられないぐずな自分を忘れっぽい動物に喩えたり、父の死を嘆かないガートルードのことを、理性のない動物より酷いと罵る。『夏の夜の夢』では、パックが、「人間ってなんてばかでしょう！」(3.2.115) と言い、シーシュースが「恋するものと気ちがいはともに頭が煮えたぎり、ありもしない幻を創り出すのだ」(5.1.4–5) と言うように、ライサンダーやハーミアたちは、愚者や狂人として描かれる[5]。『十二夜』は恋に狂う人物が登場する点では『夏の夜の夢』と共通するが、前者は登場人物たちが理性を持たない動物に喩えられている点で後者と異なる。しかし、これら作品の中でシェイクスピアは人間の愚かさを攻撃する訳ではなく、温

かく見守っているようである。というのも、シェイクスピアは基本的に人間を含む動物に共感を寄せているからだ。

　本作品では、この動物の比喩もそうだが、音楽、酒、恋の狂気などあらゆるイメージが、「過剰 (excess)」な程に繰り返される。特に、先に引用した通り、マルヴォーリオいじめを指す "sport" やそれに類似する言葉も、くどいと思うくらいに何度も繰り返される。また、娯楽的要素もマルヴォーリオいじめに、決闘に、悪魔祓いに、フェステの歌に、サー・アンドルーの踊りにとふんだんにある。

　それまでの喜劇においても、例えば『間違いの喜劇』では悪魔祓いが、『夏の夜の夢』では劇中劇が、『ヴェニスの商人』では箱選びが、『ウィンザーの陽気な女房たち』ではフォールスタッフいじめが、『お気に召すまま』ではレスリングの試合や恋愛練習が、本編から独立した劇中劇的娯楽として組み込まれているが、『十二夜』ではマルヴォーリオいじめに、決闘に、ありとあらゆる娯楽的要素が、オーシーノの言葉を借りれば、「食傷するまで」、描かれている。さらに、それまでの喜劇の中で個性的な人物と言えば、主に道化的な人物であり、フォールスタッフ、ボトム、ゴボー、タッチストーンなど、各作品に一人か二人ぐらいしか登場しないが、『十二夜』では主役・脇役問わず、各々が個性的な性格を持ち、その特徴が「過剰」な程に描かれる。

　「過剰」即ち "excess" は、スタッブスの大食に関する例で見た通り、ピューリタンが非難していた言葉であるが、このイメージは『リア王』にも蔓延している。リアは、最初は贅沢な暮らしをしていたものの、宮廷を追い出され、乞食にやつすエドガーの姿を見て、虚栄が悪であると気づき、身に着けていた服を脱ぎ、金持ちは貧乏人に "excess" から必要な分を引いた「余剰」を施すべきだという富の再分配を提案するようになるが、この富の再分配という考えは『コリオレーナス』のメネーニスにも共有される。『リア王』や『コリオレーナス』では、「過剰」は良くないものとして描かれ、ピューリタンの意見と一致する。『十二夜』

においては、「過剰」に対する明白な批判はないが、否定的には描かれている。その証拠に、『十二夜』の中でサー・アンドルーやサー・トービーが血を流すのは、彼らが熊いじめなどの娯楽や牛肉、酒に過度に興じ、さらにはマルヴォーリオを過度にいじめたことに対する罰と考えられ、オーシーノはメランコリーを引き起こす黒胆汁が過剰なために、ついにはオリヴィアを殺し、ヴァイオラを生贄にするという考えに至るからだ。

冒頭で触れたように、演劇を糾弾したピューリタンはシェイクスピアにとっては敵であった。それ故に、シェイクスピアは『十二夜』で、ピューリタンが非難する演劇(特に異性装)、祝祭、熊いじめなどの娯楽的要素を、ピューリタンが忌む「過剰」なまでに盛り込み、マルヴォーリオという「ピューリタンみたい」で自惚れが強く嫌味な人物を、彼らが嫌う熊いじめや彼らが行っていた悪魔祓いによって懲らしめるという風に、皮肉を用いながらピューリタンに対抗したと考えられる。しかし、他方でシェイクスピアは、過剰について否定的に捉えており、罪のない動物を殺してはいけないという動物愛護の見解に関しては、彼らと見解を同じくすると考察される。

このように、シェイクスピアはピューリタンの思想にも共鳴する部分があったために、「ピューリタンみたい」なマルヴォーリオを、サー・トービーたちにとっては自惚れの強い尊大な人物として描く一方で、執事としては勤勉でオリヴィアが信頼を寄せる人物として描き、最後には観客の同情を引くように描いている。シャイロックやイアーゴーは、舞台を退場した後、他の人物から関心を持たれないが、マルヴォーリオは、退場した後に、オリヴィアから「ずいぶんひどいいたずらをされたものね (he hath been most notoriously abused)」(5.1.372) と同情され、それを聞いた公爵は、フェービアンに「あとを追ってなだめてるがいい」(5.1.373) と命じるなど、哀れな被害者として観客の同情を引くように描かれる。オリヴィアはマルヴォーリオがいじめられたことを "abused" と

述べ、マルヴォーリオも悪魔祓いの場で、「私ほどひどいめに会わされたものはおりません (there was never man so notoriously abused)」と言い、"abused" という語を使う。"abuse" は、スタッブスが熊いじめや狩りについての項で、罪のない動物をいじめてはいけないと言う時に用いる語であるが、シェイクスピアは、マルヴォーリオを熊いじめの熊として同情的に描いており、彼がピューリタン的気質を持つ人物であっても、完全な悪者として描いた訳ではなかったのだ。このように、シェイクスピアは、動物に対しても、ピューリタンの思想に対しても、寛大で柔軟な心を持っていたのではないか。

結び

　シェイクスピアは、『十二夜』において、熊いじめなどの動物の比喩を用いて、恋やお祭り騒ぎに狂う人間たちを、愛すべき動物のように描き、時にサー・トービーとサー・アンドルーの流血やメランコリーに陥ったオーシーノによる死や殺人に関する比喩など残酷な場面も描いたが、全般的に娯楽的要素を過剰な程に盛り込んだ。シェイクスピアは、このような娯楽的要素を通して、ピューリタンに暗に対抗したと考えられるが、動物愛護や過剰についての見解に関しては、ピューリタンと共通する点が見受けられた。
　シェイクスピアは、『十二夜』の中で過度に娯楽的要素を描き、食傷してしまったせいか、これ以降は、四大悲劇を含む悲劇や問題劇、ロマンス劇と、娯楽本位の喜劇ではなく、社会的・哲学的要素を含む難解な作品へと向かって行った。そういう意味では本作品は、喜劇の最後と呼べるが、違う見方をすれば、以降の作品群への出発点にもなっている。『十二夜』における過剰というイメージは『リア王』でより深められ、家族の別れと再会は、ロマンス劇では主題として拡大され、マライアら

の殺人を伴わない復讐はロマンス劇で深刻に描かれ、最後には和解に至る。マルヴォーリオは舞台を退場した後どうなるか分からないが、おそらくフェービアンになだめられ、復讐を遂げないのではないか。また、『十二夜』の熊いじめの熊は、『冬物語』ではボヘミアの荒地に住む野生の熊として登場し、パーディタを捨てたアンティゴナスを食い殺す。そして、『十二夜』のフェステを演じたアーミンは、『リア王』では名前のない道化を演じる。ヴァイオラの男装は、『シンベリン』ではイモジェンの男装に受け継がれる。このように、シェイクスピアが『十二夜』に注いだ魂は、本作品の最終場で死んで消滅する訳ではなく、ピュタゴラスの輪廻転生説の如く、後の作品の中で形を変えながら脈々と生き続けるのである。

註
(1) 以降『十二夜』からの引用は全てキアー・エラム編アーデン版（第3シリーズ）に従う。訳は小田島雄志訳に従う。
(2) ヴァイオラは男装する際にシザーリオと名乗り、本作品の大部分をシザーリオで通すが、本稿では便宜上ヴァイオラに統一する。
(3) 小田島訳では意訳されているため、ここは直訳の河合祥一郎訳を使用する。
(4) エリザベスが1601年1月6日に招いたオルシーニーの紋章は熊であるが、もしオルシーニーの前で本作品が上演されたとすれば、冗談としてここに熊いじめのイメージも込められているのかもしれない。
(5) 引用はスカンタ・チャウダリー編アーデン版に、小田島訳による。

引用文献

Barber, C. L. *Shakespeare's Festive Comedy: A Study of Dramatic Form and Its Relation to Social Custom*. Princeton UP, 1599.

Berry, Ralph. "*Twelfth Night*: The Experience of the Audience." *Shakespeare Survey*, vol. 34, 1981, pp. 111–20.

Briggs, Julia. *This Stage-Play World: Texts and Contexts, 1580–1625*. 2nd ed. Oxford UP, 1997.

Brownstein, Oscar. "The Popularity of Baiting in England before 1600: A Study in Social and Theatrical History." *Educational Theatre Journal*, vol. 21, no. 3, 1969, pp. 237–50.
Burton, Robert. *The Anatomy of Melancholy*. Introduction by William H. Gass. Revised ed., NYRB Classics, 2001.
Chambers, E. K. *Medieval Stage*. Vol. 1, Oxford UP, 1903.
Dickey, Stephen. "Shakespeare's Mastiff Comedy." *Shakespeare Quarterly*, vol. 42, no. 3, 1991, pp. 255–75.
Hotson, Leslie. *The First Night of Twelfth Night*. Mercury Books, 1961.
Laroque, François. *Shakespeare's Festive World: Elizabethan Seasonal Entertainment and the Professional Stage*. Translated by Janet Lloyd. Cambridge UP, 1991.
Logan, Thad Jenkins. "*Twelfth Night*: The Limits of Festivity." *Studies in English Literature, 1500–1900*, vol. 22, no. 2, 1982, pp. 223–38.
Montaigne, Michel de. *The Complete Essays*. Translated by M. A. Screech, Penguin Books, 1993.
More, Sir Thomas. *Utopia. Three Early Modern Utopias: Utopia, New Atlantis, The Isle of Pines*. Edited by Susan Bruce, Oxford UP, 1999, pp. 1–148.
Novy, Marianne. *Shakespeare and Outsider*. Clarendon, 2013.
Ovid. Metamorphosis. *Shakespeare's Ovid: Being Arthur Golding's Translation of the Metamorphoses*. Edited by W. H. D. Rouse, De La More, 1904.
Salgado, Gamini. *The Elizabethan Underworld*. J. M. Dent, 1977.
Scott-Warren, Jason. "When Theaters Were Bear-Gardens; Or, What's at Stake in the Comedy of Humors." *Shakespeare Quarterly*, vol. 54, no. 1, 2003, pp. 63–82.
Shakespeare, William. *As You Like It*. Edited by Juliet Dusinberre, Thomson Learning, 2006.
———. *Merchant of Venice*. Edited by John Russell Brown, Methuen, 1955.
———. *The Merry Wives of Windsor*. Edited by Giorgio Melchiori, Thomson Learning, 2000.
———. *A Midsummer Night's Dream*. Edited by Sukanta Chaudhuri. Bloomsbury, 2017.
———. *Twelfth Night, or What You Will*. Edited by Keir Elam, Bloomsbury, 2008.
Skura, Meredith. *Shakespeare and the Actor and the Purpose of Playing*. U of Chicago P, 1993.
Spurgeon, Caroline. *Shakespeare's Imagery and What It Tells Us*. Cambridge UP, 1935.
Stubbes, Philip. *The Anatomy of Abuses*. 1583.
Watson, Robert N. "Protestant Animals: Puritan Sects and English Animal-Protection Sentiment, 1550–1650." *English Literary History*, vol. 81, no. 4, 2014, pp. 1111–48.
Wells, Robin Headlam. *Shakespeare's Humanism*. Cambridge UP, 2005.

Wilson, John Dover. *Life in Shakespeare's England: A Book of Elizabethan Prose.* 1911. Penguin Books, 1964.

小田島雄志訳、『十二夜』、白水社、1983 年。

小田島雄志訳、『夏の夜の夢』、白水社、1983 年。

河合祥一郎訳、『新訳　十二夜』、角川文庫、2011 年。

アンティゴナスの死と忘れられた貞節
——『冬物語』におけるもう一組の夫婦について——

丹羽　佐紀

The Death of Antigonus and the Neglected Chastity of Paulina:
The Meaning of the Roles of a Servant Couple in *The Winter's Tale*

はじめに

　『冬物語』には、シチリア王リオンティーズとその妃ハーマイオニーと並んで、もう一組の夫婦が登場する。リオンティーズの忠実な廷臣の一人であるアンティゴナスと、ハーマイオニー付きの夫人でもある妻ポーリーナである。このうちアンティゴナスは、従来3幕3場で熊に食べられる場面との関連において論じられることが多く、且つどちらかと言えばアンティゴナスより熊の方に焦点が当てられ、熊が何を表象するのかについて様々な解釈がなされてきた。[1] 実際、アンティゴナス自身はこの場面以降、舞台に登場することはなく、もう一人の廷臣カミローと比べ、比較的早い段階で観客の前から姿を消す。

　しかし、彼の存在を妻ポーリーナとの夫婦関係において捉える時、王侯身分に仕える立場にあるこの夫婦は、リオンティーズとハーマイオニー、その娘パーディタがたどる再会の大団円への軌跡とは別の側面を、この劇において浮かび上がらせる役割を果たしていることがわかる。二人は、リオンティーズたちが互いに愛する者に会えない苦悩の時を過ごす間、同じ様に互いに会えず、しかもポーリーナはもはや二度と夫に会う事が出来ない。にもかかわらず、劇の最後で王侯身分の人物たちが喜

びの再会を果たし、パーディタとフロリゼルの結婚が約束されても、リオンティーズの命令に翻弄されたアンティゴナスへの追悼はなされず、ポーリーナは再婚を勧められる。

　本稿では、アンティゴナスと、その妻ポーリーナに焦点を当て、二人の夫婦関係がこの劇においてどのように機能しているのか、上演当時の時代背景との関わりにおいて分析する。二人はそれぞれ、王リオンティーズと王妃ハーマイオニーに仕える忠実な家臣であり付添いの夫人であるが、もう一人の廷臣カミローと同様、いずれもこの作品の原作であるロバート・グリーン (Robert Greene, 1558–1592) の *Pandosto, The Triumph of Time* (1588) には登場しない。シェイクスピアの創作とされる夫婦があえて登場することにより、特に劇の主筋にどのような影響を与えているのか、アンティゴナスとポーリーナそれぞれに焦点を当てながら明らかにする。主筋では、1幕2場でリオンティーズが妻の不貞を疑い、ポリクシニーズと通じていると思い込み嫉妬に狂うところから、様々な人物が巻き込まれていく。すなわち妻の貞節が二人の夫婦関係をめぐるキーワードの一つと言える。ではアンティゴナスとポーリーナという夫婦の組み合わせにおいて、妻の貞節はどのように描かれているのか。また、劇の最後でリオンティーズとハーマイオニーが再会を果たす、一見ハッピーエンドに見える場面を、もう一組の夫婦の立場から捉えるとどのような面が浮かびあがってくるのか、廷臣として仕える彼ら夫婦にとっての貞節を、ジェイムズ1世の治世と絡めて結論につなげる。

1. 忠臣アンティゴナス

(1) 貞節をめぐる決断

　2幕1場でリオンティーズは、ハーマイオニーがポリクシニーズと不貞を働いたに違いないと決めつけ、妻を牢獄に連れていけと命令する。

アンティゴナスはカミローと一緒に、怒り狂うリオンティーズを必死で諭そうと努め、次のように言う。

> Antigonus: Be she honour-flawed,
> I have three daughters—the eldest is eleven;
> The second and the third, nine and some five.
> If this prove true, they'll pay for't. By mine honour,
> I'll geld 'em all. Fourteen they shall not see,
> To bring false generations. They are co-heirs,
> And I had rather glib myself than they
> Should not produce fair issue. (2.1.143-49)[2]

（お妃さまに不貞の事実があれば、私には3人の娘があって、上から11と9つと5つですが、その事実が証明されれば、3人の娘にその罪を贖わせることにします。3人とも私の名誉にかけて、子供の産めぬからだにしてやります。14の春を迎えても、不義を働く子を産ませはしません。娘たちは私の相続人ですが、不貞の子を産むくらいなら子供のできぬ体にしてやる方がましです。)[3]

Geld および glib はいずれも「去勢する」という意味である。[4] 主君に不貞の罪があれば、自分の娘たちの身体を傷つけてでもそれを償わせるというアンティゴナスの忠臣ぶりである。身体を損傷させ生殖機能を失わせるという行為は、例えば割礼のように異教的なニュアンスを思い起こさせる。Taylor は、アンティゴナスの台詞と同じような意味を持つ台詞として、『夏の夜の夢』1幕1場におけるアテネの公爵シーシュースの言葉を引き合いに出している。父親が勧めるデメートリアスとの結婚を頑なに拒むハーミアに対し、シーシュースは、娘にとって「父親は神にも等しい存在」('To you your father should be as a god' (1.1.47)) であり、いわば蝋人形のようなものに過ぎず、それを「そのままにしておくのもこわすのも［彼の］意のまま」('within his power / To leave the figure, or disfigure it' (1.1.50–51)) と論す。[5] Taylor はここで disfigure という言葉について、造った人形を単に壊すという意味だけでなく、身体を切断するイメージを想起させると捉えている。

> Theseus is not Hermia's father, but the two men appear to belong to the same generation and class in Athens, suggesting that on certain matters one might well speak for the other. In any case, the chilling threat to "disfigure"—Theseus probably intends something like "unmake," or remove all form from the wax, but we cannot very well ignore the connotations of mutilation—recalls the similar threats of Antigonus and Polixines.' (104)

> (シーシュースはハーミアの父親ではないが、二人の男性はアテネで同じ世代、階級に属しており、それはすなわち諸々の事柄において一方が他方を代弁し得るということである。いずれにせよ、「(傷つけて) 壊す」というぞっとするような脅し——シーシュースはおそらく蝋で造った形状を崩す、なくすといった意図で用いているのであるが、我々には身体切断という内包的意味を無視することはできない——は、アンティゴナスやポリクシニーズの同じような脅しを思い起こさせる。)

アンティゴナスやポーリーナのような比較的高い身分にある人物が、当時不貞にまつわる罪を理由に身体破壊行為を伴う刑罰に関わった事例として、端的にはヘンリー 8 世によるアン・ブリーンの処刑などが考えられるが、同じような身分において父親、または父親と同等の身内が、血を分けた自分の娘の身体を実際に傷つけた事例を取り上げた文献は見当たらない。[6] しかし、例えば Peterson は、初期近代イングランドにおいて、人体、特に女性のヒステリー発作と身体的症状との関係、及びその原因解明、処方、治療という観点から子宮が注目されたことに言及している。(37–106) 故意に子宮に損傷を与える実例こそ挙げられていないものの、女性の振る舞いが子宮と密接に関連すると捉えられた背景を考えれば、逆に不貞を制するために子宮に何らかのダメージを与えるという

論理は一定の説得力を持ったと言える。

　また4幕4場で、ボヘミア王ポリクシニーズがパーディタに対し、魔法を使って息子フロリゼルを誘惑する女め、とののしる場面がある。

> Polixenes:　　　　　　　　　And thou, fresh piece
> 　Of excellent witchcraft, whom of force must know
> 　The royal fool thou cop'st with—
> Shephard:　　　　　　　　　O, my heart!
> Polixenes: I'll have thy beauty scratcyed with briars and made
> 　More homely than thy state. (4.4.427–31)

（「それにこのうら若い身で魔法を駆使する女め、おまえの相手が王のばか息子と知っていたに相違あるまい——」「え、なんていうことだ！」「おまえの美しい顔を茨でかき破らせ、いまよりもっと卑しい身分にしてやるぞ。」）

この台詞には当然ながら、上演当時流布していた魔術のイメージや魔女裁判のニュアンスが込められている。また前述のTaylorが指摘しているように、ポリクシニーズもここで、パーディタの身体の一部である顔を傷つけてやると脅している。MacFarlaneは、初期近代イングランドにおける魔術に関連した裁判や自白、処罰の事例を紹介しているが、生殖機能を含む女性の身体に対する具体的刑罰の例には言及していない。しかしいずれにせよ、このような異教的ニュアンスを持つ身体の破壊行為を匂わせる台詞が、脅し文句として一定の効果を果たしていたことは間違いない。ちなみにPetersonは、ハーマイオニーを何年もかくまうポーリーナを、身体拘束の権限や能力を持つ医者や魔女との関連において捉える可能性にも言及している。(142)

　以上のように、少なくとも『冬物語』におけるアンティゴナスの、子宮に関する台詞には、一方では廷臣としてリオンティーズに忠実であろうとする彼の忠臣ぶりが示されているが、他方では、そのためには父親

の権限を用いて自分の娘の身体をどのようにでもしてみせるという、家父長制のグロテスクな側面も垣間見える。廷臣としてのアンティゴナスの忠義は、自分の娘を犠牲にすることも厭わないと公言できてしまうほどなのである。

(2) 王に忘れられた廷臣
　さてリオンティーズは、2幕3場において、生まれたばかりの子を自分の子ではなく妻とポリクシニーズとの間に生まれた子だと思い込み、アンティゴナスに、赤子を火にくべろと命令する。アンティゴナスは他の貴族とともに、さすがにそんな事はできないと懇願する。するとリオンティーズは、今度は赤子を自国の領土を遠く離れた見知らぬ荒野までもって行き、捨てるようにとアンティゴナスに命じる。この命令は、リオンティーズが自分の娘から引き離されるということだけでなく、アンティゴナスも同じ様に自分の3人の娘から引き離され、おそらくは二度と会えないことを意味する。つまりリオンティーズの命令は、二度と子供に会えないという状況を、自分だけでなくアンティゴナスにも必然的に強要し、全く同じ境遇を彼に強いることでその忠義を証明せよと求める命令でもある。このような窮地に立たされたアンティゴナスは、それでもなお命令を受け入れ王の繁栄を祈りさえする。では彼の忠臣ぶりは、どれほど報いられるのだろうか。
　ここで、当時の廷臣の忠義はどのように評価されるのかという問題が出てくる。奇妙なことに、なぜか3幕2場でアポロの神託を聞いたあと、リオンティーズの後悔の台詞の中にアンティゴナスへの詫びは出てこない。リオンティーズは、カミローが忠実な廷臣であったことを思い、彼を呼び戻そうと言う。しかしアンティゴナスを捜し出して呼び戻そうという言葉は、彼の後悔の台詞の中にひと言も出てこない。カミローもまた原作の*Pandosto*には登場せずシェイクスピアが創り出した人物であるが、カミローとアンティゴナスを比較した場合、二人ともリオ

ンティーズの愚かな行為を咎め、無茶な命令を思いとどまらせようと注進する点において同じである。しかしカミローは、早い段階で自分の身の危険を察知し、その時点でリオンティーズにとっては敵であったポリクシニーズに仕えることを誓い、ボヘミアへ逃れる。つまり敵に寝返ったという点でむしろアンティゴナスより保身の術に長けており、政治的に一枚上手とも言える。それに対し、アンティゴナスは成り行き上、5幕2場で執事が語るところの「姫君を捨てることに手を貸したもの」('all the / instruments which aided to expose the child' (5.2.69–70)) であったばかりに、熊に食べられ命を落としてしまう。

　さらに、カミローはポリクシニーズに仕えてボヘミアへ行ったことが登場人物たちにも明らかにされ所在がはっきりしているが、アンティゴナスの行方は、リオンティーズの命令に遠い異国としか指示されていないことからもわかるように、どこの国かが知らされていない。これもまた、リオンティーズにとって、娘と同様アンティゴナスの行方も注視に値しないことの表れである。観客には、アンティゴナスが漂着したのがボヘミアの海岸であることが3幕3場において知らされるが、リオンティーズの宮廷にいる他の登場人物たちには、妻のポーリーナも含め、彼がどこにいるのかわからない。にもかかわらず、彼の行方は懸念されない。このようにアンティゴナスは、リオンティーズに忠誠を誓いそれを行動で示しながらも、劇中では主君に忘れられた存在として位置づけられる。彼がカミローと異なり、家族持ちでありしかも行方がわからないという点において、リオンティーズの命令とその後の忘却は、より一層アンティゴナスに対して非情な印象を与える。そしてアンティゴナスが赤子と共にどこへとも知れぬ場所へ追いやられ、リオンティーズが自らの過ちに気づき悔恨の年月を過ごす間、ポーリーナもまた、3人の娘と共に未亡人として長い年月を過ごすことになる。彼女は王と同じく、愛する者に会えないという「時」の長い経過を味わうことになる。そこで次に、ポーリーナには、劇の最後の場面において、果たして原作の

Pandosto の副題にあるような「時の勝利」が訪れるのかどうか、夫に対する彼女の貞節という観点から分析する。

2. ポーリーナの貞節

(1) 未亡人として

　ポーリーナもまたシェイクスピアの創作になる人物で、登場人物欄にはアーデン版とニューケンブリッジ版のいずれにも「アンティゴナスの妻」としか表記されていないが、2幕2場で「尊敬すべきご身分」('a worthy lady, / and one who I much honour' (2.2.5–6)) と牢番に呼ばれていること、同じ場面で「私が誰だかわからないの」と牢番を諭してハーマイオニーに面会しようとしているところから、お付きの夫人の中でもかなり身分が高い立場にあると判断できる。

　彼女は、リオンティーズの強引な命令が原因で夫と引き離されるはめに陥ったにもかかわらず、それよりもハーマイオニーが亡くなったことの方が重大であるかのように語る。3幕2場で、自分にこれ以上どのような拷問が用意されているのか嘆いた後で、ポーリーナは「このばかな女をお許し下さい。……私の主人のこともなにも申し上げません、あの人はもういないのですから。」('I'll not remember you of my own lord, / Who is lost too.' (3.2.227–28)) とリオンティーズに言う。しかしこの台詞は、リオンティーズにとっての一大事を告げながらもあえて夫に言及していること、また劇の最後で、自分は夫を偲びながらひっそり暮らすという彼女の言葉と結びつけて考えると、妻として夫への貞節を守り続けるという彼女の姿勢を端的に示す台詞とも受けとれる。5幕3場で彼女は次のように言う。

　　　　Paulina: I, an old turtle,
　　　　　　　　Will wing me to some withered bough, and there

> My mate, that's never to be found again,
> Lament till I am lost. (5.3.132–35)

（老いた鳩である私は、どこかの枯れ枝にでも飛んで行って、そこで二度と帰るあてのない夫を、このいのちがはてるまで悼むことにします。）

　ところが、このような彼女の夫への一途な愛は、そのすぐ後にリオンティーズに台無しにされてしまうのである。再会の奇蹟で幸福絶頂のリオンティーズは、ポーリーナにカミローとの再婚を促すのである。直前に、ポーリーナが命果てるまで夫を偲びながらひっそり暮らすと言っているにもかかわらず、である。しかもリオンティーズはそもそも、妻の貞節が守られるべきという前提があったからこそ、1幕2場でハーマイオニーの不貞と見えた行為に腹を立てたのである。ここで、夫アンティゴナスに対するポーリーナの貞節はなぜ破られることが求められるのか、ポーリーナ自身の余生の選択はなぜ受け入れられないのかという問題が出てくる。実際、リオンティーズに再婚を勧められた後、この提案を感謝して受け入れるポーリーナの台詞はない。彼女はリオンティーズに何も答えていないのである。この点に注目すると、『冬物語』の最後の場面におけるリオンティーズの、カミローとポーリーナの再婚への促しを、主君による家来の縁結びとして、王侯身分の人物たちの幸福な結末に単純に便乗させて解釈することにいささか無理があることがわかる。

(2) 2度目の結婚をめぐって
　Wabuda は、1524年にアントワープで印刷された Juan Luis Vives の *De institutione foeminae Christianae* (translated by Richard Hyrde in 1529? as *A very frutefull and pleasant boke called the Instruction of a Christian woman*) という著書が、イングランドでも1520年代から1592年にかけて9回版を重ねるほど広く読まれ、特に上流階級の女性たちの指南書としての役割を果たした旨を紹介している。(116)　その中ではと

りわけ、キリスト教徒の妻が果たすべき、夫への貞節と従順の大切さが強調され、「結婚の成功は、この世の斟酌のみで測れるものではなかった。結婚とは、いかなる人生の物語にあっても、来世にこそその意味を持つものであった」とされている。('The success of the marriage could not be measured by earthly considerations alone. Marriage had a bearing upon the hereafter in any life's story.' (119))　Aughterson 編の *Renaissance Woman* には、ちょうどこの Vives の著書から 'Of Second Marriage' として２度目の結婚について言及した箇所の抜粋があるが、それによると彼は２度目の結婚をかなり強い口調で非難している。

> For she bringeth upon her children an enemy, and not a nourisher, not a father, but a tyrant. And she, enflamed with vicious lust, forgetteth her own womb. . . . Confess thy own viciousness. . . . If thou have children all ready, what needest thou to marry? . . . And if it chance that thou have children by the second husband, then riseth strife and debate at home within thy house. Thou shalt not be at liberty to love thine own children equally neither to look indifferently upon them that thou hast born: thou shalt reach them meat secretly, he will envy him that is dead, and except that thou hate thine own children thou shalt seem to love their father yet.
>
> 　(Juan Luis Vives, *The instruction of a Christian woman*. Aughterson, 74)

（２度目の結婚は子供にとっては養育者でなく敵、父親でなく暴君を連れてくるだけだ。そして邪まな情欲に火がついた妻は、自分の子宮を忘れる。（中略）自分の不道徳な魂胆を白状しなさい。（中略）既に子供がいるならどうして結婚する必要があろうか。（中略）２番目の夫との間に子供ができたら家庭に不和や争いを生じさせるだけである。自分の産んだ子供を平等に愛する自由はなく、かといって自らが産んだ子に無関心でいられるはずはない。最初の夫との間の子供達にこっそり食事を届けようとすれば、夫は亡き元夫を妬み、あなたが自分の子供をよほど嫌いででもなければ、まるであなたがまだ彼らの父親を愛しているかのように思えてしまう。）

Vivesは、2度目の結婚によって起こり得る生々しい具体例を列挙している。内容の是非はともかく、『冬物語』の最後の場面でリオンティーズがポーリーナに再婚を勧めるのは、明らかにVivesが説くところの、上流階級のキリスト教徒の未亡人がとるべき道とは反対の推奨である。まして、ポーリーナには既に3人の娘がいる。Vivesの論に従えば、継父となるカミローは3人の娘たちに暴君のように振る舞うかもしれず、ポーリーナが娘たちに優しくすれば、カミローは元夫のアンティゴナスに嫉妬するかもしれないということになる。Vivesの書物が9回も版を重ねるほど読まれたことから裏付けられるように、少なくとも当時の上流階級の女性にとっては、政略結婚や王位継承の目的を除いて、それほど積極的に再婚が推奨されたとは考えにくい。リオンティーズの提案にイエスと即答しないポーリーナの無言の態度は、妻としての貞節を守り抜こうとする彼女の抵抗とも解釈できる。実際、5幕1場でダイオンとクリオミニーズが、世継ぎを得るためにはリオンティーズは再婚した方が良いと話し合っていると、ポーリーナは「あなたがたは、天に逆らい、天意にそむくよう、陛下にお勧めしているのです」("Tis your counsel / My lord should to the heavens be contrary, / Oppose against their wills. (5.1.44–46))ときっぱり反論する。ここには、王侯身分に仕える身としてハーマイオニーの存在を忘れてはならないとする主人への忠義と同時に、亡き配偶者を忘れること自体への彼女の抵抗感が読みとれる。

3. 幸福な結末のために

(1) 忘却という演出

　以上述べたように、ポーリーナは未亡人となってからも夫への貞節を守っている。ここで廷臣アンティゴナスとポーリーナの立場を踏まえて劇の最後の場面に注目すると、いささか不自然なハッピーエンディング

の側面が浮かび上がってくる。まずリオンティーズは自分の過ちを悔いた後、もう二度と妻は娶らないと誓う。だが5幕1場では自分の実の娘をフロリゼルから横取りして妃にしようとする誘惑にかられるし、大団円の場では、彼と同じ時の長さの分だけ夫への貞節を守ってきたポーリーナに再婚を促す。[7] ハーマイオニーのリオンティーズへの貞節に負けず劣らず、夫への貞節を守ってきたポーリーナの一途さを、かつて誰よりも不貞に腹を立てたはずの王自らが、打ち破ることを積極的に推奨するという一連の矛盾した言動に、王侯たちのハッピーエンディングのために忘れられる廷臣夫婦の貞節という構図が浮かび上がってくる。

今一度、『冬物語』の最後の場面においてハッピーエンディングとなる根拠を探ってみると、王侯身分の登場人物たちの奇蹟の再会、それによりフロリゼルとパーディタの結婚が正当で血筋にかなったものとされること、そして王権の維持が保証されることへの期待と安堵感などが挙げられる。しかし、それらの喜びの只中でリオンティーズ、そしてハーマイオニーからさえ忘れられる死がある。王子マミリアスを失ったはずのリオンティーズは、自らの喜びを享受する語りにマミリアスへの惜別を含めない。ましてアンティゴナスのことには全く触れない。それでいて、幸福の分け前をポーリーナに与えようとする。彼は、自分が忠実な廷臣を死に追いやりポーリーナに苦しみの「時」を強いたことを忘れ、彼女を再婚させることをためらわないが、その罪悪感のなさは、裏返せば忘却の残酷な証しでもあるのだ。

(2) 王権維持のために

パーディタを生かしておくことにより、王侯身分の登場人物たちのハッピーエンディングを導いたはずの廷臣アンティゴナスが、なぜここではリオンティーズに忘れられるのか。ここで、上演を取り巻く当時の時代背景という観点からその理由を分析すると、二つの方向性が考えられる。一つは、ジェイムズ1世によって誇示された王権の威力と、それを

称え且つ支えるために、必要とされつつも見過ごされた周縁の人々の反映という捉え方である。Orgel は、『冬物語』において、リオンティーズの王権の回復をもたらすハッピーエンディングはマミリアスとアンティゴナスの死の「忘却」('forgetfulness') もしくは「記憶の遮断」('a lapse of memory') によって成り立っていること、そしてリオンティーズに集約される王権とは、まさにジェイムズ1世が何より重視したものであると述べている。(34–35) さらに二国間の王たちの和解という演出について、Wells は「ジェイムズ1世の心髄に心地よい話題」('a topic that was dear to James I's heart.') であったと述べる。(54) 王権神授説を唱えたジェイムズ1世にとって、王権が維持されていくことは自らの政策を正当化するための最重要課題であったに違いない。カトリック、ピューリタンいずれの間でも王への不信が募る中で、王権維持の重要さを何よりも前面に出すというアピールが、エリザベス王女とパラタイン選帝侯の結婚を背景に描かれた『冬物語』の演出において意識されたと捉えることは十分可能である。そのために廷臣夫婦アンティゴナスとポーリーナの苦悩は、リオンティーズにとっていわば免責事項となるのである。

　もう一つの捉え方として、Black が述べるように、未来とは逆の過去へと向かう視点、言い換えればエリザベス1世時代に築かれた帝国へのノスタルジアという見方が考えられる。Black によれば、特に1620年代において、かつてのエリザベス1世時代に築き上げられた帝国の繁栄への関心が高まったとされている。

> In England, tension in the 1620s led to a revival of ringing bells for the accession day of Elizabeth I, recalling times past when the monarch had been clearly identified with successful pursuit of what were generally seen as national interests. Forgetting the serious problems of the time, Elizabeth's war with Spain was recalled as triumphant as well as being truly national in being anti-Catholic and naval. (79)

（イングランドにおいて、1620年代の緊張はエリザベス1世戴冠の日を祝う鐘の音への復興気運を促し、王権というものが国益獲得の成功と明らかに同一視された時代への回顧を呼び醒ました。当面の深刻な問題を忘れ、エリザベス1世のスペインとの戦争が、反カトリックおよび海軍力という点において真に国家的且つ勝利的な出来事として思い起こされた。）

このように、エリザベス1世時代における王権のイメージが当時の人々の記憶に理想として留まっていたとすれば、リオンティーズの王権が維持されていくという一点をクローズアップさせるために、別の部分が忘れられることへの寛容も期待できたと言えよう。事実、ジェイムズ1世治世以後の時代の変化について Black は、特に 1642 年以降、イングランドにおいて、Englishness というアイデンティティへの人々の認識が、国家、とりわけ王室から離れていったと捉える。(78) そうであれば、『冬物語』のハッピーエンディングは、最盛期の王権を演出するために、あえて不自然であることが求められたとも言える。

終わりに

以上見てきたように、廷臣アンティゴナスとその妻ポーリーナの登場は、王権が維持されるために忘れられる部分をこの劇において逆説的に浮かび上がらせるべく機能している。奇蹟の再会がもたらしたハッピーエンディングの傍らにあるもう一つの側面が、リオンティーズによる忘却という劇的演出によって観客に明らかにされている。そして、王であるリオンティーズの方ではアンティゴナスを忘れているかもしれないが、観客は、ポーリーナが様々な場面で何気なく口にする夫の存在により、彼女が最初から最後まで夫を忘れていないというメッセージを送り続けていることに気がつく。それは彼女もまた、ハーマイオニーと同じように夫への貞節を守り続けたからであり、むしろその貞節こそが王権より

一層強固に維持されていくかもしれないという可能性を観客に示唆する。リオンティーズに忘れられたアンティゴナスの死とポーリーナの貞節は、Helgerson が「国力は必ずしも、大衆がそれを受容したということを意味しなかった」('But state power did not necessarily mean public acceptance.') と述べるように、王権と観客認識の間に微妙なずれを生じさせる。(272) それはもう少し時代に即した見方をすれば、王権と民意のずれを象徴しているとも言える。

＊本稿は、十七世紀英文学会関西支部第 212 回例会（於　関西学院大学梅田キャンパス、2019 年 3 月 9 日）において、「アンティゴナスの苦悩――『冬物語』に登場するもう一組の夫婦について――」と題して発表した原稿に、題名を改めた上で加筆修正を施したものである。

註

(1) ニューケンブリッジ版テクストの編者 Snyder, Curren-Aquino 、アーデン版の編者 Pitcher はそれぞれ、Introduction で熊の場面の解説に数頁を割き、これまでの批評的解釈や実際の上演における演出事例など、その変遷を詳細に紹介している。例えば前者に挙げられている主な例としては、1962 年 Dennis Biggins の天罰の象徴、1990 年の Michael Bogdanov の演出になる English Shakespeare Company の、自分の宮廷を喰い荒らす野蛮な暴君リオンティーズの表象としての熊がある。(30–33) さらに Vaught は、古くからの民話に伝わる evil man（悪者）を呑み込む地獄の口、またこの劇の副題で劇中にも登場する、全ての物を喰い尽くす「時」のイメージと熊を結びつけて捉えている。(105) Bullough は、熊が登場する同時代の別の劇作品をいくつか紹介している。代表的な例として、*Mucedorus* (1598, 1606, 1610) や Jonson の仮面劇 *Oberon the Fairy Prince* (1611) などを挙げている。(127)
(2) 本文中のテクスト引用については、アーデン版を使用した。
(3) 本文中のテクスト日本語訳については、小田島雄志訳（白水社）を使用した。
(4) アーデン版では 'make them barren' という注釈がついている。(197n) ケンブリッジ版でも 'spay, i.e. remove sexual organs; neuter' と注釈がついており、いずれも「去勢する」という意味である。(120n)
(5) 『夏の夜の夢』のテクスト引用についてはニューケンブリッジ版、日本語訳については小田島雄志訳（白水社）を使用した。

(6) アン・ブリーンの処刑と身体への刑罰との関連性については、十七世紀英文学会第212回例会で「アンティゴナスの苦悩――『冬物語』に登場するもう一組の夫婦について――」と題して発表した際に、フロアからそのヒントをいただいた。記して感謝申し上げる。
(7) 原作の Pandosto では、主人公であるボヘミア王 Pandosto は、自分の娘に求婚してしまったことに気がつき、後悔のあまり自ら命を絶つ。あらすじの概要については Bullough に詳しい。(120–21)

Works Cited

Aughterson, Kate, ed. *Renaissance Woman: A Sourcebook Constructions of Femininity in England*. London and New York: Routledge, 1995.

Black, Jeremy. *English Nationalism: A Short History*. London: Hurst & Company, 2018.

Bullough, Geoffrey, ed. *Narrative and Dramatic Sources of Shakespeare*. Vol. Viii. London: Routledge & Kegan Paul, 1975.

Helgerson, Richard. *Forms of Nationhood: The Elizabethan Writing of England*. Chicago: The University of Chicago Press, 1992.

MacFarlane, Alan. *Witchcraft in Tudor and Stuart England: A Regional and Comparative Study*. Illinois: Waveland Press, Inc., 1970.

Orgel, Stephen. 'Shakespeare and the Art of Forgetting.' Michele Marrapodi ed. *Shakespeare and Renaissance Literary Theories: Anglo-Italian Transactions*. Farnham: Ashgate, 2011.25–35.

Peterson, Kaara L. *Popular Medicine, Hysterical Disease, and Social Controversy in Shakespeare's England*. Farnham: Ashgate, 2010.

Pitcher, John. Introduction. *The Winter's Tale*. By William Shakespeare. London: Bloomsbury, 2010. 1–135.

Shakespeare, William. *A Midsummer Night's Dream*. Ed. R. A. Forkes. Cambridge: CUP, 2003.

――. *The Winter's Tale*. Ed. John Pitcher. London: Bloomsbury, 2010.

――. *The Winter's Tale*. Eds. Susan Snyder and Deborah T. Curren-Aquino. Cambridge: CUP, 2007.

Snyder, Susan, and Deborah T. Curren-Aquino. Introduction. *The Winter's Tale*. By William Shakespeare. Cambridge: CUP, 2007. 1–72.

Taylor, Mark. *Shakespeare's Darker Purpose: A Question of Incest*. New York: AMS Press, Inc., 1982.

Vaught, Jennifer C. *Carnival and Literature in Early Modern England*. Farnham: Ashgate, 2012.

Vives, Juan Luis. *Instruction of a Christian Woman*. Trans. Richard Hyrde. 1540. *Renaissance Woman: Construction of Femininity in England*. Ed. Kate Aughterson. London: Routledge, 1995. 69–74.
Wabuda, Susan. 'Sanctified by the believing spouse: women, men and the marital yoke in the early Reformation.' Peter Marshall and Alec Ryrie eds. *The Beginnings of English Protestantism*. Cambridge: CUP, 2002. 111–28.
Wells, Robin Headlam. 'Shakespearean Comedy: Postmodern Theory and Humanist Poetics.' Michele Marrapodi ed. *Shakespeare and Renaissance Literary Theories: Anglo-Italian Transactions*. Farnham: Ashgate, 2011. 37–56.
シェイクスピア、ウイリアム『夏の夜の夢』小田島雄志訳（白水社、1983 年）
シェイクスピア、ウイリアム『冬物語』小田島雄志訳（白水社、1983 年）

『あわれ彼女は娼婦』に見る〈男女の双子〉という幻想の終わり

岩田　美喜

　ジョン・フォード (John Ford, 1586–1639?) による『あわれ彼女は娼婦』('Tis Pity She's a Whore, pub.1633) は、双子の兄が妹を妊娠させ、愛の証としてその心臓を切り出すという凄惨な悲劇であり、そのグロテスク性がしばしば注目の的となってきた。[1] 例えば、アントナン・アルトー (Antonin Artaud, 1896–1948) は、1933 年の講演「演劇と疫病」("The Theatre and the Plague") で、近親相姦を犯す双子を「偽誓者、偽善者、嘘つきではあるが、それは人知をすら超えた彼らの情熱のためだ。それを法は阻害し、迫害するのだが、彼らは自らの情熱を法よりも上に据えているのだ」(Artaud 18) と、紹介する。彼にとって『あわれ彼女は娼婦』とは、自身の奉じる〈残酷演劇〉——疫病のごとき黒い力として、文明によって弱められた〈生〉に、始原的なかたちで訴えかける演劇——を体現する先駆的作品だったのである。

　だが本作は同時に、先行するルネサンス悲劇を縦横無尽に活用した、高度な間テクスト性を有する戯曲としても知られている。たとえば、ピーター・ウォマックはこの悲劇は明確な材源を持たない代わり、クリストファー・マーロウの『マルタ島のユダヤ人』(Christopher Marlowe, *The Jew of Malta*, c.1592) やウィリアム・シェイクスピアの『ロミオとジュリエット』(William Shakespeare, *Romeo and Juliet*, c.1595)、またトマス・キッドの『スペインの悲劇』(Thomas Kyd, *The Spanish Tragedy*, 1586) を嚆矢とする数多の復讐悲劇を意識的にコピーしていることを指摘し、本作のポストモダン的感性を評価している (Womack 250–55)。また、レイモンド・パウエルは、ウォマックが列挙した作品群——特に『ロミオ

とジュリエット』——に加え、『オセロー』(*Othello*, c.1604) が『あわれ彼女は娼婦』の重要な材源となっていると考え、フォードがこの悲劇で行なったのは「シェイクスピアによる愛の悲劇を再考する」(Powell 589) ことだったと主張している。[2]

このように『あわれ彼女は娼婦』の間テクスト性を考える際、ほとんど常に主人公が男女の双子であるという要素が抜け落ちているのは不思議なことだ。本作を一種の残酷演劇と見るにせよ、ポストモダン演劇と見るにせよ、その鍵となるのはジョヴァンニとアナベラという一対の男女が双子だという設定のはずである。そのうえ、ヒッポリタの毒殺やバージェットーの殺害など、サブプロットに横溢するパルマ社会の腐敗と不条理の感覚も、ジョヴァンニがアナベラの心臓を短剣に突き刺して登場するクライマックスに収斂する構造になっている。双子の男女が作品にとってこれほど重要な要素であるのに、男女の双子を含む先行戯曲についてこれまでほとんど論じられて来なかったのは、この点に関するもっとも有名な先行作品が悲劇ではなく喜劇——言うまでもなくシェイクスピアの『十二夜』(*Twelfth Night*, c.1601) ——であったからかも知れない。『十二夜』においては、ヴァイオラ／シザーリオを軸としてオリヴィアとオーシーノが絡み合う潜在的にホモエロティックで危険な関係（これは、セバスティアンとアントーニオの関係にもこだましている）が、大詰めで一挙に解消され、男女の双子が各々、社会的に適切な相手と結婚する。このように社会的に安全な大団円へと落ち着く『十二夜』と、破滅への道をひた走る『あわれ彼女は娼婦』は、あまりにも違いすぎるように見えるのだ。

ところが、『十二夜』と『あわれ彼女は娼婦』の間に、ジョン・ウェブスターの『モルフィ公爵夫人』(John Webster, *The Duchess of Malfi*, c.1614) を挟むと、〈男女の双子〉というモティーフが、17世紀初頭のわずか数十年のうちに、どれほどの変化を遂げたかが見えてくる。そこで本稿では、敢えてジャンルの垣根を超え、シェイクスピアが喜劇に用い

たモティーフが、ジョン・ウェブスターを経てフォードに至る過程で、いかに悲劇的なものに変容してしまったのかを、比較検討したい。そのためにまず、本稿の前半では、シェイクスピアによる「双子の取り違え」という主題から見えてくる、ある種の不可知論的な態度を確認した上、ウェブスターの『モルフィ公爵夫人』が既にそれを換骨奪胎していることを指摘して、後半では『あわれ彼女は娼婦』における双子の表象について検討する。シェイクスピアの用いた男女の双子は、死から再生へと至るロマンスの系譜を体現するものであった。だが、ウェブスターとフォードにおいては、男女の双子とは、悲劇的な誤解のもとであり、狂気と死に至る病になってしまっていることを、以下で論証したい。

第1節 シェイクスピア的〈男女の双子〉のロマンス性

　シェイクスピア劇における双子の取り違えという設定について、ペニー・ゲイは、初期の『間違いの喜劇』(*The Comedy of Errors*, c.1594) と『十二夜』を明確に区別している。彼によれば、『間違いの喜劇』およびその材源となったプラウトゥスの『メナエクムス兄弟』(*Plautus, Menaechmi*, date unknown) は、「同性の双子を見たり接したりした時に大概の人に起こる現実的な人違い」(Gay 23) を題材としているのであって、シェイクスピアの独創性は一卵性の双子を一組から二組に増やした量的なものに過ぎない。ところが『十二夜』では、彼は一卵性の双子を男女にして、双子というモティーフを質的に転換したのだ。「もちろん、男女の双子が「一卵性」になるのは生物学上不可能なことだ」が、それゆえにこそ、「作品がその不可能事を粗筋の基盤として採用すると、我々はロマンスの世界に入ったことになる」(Gay 23) とゲイは言う。つまり、〈性別の異なる一卵性双生児〉という幻想の存在は、『十二夜』の世界がロマンスに属することを示しており、イリリアはいわば、劇世界が

最終的に異性愛を軸とした階層社会へ回収される前段階の、束の間のカーニヴァル空間なのである。

　しかし、双子の自己認識という観点から見れば、この空間がカーニヴァル的な自我の喪失や価値の逆転をもたらすことはない。その点でいえば、『間違いの喜劇』のエフェサスの方がむしろカーニヴァル空間であろう。例えば、生き別れの双子を探しにエフェサスにやって来たシラキューズのアンティフォラスは、次々に人違いをされ、「俺は地上にいるのか、天上にいるのか、それとも地獄にいるのか？／眠っているのか、起きているのか？　狂っているのか、十分正気か？」(2.2.209–10) と、自分の理性を疑い始め、一時的なアイデンティティ不安に陥る。同様に、エフェサス側のアンティフォラスとドローミオの主従も、第4幕では妻エイドリアーナに狂人と勘違いされ、警吏に引き渡されるという危機に陥ってしまう。

　これに対し、『十二夜』の双子は、人違いをされても動じることはない。上記のアンティフォラスと比較可能な場面として、セバスティアンが双子の片割れヴァイオラが男装したペルソナである「シザーリオ」に間違われ、オリヴィアから熱烈に求愛された4幕3場の独白を見てみよう。

　　セバスティアン　これが空、あれが輝く太陽、
　　　この真珠は彼女がくれたもの、感触もあるし、目にも見える。
　　　僕の心をこうまで奪っているのは驚異の念だけれども、
　　　でも狂ってるわけじゃない。じゃあアントーニオは何処にいるんだ？
　　　　　　　　　　　　　　　　　　　　　　　　　　　(4.3.1–4)

もちろんセバスティアンは、「でも狂ってるわけじゃない」("Yet 'tis not madness") という一言で全てを納得するわけではなく、引き続き全21行の長きに渡って自問自答を続ける。だが、彼はその際も、自分が正気ならばオリヴィアの方が狂っていることになるが、それにしては女主人と

しての家政の執り方が的確すぎる等々の思弁を重ね、「これは間違いであって、狂気ではない」("this may be some error, but no madness," 4.3.10) という立場を崩すことはない。同様に3幕4場におけるヴァイオラも、アントーニオから誤解に基づく批判をされた折には、冷静に「あのひと、セバスティアンの名前を挙げた」("He named Sebastian," 3.4.324) と呟き、自分がセバスティアンと勘違いされた可能性を考えている。重要なことに、『十二夜』において、誤るのは常に周囲の人々だけであって、双子の二人は常に自分が何者であるかを意識しているのである。

　自分が何者であるかを把握し、かつ劇中のほとんどの時間をシザーリオとして過ごすヴァイオラにとって、〈おのれ〉というのは否定形でしか語り得ないものであり、それゆえに彼女の言葉はしばしば判じ物(リドル)の様相を帯びる。この典型例は、オリヴィアに言い寄られたヴァイオラによる次のような返答だ。

> オリヴィア　［……］お願い、私のことをどう思っているか教えて。
> ヴァイオラ　あなたは今のご自分がご自分ではないと考えていると、考えています。
> オリヴィア　あなたがそう思うなら、私も同じことをあなたに対して思ってる。
> ヴァイオラ　それなら、そのお考えは正しいです。今の私は私ではありません。(3.1.122–25)

ここには、作品全体を覆う〈自己〉(セルフ)の問題への眼差しが見えないだろうか。恋するオリヴィアが本当のオリヴィアでなく、シザーリオであるヴァイオラが本当のヴァイオラではないのなら、われわれ観客／読者は、本当の彼女たちにいつ会えるというのだろうか。よく知られているように、『十二夜』のエンディングで、シザーリオがヴァイオラの衣装に戻ることはない。しかも、1幕2場で観客が目にするヒロインが自らの名前を名乗ることはなく、「ヴァイオラ」という彼女の真の名前は双子の

再会の瞬間まで明かされないことを考慮すると、ある意味では、観客は最後まで「本当のヴァイオラ」に出会うことはできないのだ。スティーヴン・オーゲルがつとに論じた衣装の問題 (Orgel 83–105) と考え併せると、ルネサンス演劇において衣装こそが本質であるとするならば、逆説的にその下にある身体、そして人物は、劇が終わっても辿り着けないものということになる。

考えてみれば、目に見える姿とその内奥との溝というテーマは、シェイクスピア劇に繰り返し登場する主題である。例えば、『ハムレット』(*Hamlet*, c.1600) の 1 幕 2 場では、何故いつまでも喪服を着て悲しみに耽溺するのかとガートルードにたしなめられたハムレットが、「けれど私には、この身の中に見かけを超えたものがあるのです」("But I have that within which passes show," 1.2.85) と答えるし、『オセロー』でイアーゴーが嫉妬について語る有名な台詞にも、実は以下のような先触れがある。

> オセロー　　　　　　　　　　　誓って、お前の考えを聞き出してやる。
> イアーゴー　できませんよ、たとえ私の心臓があなたの手中にあったとしてもね。
> 　　　　　知らせるつもりもありません。それが私の管理下にある限り。
> オセロー　なんだと！
> イアーゴー　　　　　　　　お気をつけなさい、将軍、嫉妬には。
> 　　　　　嫉妬は緑の目をした怪物で、自らが食い物にする
> 　　　　　人間をなぶりものにするのですよ。(3.3.158–613)

デイヴィッド・ヒルマンは、ここでイアーゴーが述べる「私の心臓があなたの手中にあるとしても」("if my heart were in your hand") のような表現について、これを比喩表現としてのみ取ることの危険性を指摘している。彼によれば、「初期近代人の耳には、まだこうした言語は身体上の指示対象物を超えた意味に変異していなかった」(Hillman 2) のであ

り、特に『ハムレット』や『リア王』などの悲劇をみれば、現代の我々が純然たる比喩として用いる身体のディクションが、当時はいかに真の意味で身体的だったかが見えてくるという。しかしそれでも、あるいはそれだからこそ、シェイクスピア劇には、たとえ身体を切り拓いても決して内面には届かないという、人間を不可知なものとする眼差しが通底しており、シェイクスピア作品の劇的緊張感はしばしばそこに由来しているように思われる。

　注記しておかねばならないが、ルネサンスという時代は、全体としては、ヨーロッパ社会のエピステーメーが解剖学的・分析的な知の体系へと変化してゆく時期だったと思われる。『人体の構造』(De humani corporis fabrica, 1543) の出版で知られるアンドレアス・ヴェサリウス (Andreas Vesalius, 1514–64) が、人体解剖や動物実験によって近代的な系統解剖学の基礎を形成し、伝統的なガレノス医学に異を唱えたのは16世紀半ばのことである。また、人文学においても、ジョン・リリーの『ユーフュイーズ――知恵の解剖』(John Lily, Euphues: The Anatomy of Wit, 1578) やロバート・バートンの『憂鬱の解剖』(Robert Burton, The Anatomy of Melancholy, 1621) など、「解剖」(anatomy) という語は知識層の間で広く流行していた。何かを分類、分析して汲み尽くし、全てを理解しようと言う近代的な知が立ち現れてくる時に、シェイクスピアは敢えて、人間というものの汲み尽くしがたさを留保したのだと言えよう。

　もちろん、ヒルマンの主眼が『ハムレット』と『リア王』の分析にあることからもわかるように、このテーマは潜在的に悲劇を生むものである。だが、シェイクスピアは『十二夜』において、男女の双子を主人公に取り上げ、結婚で終わらせることによって――ゲイの考え方に従えば、二重にロマンス化することによって――悲劇もしくは笑劇に近い設定をロマンティック・コメディに仕立て直した。つまり、〈男女の双子〉という幻想は、「人間の不可知性」、「人間の他者性」という悲劇的テー

マを扱いながら、それを喜劇に変えてしまう切り札として機能していたのだ。

第2節　ウェブスターからフォードへ引き継がれる双子のイメージ

　ところが、『十二夜』から15年も経たないうちに、ジョン・ウェブスターの『モルフィ公爵夫人』が、〈男女の双子〉という喜劇的な設定を、悲劇の領域へと移してしまう。作中、主人公のモルフィ公爵未亡人は執事のアントーニオを愛し、身分違いだと尻込みする彼を説き伏せ、結婚する。『十二夜』においてはマルヴォーリオの上昇志向が生んだ妄想として揶揄され、罰せられていた執事と女主人の結婚が、ここでは価値観を転覆され、誠実な愛情として是認されているのだ。だが、それが社会的に広く受け入れられ難いことはモルフィ公爵夫人も認識しており、二人は秘密裏に結婚生活を送るが、彼女の二人の兄は密偵として送り込んだボゾラを通じて再婚の事実を知ってしまう。特に彼女とは双子であるファーディナンドの怒りはすさまじく、長兄である枢機卿は驚きを禁じ得ない。

　　　ファーディナンド　　　　　　兄上は、俺のような
　　　　震えが来ないのか？
　　　枢機卿　　　　　　うむ、わしは怒るにしても
　　　　お前のように我を忘れはしない。
　　　　　[……………………………………………]
　　　　　　　　　　　　　　さあ、ちゃんと
　　　　冷静になれ。
　　　ファーディナンド　そんなの、俺が自分でない者を装うよう
　　　　努めるに過ぎない。今すぐ殺してやってもいいんだ、
　　　　あんたの中の、あるいは俺の中にいる妹を。だって、

　　　　　天があいつを通じて復讐しているのは、俺たちの中にある
　　　　　何らかの罪なんだろうから。
　　枢機卿　　　　　　　　　　　お前、完全に狂ったのか？
　　　　　　　　　　　　　　　　　　　　　　　(2.5.54–67; 傍点筆者)

　ここで面白いのは、政治的な手駒として利用しようと思っていた妹に出し抜かれたのはどちらの兄弟も同じことであるのに、年上の兄である枢機卿の冷静さと、双子の片割れであるファーディナンドの混乱ぶりが、対比的に描かれていることだ。傍点を付した台詞に明らかなように、ファーディナンドはモルフィ公爵夫人の結婚を、自らの身の汚れ、罪として受け止めており、自分たち兄妹を同じ性質を分有するひとつの実在として捉えている。『十二夜』においては、ヴァイオラがセバスティアンの姿をしている自分を「自分は自分ではない」("I am not what I am," 3.1.125) と述べていたのだが、ファーディナンドにとっては反対に、妹を別人格として冷静に受け止めることこそ「俺が自分でない者を装う」行為なのである。

　枢機卿が「狂ったのか？」と尋ねるように、彼の態度が劇中でも誤った認知として提示されていることは見過ごせない。シェイクスピア劇においては、双子を人違いするのは周囲の人間で、当人同士は自分たちが別人であることを分かっていたのだが、『モルフィ公爵夫人』において人違いをするのは周囲の人間ではない。周囲の人間が二人を誤認するどころか、「似ている」旨の発言をすることすら皆無である。その代わり、双子の一方（具体的には男の側）が他方を自分と誤認してしまうのである。

　そのためファーディナンドは、自分がボゾラに命じて、モルフィ公爵夫人に死人の手を握らせたり、夫や子供の死体の人形を見せるなどの虐待を行ったにもかかわらず、実際に彼女が死ぬと途端に、「あいつと俺は双子だった」("She and I were twins," 4.2.259) と呟いてその死を惜しむ。さらに、続く述懐では「もし俺がこの瞬間に死ねたなら、俺の人生

も、彼女が生きた時間に／一分と違わぬことになったのに」(4.2.260–61) と、この時初めて彼らの人生が別の時間を刻むことに気がつき、ついには「なぜ哀れみをかけてやらなかった？」(4.2.265) とボゾラを責め立てる。かくて、おのれの半身を失ったファーディナンドは、これを機に精神の均衡を失い、自分を狼だと思い込んで夜な夜な墓を暴き、骨を漁るようになる。当の双子自身が、自らの片割れが別人格であり、完全に把握・掌握するのは不可能であることを認識し損ねた時、悲劇を喜劇に転ずる切り札であったはずの〈男女の双子〉という設定は、一周回って悲劇に戻ってしまうのである。

　ウェブスターが『十二夜』を大胆に改変したとも言える『モルフィ公爵夫人』は、1614年ごろに執筆・上演されたと考えられているが、出版はやや遅れて1623年の運びとなった。この初版本へ、トマス・ミドルトン (Thomas Middleton, 1580–1627) やウィリアム・ロウリー (William Rowley, d.1626) とともに、『モルフィ公爵夫人』出版を言祝ぐ短詩を寄せたのが、ジョン・フォードである。1602年にミドル・テンプル法学院に入学し、そこで詩や散文を書き始めたフォードは、1620年頃からトマス・デッカー (Thomas Dekker, c.1572–1632) やロウリーとの共作で劇作にも関わりはじめていたところだったので、これは劇作家としてのフォードにとってはかなり初期の所信表明に当たると言ってよいだろう。

　　この傑作のなかでは、言葉や事件が移り変わり、多くの人物が
　　次々に自分の役を演じるけれども、作者は──その明晰なペンから
　　登場人物はみな命を得たのだ──人々の記憶に
　　永遠の名声を残した。我らが記念碑を建てられるよう。

　　　　　　　　　　　　　　　　　　　　　　(ll.3–6; Webster 107)

公衆劇場向けの劇作家としてのウェブスターの活動時期は短く、また間歇的であり、彼とフォードが演劇業界で同時期に活動していたとは考えにくい。[3]『モルフィ公爵夫人』が上演された時代やその作者をどれほ

ど直接知っていたかも疑わしいフォードによる、このウェブスター讃美を、我々はどう読むべきであろうか。マイケル・ニールはこの詩に、フォードがウェブスターから受け継いだ、演劇における葬いの儀式の系譜を認めた。ニールは、この献呈詩の末尾にある「記念碑」("monument")という語を鍵に、フォードが（おそらく）単独で書いた初の悲劇『心破れて』(*The Broken Heart*, pub. 1633) は、ウェブスターの弔いの表象を引き継ぎつつも、それが内包するメッセージを書き換えていると論じる。ウェブスター作品が、現世的な秩序を無化してしまうようなかたちで死者の〈記憶〉を刻む墓碑（モルフィ公爵夫人の幽霊がこだまとしてか存在し得ない点など）となっている一方、「『心破れて』は、『モルフィ公爵夫人』と同じく国王一座のために書かれた芝居であるにもかかわらず、宮廷的な価値観を言祝ぐ点で、自らのインスピレーションとなった作品からはっきりとイデオロギー転換をしている」(Neill, *Issues* 355) というのがニールの主張だが、これに加え本稿は、フォードがウェブスターから引き継いだものは、弔いの表象だけではないと補足したい。男女の双子の男の側を、自分の片割れが別人格であると認識し損ねるという悲劇的な文脈に置くことこそ、フォードがウェブスターから得たもう一つのインスピレーションであり、この点においては、フォードはイデオロギー転換を図るどころか、先達ウェブスターが行なった〈シェイクスピア的男女の双子〉の転覆を、さらに急進的に推し進めたと考えられるのである。

　紙幅の都合で『心破れて』に深入りはできないが、以下で簡単にその内容を確認したい。ヒロインの一人ペンシアは、双子の兄アイソクリーズの気まぐれで、愛する男オージラスと引き離されて嫉妬深い老人バッサニーズと無理に結婚させられ、そのために心身ともに病み衰えている。妹を道具として意のままに動かしていたアイソクリーズは、自分自身もやがてスパルタの王女カランサに叶わぬ恋を抱くことになると、急に自らの悲恋と重ねてペンシアに近づき、「もっとぼくのそばに寄り添

ってくれ、妹よ、もっとだ。／［……］／僕らは双子として育てられたんじゃないか」(3.2.33&35) と一方的に和解しようとする。ところがその後、カランサとの結婚が認められると、アイソクリーズはペンシアのことを忘れ、彼女が傷心のため、文字通り「心破れて」死んでしまっても特に気に留める様子もなく、そのため彼は、ついに恨み骨髄に徹した恋人オージラスによって、殺されてしまうことになる。ただし、『心破れて』においては、双子の兄が妹を〈他者〉だと認識できない様子がやや表層的で、芝居の根幹に関わるとはまでは言えない。ウェブスターが描き出した、近親相姦的欲望すらを秘めたファーディナンドのモルフィ公爵夫人への一体化願望と執着とを、フォードがより突き詰めて発展させたのは、やはり『あわれ彼女は娼婦』であろう。

第3節 解剖学教室のジョヴァンニ

　本稿の冒頭ですでに述べたように、『あわれ彼女は娼婦』でもっとも有名なのはジョヴァンニがアナベラの心臓を短剣に突き刺して登場する場面であるが、実はフォードはこのクライマックスに向かって、出だしから用意周到にジョヴァンニと解剖学的なイメージの結びつきを積み重ねている。作品の冒頭で、ジョヴァンニは彼の大学時代の個人教師だった修道士ボナヴェンチュラに妹への愛情を告白するが、それに対し修道士は次のように嘆く。

> 修道士　わが子よ、お前は本当にあの神童なのか？
> 　　　かつて、と言ってもたった三ヶ月前、同年代の中でも
> 　　　驚異の存在と、ボローニャ中が思っていたお前なのか？
> 　　　大学中がどれほど褒め称えたことだろう、
> 　　　お前の身の処し方、振る舞い、学識、弁舌、
> 　　　温和さ、その他人間を形成するすべての要素を！ (1.1.47–52)

ここでのボナヴェンチュラの列挙的な言葉遣いは、「尼寺の場」におけるオフィーリアが、ハムレットについて「ああ、気高いお心が、なんと無残に乱れたことか！／宮廷人の、武人の、学者の、目が、舌が、剣が、／[……]／すっかり、すっかり壊れてしまった」(3.1.144–48) と語る台詞を彷彿とさせ、ジョヴァンニに悲劇の主人公としてのハムレット的アウラを帯びさせるはたらきを有している。だが、本稿の文脈から見てより重要なことは、この嘆きを通じて、観客は作品が始まってすぐに、ジョヴァンニが、世界初の人体解剖を行ったことでも知られる解剖学の権威ボローニャ大学にいたのだと知らされることだ（前述のヴェサリウスが在籍していたのも、ボローニャ大学である）。むろん、ジョヴァンニと当時の医学言説との結びつきが示されるのは、ここだけでないが、とくに作品全体の雰囲気を決定する第1幕において、彼と解剖のイメージは繰り返し現れる。この直後の1幕2場で、ジョヴァンニはアナベラ本人に愛を告白するのだが、その際に彼はナイフを彼女に突きつけ、「ここが俺の心臓だ。ど真ん中を突け。／俺の胸を切り裂け (Rip up my bosom)。お前は見つけるだろう、／心臓を。そこに俺が語る真実が書き込まれているのだ」(1.2.199–201) と訴えかける。つまりジョヴァンニは、身体を切り開いて人体の構造を知る解剖学的な知と、人の心を知ることとを同一視しているのだ。

　この場面は言うまでもなく、第5幕でジョヴァンニの方がアナベラの心臓を切り開き、二人の愛の真実が書き込まれた証とするクライマックスへのアイロニカルな予期的表象であり、上に挙げたイアーゴーの台詞とは対照的な、物体としての心臓と〈本心〉というかたちのないものを同一視する態度が作品の重要な主題であることを示唆している。この誤った同一視は、のちにアナベラの夫となるソランゾにも共有されており、4幕3場で妻が別の男の子供を身籠っていると知った彼は、「貴様の心臓を切り裂いて (I'll rip up thy heart)／間男の名前を見つけてやる」(4.3.53–54) と叫ぶ。この作品では、「切り裂く」("to rip up") という語に

本来的な意味のみならず、16世紀半ばから新たに加わった比喩的な語義である「調査する」(To examine; *OED*., II. 4., 初出 1549 年) の意が常に重ねられており、アナベラは作中の男たちからこうした解剖学的な探査の対象として扱われているのだ。

　こうした生体解剖全般への言及に加え、『あわれ彼女は娼婦』は、より時事的な医学的知見を取り入れてもいる。愛の告白に対し自分はあなたの実の妹ですと答えるアナベラを、ジョヴァンニが説得しようとする次の台詞からは、ウィリアム・ハーヴィ (William Harvey, 1578–1657) が『動物における血液と心臓の運動について』(*Exercitatio anatomica de motu cordis et sanguinis in animalibus*, 1628) で唱えた「血液循環説」が透けて見えるのだ。

  アナベラ　あなたは、わたしの兄ジョヴァンニ。
  ジョヴァンニ　　　　　　　　　　　　　　　お前は
  俺の妹アナベラ。それは分かってる。
  でもお前に例証してやれる。なぜ、それゆえにこそ
  ますます愛すべきなのか。その目的のため、
  賢明なる自然は、お前を作ったそもそもの最初から、お前を俺のもの
  と意図していたのだ。さもなくば罪でもあり、汚らわしくもあったろう。
  一つの美が二つの魂に共有されるなんて。
  生まれや血において近いということは、
  愛情においても更なる近しさを説き聞かせているに他ならない。
               (1.2.222–30)

ここでのジョヴァンニは、ある面では解剖学者というよりはスコラ哲学者のようであり、双子の近親相姦の倫理性をアクロバティックな理論武装で証明しようとしている。[4] しかし、この戯曲の主題を種々の位相における「血の政治学」だと論じたテリ・クレリコがつとに明らかにしたように、「血が近ければ近いほど、より愛し合うのが自然の摂理」とい

う論法は、ハーヴィの血液循環説を援用することで成立しているのである。クレリコの表現を用いれば、ジョヴァンニにとって「近親相姦はハーヴィによる血流の保存に関わる美学の反復であるが、一方の外婚は、文字通りの意味でも比喩的な意味でも、瀉血を通じて余剰の血を浪費すること」(Clerico 428) であり、「ハーヴィの血液保存の経済学と同様に、ジョヴァンニにとって血の流れがもっとも良く、もっとも自然に〈保存される〉のは、彼の血（と精液）を家族という閉じたシステムに戻すという循環器系に限定すること」(Clerico 429) を意味するのである。「生まれや血において近いということ」が愛し合うべき根拠だとする態度が、血液を経済的に保存する身体のシステムのモラル化だとすれば、ジョヴァンニがアナベラに抱く愛それ自体が人の心の機微を医学的に暴き、説明し尽くせると考える彼の傾向を反映していることが明らかになる。

　また、近親相姦を犯すジョヴァンニが血液保存の法則を守っているとするならば、作中でこれと対照的に無駄な血を流すのが脇役のバージェットーである。善良だが頭の弱い彼は、叔父の言いつけでアナベラの求婚者となったものの、まるで相手にされない。代わりに、自分に親切にしてくれたフィローティスという娘を愛し、3幕7場で彼女との駆け落ちを試みるものの、グリマルディというローマ人からアナベラへの求婚をめぐって敵対関係にあるソランゾと人違いされ、闇夜で無意味に刺殺されてしまうのだ。

> バージェットー　これ全部ぼくの血なの？　じゃあ、おやすみの時間だ。ポッジオ、おじさんによろしく。聞いてる？　ぼくのためにも、この娘によくしてやってくれって、伝えてね。ああ――ぼくはこわいところに行くんだな、おなかがこんなに痛いもの。ああ、さよなら、ポッジオ！――ああ！ああ！――
>
> 死ぬ　(3.7.29–32)

自分の体から大量の温かい液体が漏れているのに気づいたバージェットーは、当初「前と後ろから一度におしっこできるはずない」(3.7.11) と狼狽えるが、それが血であることを悟ると、「ああ、ああ」と呻きながら死んでいく。もしもバージェットーのこの無益な死と、クライマックスにおける双子のスペクタクル性の高い死に様が意図的に対比されているならば、作品はそれによって双子の死に積極的な意味を与えているように見えるし、ヒラリー・ナンのような批評家は、実際そのような読み方をしている。ナンは、『あわれ彼女は娼婦』の初演の場であったと考えられるコックピット劇場と、床屋外科医のギルドによる解剖学教室がともにイニゴー・ジョーンズ (Inigo Jones, 1573–1652) と彼の弟子たちによって、おそらくは共通のコンセプトに基づいてデザインされたことを指摘しつつ、ステュアート朝において、公開解剖と演劇がいかに娯楽として重なり合っていたかを広範に論じている。その中で彼女は、ジョヴァンニが提示するアナベラの心臓は、床屋外科が公開解剖で観客に示す心臓のようでもあり、そのスペクタクル性が持つ力によって心臓自体が復讐の重要な担い手になっていたと考えている。これは、アントナン・アルトーが自身の〈残酷演劇〉の概念に引きつけて、双子はともに社会道徳を撥ね付けて積極的に近親相姦にコミットしているとした見方を、マテリアル・カルチャー論を援用して現代化した議論と解釈できるだろう。

だが、「彼女の心臓が短剣に突き刺さっている状態が、ジョヴァンニの復讐の最初の犠牲者は彼女であることを強調しているにせよ、兄が達成する報復は、部分的にはアナベラのものでもある」(Nunn 146) という表現で、アナベラに一種の主体性を見出そうとするナンの解釈は、やや強引なところが否めない。ナンが「……にせよ」("even as") という従属節を用いてレトリカルに小さく見積もり、封じ込めようとしたことは、そのような操作によりかえって読者に次のような拭い去りがたい印象を与える。アナベラが兄に殺される最初の犠牲者という事実はむしろ、彼

女は特段ジョヴァンニの夢想するソランゾへの復讐を分かち合うつもりなどなかったことを示しているのではないだろうか。

第4節 解体される〈男女の双子〉の結びつき

　ナンのような解釈に従えば、ジョヴァンニとアナベラの双子は、死に際して究極の一体化を達成していることになるが、5幕5場で双子が最後の言葉を交わす場面からは、そのような一体化を読み取ることは難しい。ソランゾの誕生祝いという名目で彼に呼び出されたジョヴァンニが、軟禁されていたアナベラと再会するこの場面、ソランゾと結婚して自分を裏切ったことをなじるジョヴァンニに対し、アナベラは次のように理解を求める。

> アナベラ　兄さん、ねえ兄さん、私がどんなだったかも分かってよ。
> 　　それに、今や私たちの死まで、食事が終わるまでの時間
> 　　しか残ってないことも。この大事な時間を
> 　　役に立たない無駄なお喋りで浪費しないで。
> 　　[……………………………………………………………]
> ジョヴァンニ　　　　　　　　　　　ふん、ならば
> 　　教師たちが教えるところでは、この丸い地球が全て
> 　　一瞬のうちに燃え尽きて灰になるそうだな。
> アナベラ　そう読んだわ。
> ジョヴァンニ　　　　　　　だが、奇妙だろうな、
> 　　大海原が燃えるのを見るなど。これが真実と
> 　　信じられれば、地獄や天国があるかも知れんと
> 　　信じることもできようが。
> アナベラ　　　　　　　　　絶対あるわよ。(5.5.16–35)

双子がこの世に名残を惜しむ最後のやりとりだというのに、二人のこと

ばは驚くほどに噛み合わない。そもそもアナベラは開口一番、兄の無理解を指摘しているし、あくまで現実的なレベルで対応策を考え、誕生会が終われば自分たちは殺されるからすぐに具体的な行動が必要だと、会話を打ち切ろうとすらしている。それに対し、ジョヴァンニはアナベラ殺害計画をすでに念頭においているため、彼女の話をいっさい聞かず、死後に二人があの世で会えるかどうかばかりを考えている。ただしこの後に、ジョヴァンニから「祈れ」(5.5.65) と言われたアナベラが「兄さんの考えが分かった」(5.5.65) と答えるため、彼女は合意の上で殺されたと考える批評家も少なくない。だが、彼女が殺される瞬間の台詞を読む限り、アナベラはやはりジョヴァンニの行動とその意図をはっきりと掴んではいなかったように思われる。

  ジョヴァンニ　もう一度キスを、妹よ。
  アナベラ　　　　　　　　　　どういうこと？
  ジョヴァンニ　お前の名誉を守り、キスをしながら殺すためだ。　　刺す
   こうして死ね、俺の、この俺の手で死ね。
    復讐は我にあり。名誉は愛情を支配するのだ。
  アナベラ　ああ、兄さん、あなたの手で？
  ジョヴァンニ　　　　　　　　　　お前が死んだら
   理由を教えてやる。何しろ（死に際してすら）
   素晴らしいお前の美しさを言い負かそうとすれば、
   この行為を遂行する俺の決意もぐらつく。
   もっとも誇るべきことなのに。
  アナベラ　天よ、この人を——そして、この私の罪をお赦しください。さ
   よなら
   ひどい、ひどい兄さん——お慈悲を、偉大なる天よ——ああ！——あ
   あ！——　　　　　　　　　　　　　　　　　　　　　　死ぬ
              (5.5.83–93; 傍点筆者)

　重要なことに、アナベラとジョヴァンニはこれまで一貫して、半行対話

(hemistichomythia) を多用した、韻律上息のあった会話をしていたのだが、「天よ」から始まる最期の台詞で、アナベラは「ひどい」("unkind") ジョヴァンニのリズムに合わせて語るのを止めてしまうのである。この "unkind" はもちろん、ハムレットがクローディアスと自分との関係について述べた表現——「親族関係は少々近づいたが、親と子としての自然な情愛にはほど遠い」("A little more than kin, and less than kind," 1.2.65; イタリック筆者)——と同じたぐいの言葉遊びで、「優しい」と「親族である」という二つの意味がかかっている。つまりアナベラは、兄に向かって「お前は親族ではない」と言いながら死んでいくのだ。[5] また、饒舌なジョヴァンニとは対照的に、彼女がバージェットーの死に際の台詞とそっくり同じ、平凡な「さよなら」("farewell") と「ああ！」("O!") の連呼で死んでいく点も見過ごせない。

　アナベラが最期にジョヴァンニの双子であることを放棄し、ある種のバージェットーとして無益に死んでいくのであれば、彼女の心臓にジョヴァンニが過剰な意味を負わせたとしても、それが周囲に伝わるはずもないだろう。事実、これに続く5幕6場の冒頭でジョヴァンニが心臓を短剣に刺して登場し、妹について20行近く語った後ですら、ソランゾの腹心であるヴァスキスはまだ「この奇妙な謎かけは何だ？」(5.6.29) と訝っている。訝るのはヴァスキスだけではない。この直後にジョヴァンニが、「これはアナベラの心臓だ」(5.6.30) と自ら答えを言うまで、ソランゾも双子の父親も、祝宴に列席した誰一人として、ジョヴァンニがキリストの聖心のイメージに倣って演出した、真実の愛（ここでは近親相姦）を意味する寓意画を、読み解くことはできないのである。[6]

　自らの演出を正しく理解してもらえなかったジョヴァンニだが、それには構わず彼はアナベラを殺したのと同じ短剣でソランゾを刺殺する。すると、激昂したヴァスキスが配下の者たちを呼ぶため、ジョヴァンニは複数の人間に身体中を刺されて、大量出血しながら死んでいくことになる。

ジョヴァンニ　　　おお、どんどん血が流れる！
　　死よ、お前こそ俺が待ちわびた客人。お前と、お前が負わせた
　　傷を抱きしめよう。俺の最期の瞬間がきたようだ！（5.6.102–04）

　ここでジョヴァンニが叫ぶ「どんどん血が流れる」（"I bleed fast"）という、彼が大量に血を流しながら死んでいくことを示す台詞は、何気なく見えて意外に重要ではなかろうか。すでに見たように、ハーヴィの血液循環説を念頭においたジョヴァンニの近親相姦擁護論の要諦は、自分たちの血を他所に流出させず、双子の間だけで循環させることにあった。ところが結局ジョヴァンニは、そのような双子の引き立て役として、血をだらだらと流しながら死んでいったはずのバージェットーと同様の死に方をすることになるのである。つまり、血縁の二人の間だけでその血を循環させるというジョヴァンニの夢想にもかかわらず、アナベラとジョヴァンニは、最後には "unkind" な他人同士として提示され、また皮肉にも保存すべきその血を零しながら、二人のバージェットーとなってバラバラに死んでいくのだ。
　『十二夜』の男女の双子は、大団円で喪われた（と思われていた）片割れを見出し、いわば死から生へと回帰するが、その背景には他者の不可知性を認める眼差しがあった。これとは対照的に、『あわれ彼女は娼婦』のジョヴァンニは、解剖学的な知性を背景に双子のアナベラとの完全なる一体化を夢想することで、かえって彼女を理解し損ね、自分たちが分ち持つ〈血〉を無益に流し、最後には赤の他人となって死んでいく。シェイクスピアが用いた、ロマンス劇的な装置としての〈男女の双子〉は、すでにウェブスターによって所有欲と結びついた分析的知と結びつけられ、死を招く思い込みに置換されていた。だが、フォードがこれをきわめて同時代的な医学的・解剖学的な知性と結びつけた時、〈男女の双子〉というモティーフは徹底的に解体され、悲劇的な他人同士を産んだのである。

* 本稿は、2018 年 10 月 13 日に津田塾大学小平キャンパスで開催された第 57 回シェイクスピア学会での口頭発表に加筆修正したものである。口頭発表の折に貴重なコメントを頂戴した皆様に深謝したい。

Notes
(1) 『あわれ彼女は娼婦』のテクスト中には、双子のどちらが先に生まれたかに関する言及はない。だが、彼らの劇中におけるパワー・バランスを考慮し、本稿では男子のジョヴァンニを兄、女子のアナベラを妹と呼ぶ。
(2) そのほか、リサ・ホプキンズは、近親相姦をモティーフとした先行作品として、トマス・ミドルトンの『女よ、女に心せよ』(Thomas Middleton, *Women Beware Women*, c. 1623) を、『あわれ彼女は娼婦』の重要な間テクストであると考えている。ただし、ホプキンズも述べているように、『女よ、女に心せよ』で肉体的な関係を結ぶヒッポリトとイザベラは叔父と姪であって、一つの胎から生まれた双子ではない (Hopkins, "John Ford" 200–01)。
(3) ただし、記録に残るウェブスター最後の作品は、1624 年のロンドン市長就任記念パジェントであるから、1623 年時点ではウェブスターがまだ何らかのかたちで演劇興行に関わっていたことは確かである。
(4) ローレル・アムタワーは、ジョヴァンニの議論の多くが中世以来のスコラ哲学の論法に依拠していることを、聖アウグスティヌス (354–430) やアラン・デ・リール (Alain de Lille, c. 1128–1202) などのテクストを引きながら実証し、いかにジョヴァンニが個人の目的のためにそれを歪めているかを示すことで、フォードは当時の国教会が政治目的で宗教上の教理を歪めるさまを反映させたと論じている (Amtower 179–206)。
(5) ジリアン・ウッズは、死に際してのアナベラの孤独をカトリック的な〈告白〉の伝統から読み解いている。3 幕 6 場でボナヴェンチュラに罪を告白し痛悔したはずのアナベラは、それでも芝居の末尾で枢機卿から「あわれ彼女は娼婦」と呼ばれてしまう。「この教会の代弁者は、アナベラを排除している。[……] 現在形を用いることで、彼はアナベラが悔恨したという現実とその効果を否定している」(Woods 132) のであり、アナベラは最後に、実の肉親のみならず、教会という比喩的な家庭からも切り離されてしまうのである。
(6) マイケル・ニールは、アナベラの心臓はジョヴァンニによって過剰な意味を負わされているため、かえって「それ自体以外の何者でもなくなる危険性——ぞっとするような同語反復、隠喩の面影を全て剥ぎ取られた串焼肉になってしまう危険性——を常に孕んでいる」(Neill, *John Ford* 165) と、指摘している。

Works Cited

Amtower, Laurel. "'This Idol Thou Ador'st': The Iconography of *'Tis Pity She's a Whore*." *PLL*, vol. 34, no. 2, 1998, pp. 179–206.

Artaud, Antonin. "The Theatre and the Plague." *Collected Works*, translated by Victor Corti, vol. 4, Calder and Boyars, 1971, pp. 7–21.

Clerico, Terri. "The Politics of Blood: John Ford's." *English Literary Renaissance*, vol. 22, no. 3, 1992, pp. 405–34.

Ford, John. *The Collected Works of John Ford*. Edited by Brian Vickers, et al., Oxford UP, vols. 1–3, 2016–17.

———. *'Tis Pity She's a Whore and Other Plays*. Edited by Marion Lomax, Oxford UP, 1995. Oxford English Drama.

Gay, Penny. Introduction. *Twelfth Night*, by William Shakespeare, and edited by Elizabeth Story Donno, Cambridge UP, 2004, pp. 1–52. The New Cambridge Series.

Hillman, David. *Shakespeare's Entrails: Belief, Scepticism and the Interior of the Body*. Palgrave, 2007.

Hoenselaars, Ton, ed. *The Cambridge Companion to Shakespeare and Contemporary Dramatists*. Cambridge UP, 2012.

Hopkins, Lisa. "John Ford: Suffering and Silence in *Perkin Warbeck* and *'Tis Pity She's a Whore*." In Hoenselaars, pp. 197–211.

———, ed. *'Tis Pity She's a Whore: A Critical Guide*. Continuum, 2010.

Neill, Michael. *Issues of Death: Morality and Identity in English Renaissance Tragedy*. Clarendon, 1997.

———, ed. *John Ford: Critical Re-visions*. 1988. Cambridge UP, 2010.

Nunn, Hilary M. *Staging Anatomies: Dissection and Spectacle in Early Stuart Tragedy*. Routledge, 2005.

Orgel, Stephen. *Impersonations: The Performance of Gender in Shakespeare's England*. Cambridge UP, 1996.

Powell, Raymond. "The Adaptation of a Shakespearean Genre: *Othello* and Ford's *'Tis Pity She's a Whore*." *Renaissance Quarterly*, vol. 48, no. 3, 1995, pp. 582–92.

Shakespeare, William. *The New Oxford Shakespeare: The Complete Works: Modern Critical Edition*. Edited by Gary Taylor, et al., Oxford UP, 2016.

Webster, John. The Duchess of Malfi *and Other Plays*. Edited by René Weis, Oxford UP, 1996. Oxford English Drama.

Womack, Peter. *English Renaissance Drama*. Blackwell, 2006.

Woods, Gillian. "The Confessional Identities of *'Tis Pity She's a Whore*." In Hopkins, 'Tis Pity, pp. 115–35.

ミルトンの時間意識

佐野　弘子

　ジョン・ミルトン (John Milton, 1608–74) は、若き日より晩年までずっと時間に対する意識を強く抱いていた。神の栄光と人の幸福のために生きるという召命感と呼ぶべき自覚が格別に強く、献身の方法や時機について彼なりの人生設計を思いめぐらしていたことがうかがわれる。まさに「地上に生きる目的、高き使命に／いかに着手し、いかに最善に完遂すべきか」("How to begin, how to accomplish best / His end of being on earth, and mission high" *Paradise Regained*, II.113–14)、[1] というように。だが人生の限りある時間のなかで召命を果たすことは容易ではなかった。焦燥と挫折の道をたどったミルトンを導いたものは、時間を超越した永遠を統べる神への堅い信仰だったのではないか。本稿はミルトンが時間をどのように意識しながら詩人の道を歩んだかを、主に詩作品のなかで時間にふれた箇所を通して考察する試みである。[2]

I. 青年期の時間意識「青春の巧妙な盗人」

(1) 時間の諸相

　かたちのない時間の概念は、古の人々にどのようにとらえられていたのだろうか。時間を意味するいくつかのギリシア語のうちでよく知られているのが、αἰών (aion)、καιρός (kairos)、χρόνος (kronos) である。アイオーン (Αἰών) は〈永劫〉の擬人神であり、時代といった「永続的な時間」を意味する。カイロス (Καιρός) は〈機会〉の擬人神で、ゼウスの末子とされ、前髪は長いが後ろ髪が無いため、行き過ぎる前にとらえ

るべき「時宜」を意味する。(3) キリスト教では、カイロスが歴史や人生において転換点となるような「決定的瞬間」を意味する重要な言葉として用いられている (Tayler 128–30; Pecheux 197–99)。一方、ギリシア語のκ（k音）がχ（kh音）と類似しているために、「過ぎ去る時間」を意味するクロノス (χρόνος) が神々の最長老のクロノス神 (Κρόνος) と混同された。クロノス神はローマの農耕の守護神であるサトゥルヌス (Saturnus) のギリシア語名であり、自らは父の王位を奪ったが、わが子に統治権を奪われることを恐れて次々に子らを呑み込んだサトゥルヌス神と同一視された。

オウィディウスは『転身物語』(*Metamorphoses*) において、「おお、一切を併呑する時間 (tempus) よ、嫉みぶかい老年 (vetustas) よ、おまえたちは、すべてのものを破壊する。おまえたちは、すべてのものを時間という歯牙にかけて噛みくだき、忍びよる死の手によってそれを徐々に消滅させてしまうのだ」(XV.234–36 田中秀央・前田敬作訳) と書いた。この一節は、時間の破壊力がいかに脅威と感じられていたかを表現したものであろうが、逆に言えば、時間という抽象概念を具象化して、人々の心にいかに強く焼き付けたかを推察させる。パノフスキー (Erwin Panofsky) は、古典期から中世を経てルネサンス期にいたる美術のなかで幾変転ののち、大鎌か手鎌（ときには松葉杖）の他に、砂時計、自分の尾を噛む蛇もしくは竜を持った有翼の老人である〈時の翁〉(Father Time) が形成された過程について詳説している (69–94)。美術ばかりでなく文学でも、この〈時の翁〉、すなわち老いた〈時の神〉の存在は大きい。

オウィディウス同様、ホラティウスも『歌集』(*Carmina*) のなかで、時間に嫉妬深い性質を付与した。

　　　　　　賢かれ、酒を漉せ。人生は短いのだから
　　　届かぬ望みを断て。こう語る間にも、嫉妬深い時間は

飛んで行く。明日を信ぜず、この日をつかめ。　　　　　　(I.xi.6–8)

　あっという間に飛んで行く「嫉妬深い時間」("invida aetas") への対抗手段として、ホラティウスは「この日をつかめ」("carpe diem") と勧めた。この「カルペ・ディエム」の語句こそが、多くの人々によって好まれた文芸のテーマとなり、人生のモットーになった。老いて嫉妬深く貪欲で、大鎌を振るって人間の若さや力や美を奪い、翼を駆って足早に飛び去る〈時の翁〉もしくは〈時の神〉として擬人化された姿は鮮烈である。その表象が典型的に表れるのが、いわゆるカルペ・ディエム詩である。
　リーシュマン (J. B. Leishman) は、ホラティウスの『歌集』のなかでうたわれた、明日を信ぜず「この日をつかめ」という表現とは異なるものが、オウィディウスの作品にみられることを指摘する。『恋の技法』(*Ars Amatoria*) では「花を摘め ("carpite florem") ／摘み取らなければ無残に枯れ果てよう」(III.79–80) とうたい、『転身物語』では「青春のうちに人生の短い春と最初の花々を摘むこと ("carpere flores")」(X.84–85) を勧める。前者の carpe diem に対して、後者は carpe florem と呼べるもので、両者は異なる主題を扱いながら混淆したという (95–101)。クウィノンズ (Ricaldo J. Quinones) は carpe florem を carpe diem の変形とみなし (13)、[4] ターゴフ (Ramie Targoff) は下位ジャンルと位置付けている (172)。
　イギリス初期近代にカルペ・ディエム詩がどのように発展したかについては、冨樫剛氏が当時の古典作品の翻訳状況に照らして解明を試みている。オウィディウスの『恋の技法』の英語散文訳 (1513) を通して、「若くて美しいうちに恋をしよう」という主題がイギリスに初めて紹介され、ホラティウスについては、最初のオード英訳選集 (1621) によって、幸せな生き方とは何かを問ういわゆる「幸せな人」(beatus ille) の主題が紹介されたとする。オウィディウス、アウソニウス、ロンサールの carpe florem の主題がタッソーに移植されてスペンサー (Edmund Spenser, c.1552–99)

が翻案し、ヘリック (Robert Herrick, 1591–1674) らへといたる系譜と、ホラティウス、マルティアリスにエピクロス、セネカの哲学が加味された carpe diem をうたう作品が英訳されて、ジョンソン (Ben Jonson, 1572–1637)、カウリー (Abraham Cowley, 1618–67)、ファンショー (Richard Fanshawe, 1608–66) らへといたる系譜とに分類し、19 世紀のバイロン (George Gordon Byron, 1788–1824) 以降イギリスに定着した carpe diem という言葉 (*OED*) によってまとめられたと説明する (1–11)。[5]

　ホラティウスの "carpe diem" (『歌集』I.xi.8) の最も忠実な英語訳は Loeb Classical Library 旧版 (1914) の "Reap the harvest of to-day" である。日本語訳ならさしずめ「今日の実を摘み取れ」であろうか。今日という日を十分に享受して、「今日を楽しめ」、「今を生きよ」という主旨になる。一方、carpe florem の意味は「花を摘め」であるから、西洋における花の中の花、すなわち薔薇をアトリビュートとする愛と美の女神ヴィーナスのように「恋をせよ」という主旨になる (carpe rosam「薔薇を摘め」という限定的表現もある)。『ギリシア詞華集』(*Anthologia Graeca*) には、薔薇に喩えた美しく若い女性に向けた歌が数多く収められている。例えば、「花さうび、／花のさかりは／ひとときか。／過ぎされば、／尋ぬれど／花はなく、／あるはただ茨のみ」(XI.53 呉茂一訳) という読人しらずの歌がある。[6] 薔薇の花は格別に美しいので、いったん萎れ、枯れたら、無残なほど見目が悪くなる。薔薇を詠んだ詩は、美と醜、若さと老い、生と死が表裏一体であることを強調している。

　『ギリシア詞華集』のタイトルに用いられた anthologia (「花を摘み取ること」の意) は、まさに花のように美しい歌の選集のことであり、ギリシア由来の花に託した恋愛詩がオウィディウスのカルペ・フローレムに流れこんだと考えられる。カルペ・フローレムは情熱的、ときに官能的な恋愛観であり、カルペ・ディエムは平穏を願う道徳的、哲学的な人生観であると言えよう。両者は本来、別の系譜でありながら混淆し、カルペ・ディエム詩というジャンルとして、初期近代イギリスの多くの詩

人たちに扱われたのである。「今日」を謳歌しようが、とりわけ「恋」をしようがいずれでも、時間の推移が強く意識されたことには変わりない。

ミルトンにとっても、〈時の神〉クロノスは気になる存在だった。ギリシア・ローマの古典に親しみ、ルネサンスから初期近代に復活したカルペ・ディエムの主題に関心を寄せていたことが、彼の詩の随所から読み取れる。カルペ・ディエムの主題は、文芸の観点からも人生の観点からも、彼の興味を大いに惹くものだった。ミルトンは人生半ばで失明し、王政復古を経験して深い挫折を味わった。これらの決定的出来事は彼の人生にとって大きな不幸だったが、忍耐力を鍛えて晩年の大作を完成させたという意味では、カイロスと呼ぶべき転機になったと言えるのではないか。さらにその先に彼が待ち望んだものは、時間を超えた永遠 (eternity) であった。

ミルトンは神の永遠性とはいかなるものかについて、『論理学』(*Artis Logicae*) のなかで次のように説明する。

> 神はかつておられ、今おられ、やがて来られる方 (「ヨハネの黙示録」1.4; 4.8) と称される。しかしながら通常、神には時間ではなくて aevum すなわち「永遠」が帰する。だが aevum とはまさしく「永劫の期間」に他ならず、ギリシア語ではいわば ἀεὶ ὤν、すなわち「常に存在している」を意味する αἰών である。(*Artis Logicae*, I.xi. *CPW*, VIII.248)

ラテン語の aevum に訳した元のギリシア語の αἰών (aion) の解釈を試みて、神が過去・現在・未来という「永劫の期間」にわたる存在でありつつ、時間を超越した無限の存在であることを主張している。[7] また『キリスト教教義論』(*De Doctrina Christiana*, I.ii. *CW*, VIII.34–37) においても、旧新約聖書の数箇所を引きながら、神にのみ帰する永遠性 (aeternitas) を証左している (Stapleton, "Milton's Conception" 11–12)。このように、ミルトンは時間と永遠の関連性について深く考え続けた。

(2) ソネット 7 番「23 歳になりて」

　ミルトンは、ソネット 23 篇と 16 行からなる有尾ソネット (tailed sonnet) 1 篇を残している。他の多くの詩人が書いたような、全体をひとつの作品として構成したソネット連作 (sonnet sequence) ではなく、およそ 1630 年から 1658 年まで折々の歌として書いたのだが、期せずして彼の生涯と人柄をよく伝えるものとなっている。(8)

　ミルトンは 1631 年 12 月 9 日に満 23 歳の誕生日を迎えた。ソネット 7 番はこの年の誕生日かその直後に書かれたものと推定される。(9) このソネットの写しは、ミルトンが学究生活に篭っていることを非難した氏名不詳の友人に宛てた手紙 (「書簡」 *CPW*, I.319–21) に同封された。先ず、「青春の巧妙な盗人たる〈時の神〉はなんと速く、／その翼に乗せてわが 23 歳の年を奪い去ったことか！」 ("How soon hath time the subtle thief of youth, / Stol'n on his wing my three and twentieth year!" 1–2) という感慨で始まる。伝統的な図像の〈時の神〉を「青春の巧妙な盗人」と呼ぶとは実に言い得て妙であり、いつしか誕生日を迎えたときの感慨を読者にも共有させてくれる表現である。

　〈時の神〉はミルトンの 23 歳の 1 年間を盗んであっという間に飛び去って行った。だが彼自身、「わが急き立つ日々は全速力で飛んで行く」 ("My hasting days fly on with full career," 3) と、あたかも〈時の神〉と歩調を合わせるようだ。それなのに「わが遅咲きの春は蕾も花もまだ見せぬ」 ("my late spring no bud or blossom sheweth." 4) と嘆く。残された青年時代のミルトンの肖像画から、「クライスト学寮の淑女」 (The Lady of Christ's) とあだなされるほどの上品な容貌であったことが頷けるのだが、自分でも童顔を気にしていたようだ。だが外見以上に、「内なる成熟」 ("inward ripeness" 7) が実年齢に比例していないことを嘆くのは、「時機に恵まれた者たち」 ("timely-happy spirits" 8) を意識するせいであったか。秀才揃いのケンブリッジ大学では、詩の才能を早々と開花させて詩集を出版する者がおり、ミルトンは若者特有の焦りを感じていたに

違いない。[10] 時間の速度に関連する言葉遣いが目立つ。ミルトンには、詩作を志しながらも思うように才能を開花させられないもどかしさがあったのだろう。「高邁な事柄をうたおうと志すほどの者は、自らが真実な詩でなければならない」（『スメクティムニューアス弁明』*CPW*, I.890）と述べている通り、高邁な詩を書くごとき高潔な生き方を目指したミルトンにとって、詩とは人生の果実と呼べるものだっただろう。ソネット7番で述べられている「蕾」や「花」や「成熟」が植物の暗喩であることに特に留意しておきたい。

　ソネットの後半は次のように結ばれる。

　　しかし内なる成熟は、多かれ少なかれ、遅かれ早かれ、
　　　わがたどる運命にきっちりと呼応するであろう。
　　　内なる成熟に向かって、貴賤の別なく、
　　時と天の御意志（みこころ）とが私を導くのだ。
　　　もし私がその成熟を活かす恩恵を受けているなら、
　　　一切はずっとわが偉（おお）いなる監督者（かんとくしゃ）の目にある。[11]　　　　　　（9–14）

「運命」（"lot" 11）に関するミルトンの考え方は、ピンダロスが『ネメア歌集』（*Nemean Odes*）で「わが主、宿命が与えたにせよ、／進みゆく時がそれを……定めの通りに成就させるであろう」（iv.43 内田次信訳）とうたう一節と比較できる。ミルトンは、時間と天の御意志（みこころ）とが内面の成熟へと導くことを信じている。ここでは時間を脅威とは感ぜず、肯定的に進行する時間と考えているのだろう。成熟は時間を要するからである。ミルトンは、何事もその機は熟す、天の御意志（みこころ）に即して成るものだと思いたい。神が適切な時期に自分を成熟に導くという信念にいたって、彼の不安は晴れる。神を「わが大いなる監督者（おさ）」（"my great task-master" 14）と呼ぶのは、友人たちとの比較においてではなく、神の前で自分に課せられた使命を果たす、すなわち詩才を通して神に仕えるという彼なりの召命の意識をもっていたからである。このようにソネット後半で

は、焦りや不安を断って神にすべてを委ねることを決意する。時間についてうたった彼の短詩では、前半部分でカルペ・ディエムの文芸伝統に即した描写をしたのちに、後半部分でキリスト教信仰によって時間が否定、吸収、昇華されるという展開をする。

(3)「時間について」

ミルトンが時間の主題を扱った作品のなかに、まさに「時間について」("On Time") と題されたマドリガル風の詩がある。執筆年代は1633年頃と推定される。ケンブリッジ大学に残る「トリニティ草稿」(The Trinity Manuscripts) と呼ばれる自筆原稿には、「時計の箱に付して」("To be set on a clock case") という副題が付けられており、恐らく時計の贈物を受けた際か、ある特別の時計について書いたとみられる。時計をきっかけに、生と死、使命と名声、時間と永遠などについて思索をめぐらしている点に注目したい。

冒頭で「飛べ、嫉妬深い〈時〉よ」("Fly envious Time," 1) と呼びかける相手は、お決まりの〈時の神〉である。ここでミルトンはいたずらに〈時の神〉を恐れるのではなく、むしろ挑戦の姿勢をとっている。他者を食らうばかりか自らも食らうほどの貪欲さをもつ〈時の神〉を逆手にとってやりこめるように、「汝の腹が貪り食らうものを飽きるほど食らえ」(4) と言い放つ。

> 汝があらゆる悪しきものを墓に葬り、
> 最後に貪欲な汝自身を食い尽くしたとき、
> とこしえの〈永遠〉がわれらの至福を
> 離れ難き接吻で迎えるであろう。
> そして〈歓喜〉が洪水の如くわれらに押し寄せるだろう。　　　(9–13)

スチュアート (Susan Stuart) が全22行のこの詩の中心を11–12行目と見て、砂時計のような対称的な構造をもつと分析し、その箇所で「時

間が尽き、永遠が始まる」と考えるように (200)、砂時計をひっくり返せば、事態は逆転する。ミルトンは確信をもってこの詩を結ぶ。

> 天に導かれたわれらの魂がひとたび昇ったとき、
> そのときこそ、この世の一切の汚れを棄て、
> 星を着飾り、永久に座すであろう、
> 　〈死〉と〈偶然〉と、ああ汝〈時〉に勝ち誇って。　　　(19–22)

〈死〉も〈偶然〉(Chance) も〈時〉も〈永遠〉(eternity 11) に打ち負かされる。地上を支配する〈時の神〉に永遠の世界を統べる神が勝利することを、ミルトンは確信した。この詩でも、前半のカルペ・ディエム的な調べは、後半でキリスト教的な調べにと変わる。

II. 中年期の時間意識「忍耐と中庸」

(1) ソネット19番「失明について」

　ミルトンの召命感が強ければ強いほど、失明した時の挫折感は深かった。恐らく1652年初め頃、ミルトンは43歳にして両目を失明した。コモンウェルス外国語担当秘書官として激務に明け暮れたことなどが原因になったのだろう。不自由な身になったことが、ミルトンに大きな落胆をもたらしたことは想像に難くない。このソネットには、失明の悲しみといまだ使命を果たせない悔しさが滲む。ソネット7番の延長線上にあるソネット19番は、失意と葛藤を経験して、自分なりに生きる途を模索した末に到達した心境を物語る。

　ミルトンは先ず失明の事実に向き合い、その意味を考える。「隠すは死にも値する1タラントが、／無益に内蔵されたままかを思うとき、わが魂は／その才で造り主に仕えたいのだが」("that one talent which is death to hide, / Lodged with me useless, though my soul more bent / To serve therewith my maker," 3–6) と、「マタイによる福音書」25 章 14–30 節、「才能」の語源となった古代ギリシアの貨幣単位「タラントン」の譬え話を引く。若き日のミルトンは自分の使命を自覚して、いつか果たしたいと決意した。失明をした中年のミルトンは、あたかも才能が死蔵されたままであるかのように感じている。「神は光を拒んで、昼の労働を強い給うのか」("Doth God exact day-labour, light denied," 7) と、愚問と知りつつ、こぼしてしまう。この 1 行は、かつてソネット 7 番を同封した手紙のなかで言及した聖句(「私たちは、私をお遣わしになった方の業を、昼の間に行わねばならない。誰も働くことのできない夜が来る」「ヨハネによる福音書」9.4)⁽¹²⁾ を想起させる。ミルトンは、使命を早く果たしたいと焦りながら、実現できないまま失明してしまったことを深く嘆いている。

　しかしこのソネットでもまた、後半部分で転回がある。擬人化された〈忍耐〉(Patience 8) がミルトンの嘆きを制するのだ。〈忍耐〉には、「詩篇」にある「主の前に沈黙し、主を待ち望め」("Rest in the LORD, and wait patiently for him:" 37.7) の主旨が反映されていよう。受動的に我慢するのではなく、能動的に待望するという意味である。〈忍耐〉は、「神は人の業も／授けた賜物も求められない。その易しき軛を／よく負う者こそ、神によく仕えるのだ」(9–11) という言葉で、ミルトンの弱音を断つ。神の「軛は負いやすい」(「マタイによる福音書」11.30) と諭し、その方法を示唆している。「立ち尽くして待つ者もまた神に仕える」("They also serve who only stand and wait." 14) という結びの 1 行は含蓄に富んでいる。"stand and wait" は、ギリシア語で「耐える」を意味する "ὑπομένω" を英語の "stand" と "wait" とに分けたものという鋭い解釈(新井 96 頁)を採りたい 。しかも "stand" は "fall" の反意語であって、"fall" はのちに『失楽園』(*Paradise Lost*) の主題となる「堕落」の意味をもつ。"wait" は「待つ」と「仕える」の二つの意味を兼ね、「仕える」の別語は "serve" である。ここでこれらの言葉は重層的に機能している。失明の障害を負

っても、悲嘆を乗り越え、なお自分にふさわしい神への仕え方があると信ずるミルトンの召命感はいっそう強まった。ソネット19番はミルトンの不撓不屈の精神をよく表している。

(2) ソネット20番・21番「若者よ、今を楽しめ」

　中途失明はミルトンにとって人生の転換点となった。忍耐に積極的な意味を見出せたからこそ、若者に対して「今日を楽しめ」と助言できたのではないか。年若い友人たちに宛てた1655年頃の二つのソネットは、まさしくミルトンのカルペ・ディエム詩と呼べるものである。ソネット20番で、彼は25歳若いエドワード・ロレンス (Edward Lawrence, 1633?–57) をホラティウスのカルペ・ディエムの世界に誘う。冒頭の「有徳の父の有徳の子、ロレンス君よ」(1) という呼びかけ方はホラティウス特有の言い回し (『歌集』I.xvi.1) である。「暖炉のそばで／陰鬱な日を忘れようか、厳しい季節から／できるだけのものを得ながら」(3–5) という設定も、ホラティウスの「暖炉に薪を山と積んで燃やし、寒気を払え」(I.ix.5–6) という一節を踏まえている。

　ミルトンはイングランドの陰鬱な冬にあって、南欧の春を思い描く。時間の効用に期待して言う。

> 　　　　　　　　　　　時間は軽やかに
> 流れ、やがて西風の神が凍った大地に
> 再び息を吹き込み、蒔きもせず紡ぎもせぬ
> 百合と薔薇に新たな装いを着せるだろう。　　　　　　　　　　(5–8)

> 　　　　　　　　　time will run
> On smoother, till Favonius reinspire
> The frozen earth; and clothe in fresh attire
> The lily and rose, that neither sowed nor spun.

この一節が「マタイによる福音書」の「野の百合は如何にして育つかを思へ、勞せず、紡がざるなり」(6.28 文語訳) を踏まえているのは、どの注釈者も指摘する通りである。(13) しかし、キリストが教える百合の喩えになぜ薔薇が付け加えられているのか。ミルトンはイタリアを中心とした大陸旅行 (1638–39 年) の際、ボッティチェルリの一対の絵画、「春」と「ヴィーナスの誕生」を、フィレンツェのメディチ家別荘のカステッロで見ていた可能性がある。両者に西風の神ゼプュロスが花の女神クローリスに抱きつき、薔薇の花々が舞う様子が描かれているが、後者ではゼプュロスが海面の貝殻に乗ったヴィーナスに薔薇を撒き散らせながら息を吹きかけ、陸の方へ送り出している。それを季節の女神ホーラーが迎え出て衣を着せようとしている。ミルトンはこの図像から想を得て、ヴィーナスの象徴である「薔薇に新たな装いを着せるだろう」と表現したのではないだろうか (Sano 378–79)。

　改めて「マタイによる福音書」の一節を読めば、「明日のことを思い煩ってはならない。明日のことは明日自らが思い煩う。その日の苦労は、その日だけで十分である」(6.34) の意味するところは、古典のカルペ・ディエムに通底するキリスト教の時間についての教えである。ミルトンは、ヴィーナスの情熱を表す薔薇と、聖母マリアの清らかさを表す百合とを結び合わせることによって、古典的なカルペ・ディエムの時間意識とキリスト教的な時間意識を融合したと考えられる。彼は雅な料理を葡萄酒とともに味わい、食後にはリュートの上手な演奏か歌を聴こうではないかと誘い (9–12)、「そのような楽しみを解し、／しばしばそれに時間を割ける人は、なんとも賢い」(13–14) と言う。この詩は実際の食事への招待というよりは、今を楽しめという生き方の勧めである。

　ソネット 21 番は、かつてミルトンの教え子であった 19 歳若いシリアック・スキナー (Cyriack Skinner, 1627–1700) に呼びかけたカルペ・ディエム詩である。ここでもホラティウスの『歌集』に流れるカルペ・ディエムのモットーに即した「人生に必要な僅かなものにあくせくする

な」(II.xi.4–5) や、「バッカスが気苦労を払ってくれる」(II.xi.17–18) の表現が反響する。ミルトンは、「今日は私とともに、あとに悔いを残さぬ陽気な気分で／深慮の気晴らしをすると決めよ」("Today deep thoughts resolve with me to drench / In mirth, that after no repenting draws;" 5–6) と言って、スキナーに数学や物理学や外交などの難しい問題をひととき忘れるように促す。

> 人生の均衡を測ることを早目に学び、何が
> 　真の善に至る最短の近道かを知りなさい。
> 柔和な神はこれ以外の事にも時機を定め、
> 苦労性を咎め給う。その見かけは賢そうでも、
> 　一日の上に余分な重荷を負わせて、
> 神が愉快な一時(ひととき)を授けるときに、自制する。　　　　　　(9–14)

「測る」("measure" 9) の語には、「人生の均衡をとる」、すなわち「中庸の道を行く」というアリストテレス的な意味が含まれている。今なすべきことに専心することも大事だが、余暇を楽しむこともよい、すなわち、仕事と生活との調和を強調しているわけである。ことに若き友に向かっては、青春は短い、今を楽しめ、と人生について助言をしているのだ。

　ミルトンには謹厳なピューリタンのイメージがつきまとうので、これら二つのソネットは彼の意外な一面を伝えるものかもしれない。だが、盲目となって制約された生活のなかでも、若い頃からの感受性を失わずに軽やかな気分でうたっている。賢く今日の楽しさと喜びを享受せよ、と。古典とキリスト教の時間意識が調和したミルトンらしいカルペ・ディエム詩である。

III. 老年期の時間意識「成熟の時」

(1)『失楽園』

『失楽園』はミルトンのそれまでの人生と作品すべてを包括する叙事詩で、アダムとイヴの堕落とキリストによる贖罪を主題として、人間の生き方を示唆する。第 11 巻にも、ミルトンが若い頃から抱き、自身の失明や身内の死を経て深めた時間意識、すなわち、人間がどのような存在として生まれて生き、老いや病を受け入れ、死を迎えるべきかという問題を扱う箇所がある。[14] 楽園追放を宣告されて絶望に沈んだアダムとイヴが心穏やかに出発できるように、遣わされた天使ミカエルが授ける教えは、ミルトン一流のカルペ・ディエムと呼べるだろう。

じつはミカエルとは対照的に、カルペ・ディエムを説得する人物が他にも二人いる。『ラドロー城の仮面劇』(*A Mask Presented at Ludlow Castle*, 1634 年初演、1637 年初版、1645 年詩集・1673 年詩集収録) では、コウマスが森に迷い込んだ姫 (The Lady) を「いたずらに時を過ごせば、見棄てられた薔薇のように／項垂れて枝に咲いたまま凋んでしまう」("If you let slip time, like a neglected rose / It withers on the stalk with languished head." 742–43) と口説く。『失楽園』では、サタンが楽園のなかにアダムとイヴを見出したとき、羨望と嫉妬から「生ある限り生きるがよい。／今は幸せな夫婦よ、私が戻るまで束の間の喜悦を／楽しめ。長い苦しみがあとからやって来るのだから」("Live while ye may, / Yet happie pair; enjoy, till I return, / Short pleasures, for long woes are to succeed." IV.533–35) と独り言を言う。のちに彼が馥郁たる薔薇の茂みのなかに独りでいるイヴを見つけたとき、詩人はイヴを「大切な支柱から遠く離れて、支えを失った最も美しい花」("fairest unsupported flower, / From her best prop so far" IX.432–33) に喩える。このように、コウマスとサタンのような誘惑者を、カルペ・ディエム、厳密に言えば、カルペ・フローレムの雰囲気で描いているのは面白い。

天使ミカエルの場合は、善良なカルペ・ディエム論を展開する。楽園追放を前にして、ミカエルがアダムに堕落後の世界を幻影で見せる際に人間の老いや病や死のさまを示すと、アダムは「このような苦しい死に方以外に、／私たちが死を迎え、生来の性質である塵に／還る道というものはないのでしょうか」(XI.527–29) と、安楽な最期を迎える方法を尋ねる。ミカエルは、その道がある、と次のように答える。

>　　　　　　　　　もしお前が
> 「度を過ごすなかれ」という掟をよく守り、
> 飲食の際に節制の命ずるところに従い、
> 暴飲暴食に走らず、適当な栄養を取ることに努めて、
> 多くの年月がお前に廻ってくれば、の話だが。　　　　　　(XI.530–34)

「度を過ごすなかれ」("not too much" 531) という格言は、デルフォイの神殿に刻まれていたという (Fowler 627, 531n)。アリストテレスが『ニコマコス倫理学』(*Ethika Nikomacheia*) で「飲物や食物も多く摂りすぎたり、少なく摂りすぎたりすれば、健康を損ない、適度に摂る時に健康を生みだし、増進し、保持するからである」(II.ii.6 加藤信朗訳) と述べたような考えが常識になっていたという (Hughes 445, 531n)。アリストテレスが説いた「中庸」の徳は、スペンサーの『妖精の女王』(*The Faerie Queene*) 第 2 巻で「節制」の徳として称揚され、ミルトンもソネット 21 番で示唆していた。

　しかし、節制すれば長寿が可能となるも、同時に老いや病の苦痛が生じることまで言及があるのは、まさに今日的な問題を突いている。肉体の各所の衰えを事細かに挙げた「コヘレトの言葉」(12.1–7) のように、ミカエルは肉体の衰えばかりか気力の減退についても述べる。

>　　そのように生き、やがて熟した果実のようにお前は
>　　母なる大地の膝の上に落ちるだろう。無残に捥ぎ取られるのではなく、

死を迎えるのにふさわしく熟したものとして、易々と摘み取られる。
これが老齢というものだ。だが長生きすれば、お前は
若さや、力や、美を失わなければならない。そういうものは衰えて
弱くなり、灰色になってゆく。するとそれまでの状態に比べて
感覚が鈍くなり、すべての快感がなくなるだろう。
希望と元気に満ちていた青春の活気の代わりに、
冷たく乾いた憂鬱な無気力が
お前の血管を支配し、お前の気分を抑圧し、
ついには人生の安らぎを消滅させて
しまうだろう。 (XI. 535–46)

So mayst thou live, till like ripe fruit thou drop
Into thy mother's lap, or be with ease
Gathered, not harshly plucked, for death mature:
This is old age,..........................

「熟した果実」(535) の直喩は、キケロの『老年について』(*De Senectute*) 19 章の一節にまでたどれる。

> 果物でも、未熟だと力ずくで木から捥ぎ離されるが、よく熟れていれば自ら落ちるように、命もまた、青年からは力ずくで奪われ、老人からは成熟の結果として取り去られるのだ。この成熟ということこそわしにはこよなく喜ばしいので、死に近づけば近づくほど、いわば陸地を認めて、長い航路の果てについに港に入ろうとするかのように思われるのだ。
>
> （中務哲郎訳）

ダンテもキケロに依拠して、『饗宴』(*Il Convivio*) 第 4 巻で果物の直喩を用いている。

> 斯くのごとき死においては、憂苦もなく、また何らの悔恨もなく、あだかも熟せる果物のやうに、輕らかに、また無理でなく、その枝より落つるや

うに、わたしたちの靈魂は、苦痛もなく、その宿りをりし肉體より離れるのである。（中山昌樹訳）

スペンサーは『妖精の女王』(II.x.32.2) で、「天寿を全うし」た ("dyde, made ripe for death by eld" 福田昇八訳) 老王について直截な表現を用いている。

　ミルトンも先例に倣って、「熟した果実」("ripe fruit" XI.535) のように「死を迎えるのにふさわしく熟したものとして」、いわば「天寿を全うする」("for death mature" 537) ことをよしとする。特に注目したいのは、「易々と摘み取られる」("with ease / Gathered" 536–37) と「無残に挘ぎ取られる」("harshly plucked" 537) というように、表現を区別していることである。ラテン語の動詞 "carpo" は英語の "gather" にも "pluck" にも訳し得る。両語とも英語のカルペ・ディエム詩に使われる典型的な言葉ではあるが、後者には "with a sudden or forcible effort" (OED 4a) の様態が加味される[15]。さらに、ここでは修飾語句の "with ease" と "harshly" が摘まれ方の違いをより鮮明にすることに留意すべきである。

　かつてミルトンは哀歌『リシダス』(*Lycidas*, 1637) において、海難事故で早世した親友エドワード・キング (Edward King, 1612?–37) を悼んだ。

> なおもう一度、おお月桂樹よ、もう一度
> 常緑の蔦まとう色濃き天人花よ、
> 僕はお前たちの堅い未熟の実を摘みに来た、
> 心ならずも荒っぽい指で、
> 完熟の時節を待たずにお前たちの葉をかき散らす。　　　　　　(1–5)

> Yet once more, O ye laurels, and once more
> Ye myrtles brown, with ivy never sere,
> I come to pluck your berries harsh and crude,
> And with forced fingers rude,
> Shatter your leaves before the mellowing year.

未熟な果実の暗喩を使って、若きミルトンはキングの早すぎる死を嘆くと同時に、自身が「内なる成熟」に達して円熟した詩を書けるようになる前に哀歌を書かねばならぬことを嘆いたのである。
　30年後に『失楽園』において、ミルトンは自身の年齢を感じ、老年の視点からキケロの果実の直喩を使う。青春を謳歌するカルペ・ディエムの精神に強く惹かれながらも、「内なる成熟」を神から与えられる時を信じて待ち、生を真摯に熟成させてきたミルトンが晩年になって、人間が成熟という理想の状態に行き着き、熟した果実のように自然と落ちて母なる大地に還る、という考え方に到達したのである。バートン (Robert Burton, 1577–1640) の『憂鬱の解剖』(*The Anatomy of Melancholy*) によれば、老齢は「冷たく乾いて、憂鬱と同様の性質をもっているので、……元気と体重の減少により、憂鬱を惹き起こす」(I.ii.1.5) と考えられていた。晩年のミルトンは痛風を病み、老齢に伴う心身のさまざまな衰えの症状を、身をもって実感していたはずである。
　アダムはミカエルの教えを理解したうえで、次のように言う。

   今後、私は死から逃げることも、命を引き延ばすことも
  いたしません。むしろ命を終えると定められたその日まで
  背負わなければならないこの重荷から、
  どうしたら最も美しく最も安らかに解放され、わが消滅を
  忍耐強く待つことができるか、ということを
  心がけたいと思います。ミカエルは答えた。   (XI. 547–52)

  Henceforth I fly not death, nor would prolong
  Life much, bent rather how I may be quit
  Fairest and easiest of this cumbrous charge,
  Which I must keep till my appointed day
  Of rendering up, and patiently attend
  My dissolution. Michael replied.

"and patiently attend / My dissolution." (551–52) の一文は、『失楽園』の再版（1674 年）で挿入されたもので、初版（1667 年）では "Of rendering up. Michael to him replied." の 1 行だった。この箇所は、次々とさまざまな苦しみに襲われて死を切望するヨブの心情を想起させる。「定められた最期の時を待つ」という消極的な語感を与える初版に対して、再版では "patiently" の言葉が積極的な意味を付加する。ファウラーが説明するように、「従順と忍耐は第 11 巻の主題」(Fowler 627, 526n) であり、「挿入は忍従の理念を強める」(628, 551–52n)。

　だが、アダムにはただ死を待ち望むような、いわば死を感情的にとらえる甘さがまだ残っている。そこでミカエルは冷静に言うのである。「自分の命を愛し過ぎても、憎んでもいけない。だが生きる限り／よく生きよ。長寿か短命かは天に委ねよ」("Nor love thy life, nor hate; but what thou liv'st / Live well, how long or short permit to heaven:" 553–54)、と。この言葉の前半にはいくつもの古典作品が反響している。マルティアリスは『寸鉄詩』(Epigrammata) で「最期の日を怖れもせず、また望みもするな」(X.xlvii 藤井昇訳) と言う。セネカは『書簡詩』(Epistulae) で「人生を愛しすぎても憎みすぎてもならぬ」(xxiv.24 高橋宏幸訳)、また「生きることへの愛着も憎しみもない」(lxv.18 同) と言う。そして後半には、ホラティウス『歌集』の「他の一切は神々に任せよ」(I.ix.9) の一節が響き、さらに「ローマの信徒への手紙」の「生きるとすれば主のために生き、死ぬとすれば主のために死ぬのです」(14.8) の一節も響く。アダムは生と死から超然とすべきであることを教えられたのである。

　ミカエルの助言、アダムの心得、ともに含蓄に富む死生観である。作者ミルトンは、長寿とひきかえに老いや病の苦痛も経験しなければならない人間の現実を見据えて、人生を神に委ねるという透徹した境地に達したと言える。『失楽園』のこの一節は、カルペ・ディエムを基調にしつつ、キリスト教信仰に満ちている。その妙について、「キリスト教的な命令が、異教的な命令のごとく、やはりカルペ・ディエムとなってい

る」(Bruser 630) と言えるし、"Christian *carpe diem*" (Hammond 263) という撞着語法でも説明できよう。未来に永遠を仰ぎ見つつ現在をカルペ・ディエムの精神で生きていけば、人間は自然と成熟に達して生まれた元の土に還る。しかも、落ちた実からは種が生じ、やがて「女の子孫(すえ)」("the woman's seed") なる人類の救済者イエス・キリストの誕生まで予見できる。[16]

(2)『復楽園』・『闘士サムソン』

　自身の失明によって忍耐を覚悟したことを表明するソネット19番や、アダムが忍耐強く生き抜くことを学んだ『失楽園』第11巻の一節のように、耐えて待つことのもつ積極的な意味は、1671年に合本で出版された二つの詩作でも問われている。[17]

　「簡潔な叙事詩」(brief epic) と評される『復楽園』(*Paradise Regained*) では、荒野のイエスに対して、神の子であることを証しさせようとサタンが三つの誘惑をしかけるが、ことごとく斥けられる。作品中、何度も言及されるヨブのように、イエスも徹底的に忍耐の徳を試される。忍耐の主題は、いわゆる「パンの誘惑」と「塔の誘惑」の間に置かれた「王国の誘惑」において中心をなす。サタンは「〈熱意〉と〈責任〉は緩慢ではなく、/〈好機〉の前髪を注意深く窺っている」("zeal and duty are not slow; / But on occasion's forelock watchful wait." III.172–73) と言う。サタンの言う〈好機〉とはカイロス本来の意味で、この機を逃すな、さあ急げ、とイエスを駆り立てているのだ。それに対してイエスは、「何事もそれぞれの時にこそよく成就される。何事にも時がある、と〈真理〉は宣う」("All things are best fulfilled in their due time, / And time there is for all things, Truth hath said:" III.182–83)、さらに「[父の] 御手のなかですべての時と時機がめぐる」("in whose hand all times and seasons roll." III.187) と応じる。イエスは「天の下では、すべてに時機があり／すべての出来事に時がある」(「コヘレトの言葉」3.1) こと、「父がご自

分の権威をもってお定めになった時や時期」(「使徒言行録」1.7) があることを反響させながら、すべてのことは神が定め給うた最善の時に成就する、だから機が熟すまで待つことが大切である、と理路整然と反論しているのである。そして、「最もよく耐える者が最善をなし得る。最初によく従った者が最上に治め得る」("Who best / Can suffer, best can do; best reign, who first / Well hath obeyed;" III.194–96) という逆説的な言葉も、忍耐の末に、キリスト教的な意味での「カイロス」が与えられる意義を示唆している。このように『復楽園』は、忍耐を主題としながらカイロスの重要性をより深めた。

　劇詩『闘士サムソン』(*Samson Agonistes*) は、原典の「士師記」13–16 章に比べて、ギリシア悲劇の様式をとったことで、行動より内面を強調する作品となっている。かつては肉体の力に頼って数々の事績を行ったサムソンが、今は敵方に捕えられて両目を抉られ、奴隷の苦役に科せられている。自分の失敗を責め続け、後悔の念に苛まれているところに、三人の訪問者が現れる。父マノア、妻ダリラ、巨人ハラファは、サムソンが神から託されたイスラエル民族解放という使命を完遂するうえで、障壁となる誘惑者の役割を担っている。彼はいずれの説得にも応じず、「神の御意志が自分を通して表われるのを、立ち尽くして待つことによって仕える忍耐の人」(Baumgartner 208) であった。

　忍耐に言及するコロス(合唱隊)の台詞は、作品の主題をよく表している。

　　　　だが忍耐はときに聖徒たちを
　　　　修練するもの、彼らの勇気を試すもの。
　　　　彼らをそれぞれ自らの解放者とし、
　　　　圧制や悲運がもたらす
　　　　一切のものに打ち勝つ勝利者とする。　　　　　　(1287–91)

コロスは、先に述べていた「忍耐こそまさしく真の勇気なり、と称える」("Extolling patience as the truest fortitude" 654) 古今の賢者の言葉を、誘惑に屈しなかったサムソンにあてはめている。そして、「失明は／忍耐が最後に必ず冠を授ける人々の群れに／君を加えることになるかもしれぬ」("sight bereaved / May chance to number thee with those / Whom patience finally must crown." 1294–96) と言って、失明の苦難に耐えるサムソンを慰める。

サムソンは「なにか心を突き動かす衝動」("Some rousing motions" 1382) を心の内に感じるまでじっと待ち続け、闘技を披露せよとの役人の命令に一度は拒んだ末に、ついに応じる。劇の全体を見通す立場のコロスは、サムソンが「よい時に決心した」("In time thou hast resolved," 1390) と言う。使者によって伝えられたサムソンの行為について、劇を締め括る最後の台詞のなかで次のように語る。

> すべては最善、われらはときに
> いと高き智恵の測り難き配剤が
> もたらすものを疑うことがあるが、
> 最後は常に最善と分かる。　　　　　　　　　　　　　　(1745–48)

コロスは、サムソンが神の御意志(みこころ)に従って耐え続けたことを認めている。

『闘士サムソン』は、作者ミルトン自身の失明と政治的挫折、念願だった国民的叙事詩『失楽園』完成までの奮闘を反映していると思わせる。耐えてカイロスを待つことへのミルトンの思い入れは、最晩年の『復楽園』と『闘士サムソン』でなお強まったと言えよう。楽園を出て行くアダムとイヴの「漂泊(さすらい)の緩やかな足取り」("wandering steps and slow" *PL*, XII.648)、ゆっくりと進むイエスの「一歩一歩」("step by step" *PR*, I.192)、サムソンの「見えぬ足取り」("dark steps" *SA*, 2)、いずれも「忍耐の象徴」(Hoxby 163) として、摂理に導かれ、やがて時宜を得ることができるのである。

ミルトンは古典の文芸伝統によく精通し、詩作面でも人生面でもカルペ・ディエムの主題に惹かれていた。青春の盛りに詩才の芽が出ないと自覚したが、やがて遅咲きの開花をして人生の秋に成熟することを期待した。『失楽園』において、禁断の果実を挽ぎ取って食べた人間が、最終的には熟した果実のように自然と地に落ちるまで生き抜けば希望の種を生じることを、天使ミカエルから学んだアダムは、「やがて時が静止し、彼方はすべて永遠なる深淵」("Till time stand fixed: beyond is all abyss, / Eternity," XII.555–56) と確信して心の平安を得る。ミルトンはホラティウス由来のカルペ・ディエムをキリスト教的に昇華させたのであり、熟した果実の比喩表現はこの叙事詩の主題にふさわしい。マーティン (Catherine G. Martin) が言うように、「ミルトンは時間を伝統的な敵とみなさず、むしろ究極的には有益な永遠の構成要素とみなしている」(148)。ステープルトン (Laurence Stapleton) の言葉を借りれば、「人間の堕落と救済の結果、時間は永遠に融解される」("Time" 747) ことを示した。ミルトンは、詩作の人生において、時間 (kronos) の力を活かし、機 (kairos) が熟すまで忍耐強く待ち、その先に永遠 (aion) を仰ぐ、というような時間のとらえ方をしたと言えるのではないか。時間の主題を扱ったイギリス初期近代詩人のなかでも、独特の時間意識を作品に表現したと考えられる。

＊本稿は、International Milton Symposium 第9回大会（於ロンドン大学、2008年7月7–11日）における口頭発表論文に、日本語で大幅に加筆したものである。

注
(1) ミルトンの韻文の引用は、CareyおよびFowler編の各Longman再版による。散文の引用は、*Complete Prose Works of John Milton*（以下、*CPW*）と *The Complete Works of John Milton*（以下、*CW*）により、その前に個々の作品名を記す。ミルトンおよび古典からの引用には、必要な場合のみ日本語訳のあとに原文を付す。引用の翻訳は、訳者名を挙げたもの以外は拙訳である。

(2) 時間は哲学や神学などさまざまな分野で長く思索されてきた。膨大な議論の概観は、ミルトンの時間を扱った先行研究のなかでの言及に譲る。

(3) ローマでも、〈好機〉を擬人化した女神 Occasio や男神 Opportunus が同様の特徴をもつ。

(4) Quinones は、大著 The Renaissance Discovery of Time で、ルネサンス人が時間について新しい意識をもつようになった背景として、社会の変化、とりわけ機械時計による生活の変化を挙げる。人々が時間を有効活用すべきだと意識するようになって、時間に急かされる感覚がうまれたという。一方で、名声と子孫による永遠への願望を強めたという (3–27)。

(5) 冨樫氏は、"carpe diem" の英語の定訳 "seize the day" には、ドライデンやカウリーの翻訳にみられるような「今日を自分のものにする」という発想が背景にあると指摘し、ロープ新版 (2004) で I.xi につけられた "gather ye rosebuds" というオウィディウス風のタイトルを疑問視する (19–20)。ちなみに『歌集』I.xi を収録した英訳選集における "carpe diem" は、1635 年版・1638 年版で "This day's thine owne"、1638 年版・1644 年版で "Lay hold upon this day"、1649 年版で "Make use of time"、1653 年版で "Enjoy this Day" と訳され (EEBO 検索による)、ロープ旧版 (1914) で "Reap the harvest of to-day"、新版で "Pluck the day" と訳されている。

(6) 少年を対象としているが、女性にも紛う花の盛りを詠んだストラトーン（紀元2世紀）の歌も同様の主旨をもつ。

君よ、もし
　咲き匂う花かと見ゆる容貌（かたち）をば
　　誇りたもうなら　悟れかし。
　薔薇（うばら）とてまたあでやかに咲き匂い
　　その美しさ誇れども
　　　にわかに色褪せ花朽ちて
　　　うちすてられて塵芥（ちりあくた）
　　　　無残な姿となるものを。

世にある花と、また
　美わしき容貌（かたち）とに許されし
　　盛りの時は同じにて
　　　はかなきものと悟るべし。
　　　かの「時」（クロノス）の妬みゆえ
　　　ともに無残に色褪せて
　　　　ふたつながらに朽ち果てる。
　　　　　　　　　　　　(XII.234)

沓掛良彦編訳『ピエリアの薔薇　ギリシア詞華集選』平凡社、1994 年。

(7) ミルトンの訳語 aevum は、永遠と時間の中間物であり、永続的存在 (everlasting Being) に向かう永続的生成 (everlasting becoming) であって、静的かつ動的な性質を有するとの説明がある。cf. Ayelet Langer, "Milton's *aevum*: The Time Structure of Grace in *Paradise Lost*," *Early Modern Literary Studies* 17 (2014): 1–21.

(8) ミルトンの短詩の引用は Carey 版によるが、ソネットの番号は制作年代順に通し番号を付した Hughes 版による。

(9) 執筆時期に関して諸説ある。cf. *A Variorum Commentary on the Poems of John Milton*, Vol. 2 (Routledge & Kegan Paul, 1972) 362–63。
(10) Cowley、Spenser、Charles Diodati、Arthur Johnson など。ミルトンが敬愛したスペンサー自身も Gabriel Harvey に宛てた手紙のなかで、同様の非難に対して自己弁明している点が偶然にも似ているという指摘がある。cf. R. M. Smith, "Spenser and Milton: An Early Analogue," *MLN* 60 (1945): 394–98.
(11) ソネット後半部の曖昧な統語法により、幾通りもの読み方が可能である。cf. *A Variorum Commentary*, Vol. 2.372–73。
(12) 聖書の日本語訳は、断りのないもの以外、聖書協会共同訳（日本聖書協会、2018 年）、また英語訳は欽定訳による。
(13) ギリシア語の κρίνον は百合のことであるが、山上の垂訓のなかでイエスがどの花を指していたのかは不詳だとされている。英語聖書では伝統的に "the lilies [of the field]" と訳されてきた。百合は聖母マリアを連想させる。文語訳「野の百合」は、口語訳・新共同訳・聖書協会共同訳で「野の花」に改められた。cf. 船戸英夫・新井明編注 *The New English Bible: A Literary Selection* (OUP, 1975) 246 頁。寺澤芳雄編著『名句で読む英語聖書』（研究社、2010 年）30–31 頁。
(14) 仏教用語の「四苦」にあたる生老病死の普遍的な問題が、『失楽園』のこの箇所で提起されている。
(15) イヴの堕罪の場面は、"her rash hand in evil hour / Forth reaching to the fruit, she plucked, she ate:" (IX.780–81) と叙述されており、"pluck" のニュアンスが効果的である。
(16) 『失楽園』での "the woman's seed" への言及は 10 箇所にのぼる。cf. 佐野弘子「イヴからマリアへ——ミルトンの救済史——」十七世紀英文学研究会編『十七世紀と英国文化』（金星堂、1995 年）136–53 頁。
(17) William R. Parker は "The Date of *Samson Agnistes*," *PQ* 28 (1949): 145–66 で、『闘士サムソン』の執筆時期を 1646/47 年頃から 1651/53 年頃までとする。忍耐に関する考え方が『失楽園』や『復楽園』と共通する点から、構想を思い立った早い時期から長い年月を経て、脱稿したのは出版時期に近かったとも考えられる。

引用文献

Baumgartner, Paul. "Milton and Patience." *Studies in Philology* 60 (1963): 203–13.
Bruser, Fredelle. "Comus and the Rose Song." *Studies in Philology* 44 (1947): 625–44.
Burton, Robert. *The Anatomy of Melancholy*. Ed. Floyd Dell and Paul Jordan-Smith. Tudor Publishing, 1927.

Hammond, Gerald. *Fleeting Things: English Poets and Poems 1616–1660*. Harvard UP, 1990.
Horace. *Odes and Epodes*. Trans. C. E. Bennett. Loeb Classical Library. Harvard UP, 1914. Rev. 1927.
———. *Odes and Epodes*. Ed. and trans. Niall Rudd. Loeb Classical Library. Harvard UP, 2004.
Hoxby. Blair. "Milton's Steps in Time." *Studies in English Literature* 38 (1998): 149–72.
Leishman, J. B. *Themes and Variations in Shakespeare's Sonnets*. Hutchinson, 1961.
Martin, Catherine Gimelli. "The Enclosed Garden and the Apocalypse: Immanent versus Transcendent Time in Milton and Marvell." *Milton and the Ends of Time*. Ed. Juliet Cummins. Cambridge UP, 2003. 144–68.
Milton John. *Complete Prose Works of John Milton*, 8 vols. Gen. ed., Don M. Wolfe. Yale UP, 1953–82.
———. *Complete Shorter Poems*. Ed. John Carey. 2nd ed. Longman, 1997.
———. *John Milton: Complete Poems and Major Poems*. Ed. Merrit Y. Hughes. Odyssey P, 1957.
———. *Paradise Lost*. Ed. Alastair Fowler. 2nd ed. Longman, 1997.
———. *The Complete Works of John Milton*. Vol. VIII: *De Doctrina Christiana*. Ed. John Hale and J. Donald Cullington. OUP, 2012.
Ovid. *Metamorphoses*. Trans. Frank Justus Miller. Harvard UP, 1916, rpt. 1984.
田中秀央・前田敬作訳『オウィディウス　転身物語』(人文書院、1966 年)。
Panofsky, Erwin. *Studies in Iconology: Humanistic Themes in the Art of the Renaissance*. 1939, rpt. Harper and Row, 1972.
Pecheux. Mother M. Christopher. "Milton and *Kairos*." *Milton Studies* 12 (1978): 197–211.
Quinones, Ricardo J. *The Renaissance Discovery of Time*. Harvard UP, 1972.
Sano, Hiroko. "The Lily and the Rose: Milton's *Carpe diem* Sonnet 20." *Milton in Italy: Contexts, Images, Contradictions*. Ed. Mario A. Cesare. Medieval & Renaissance Texts & Studies, 1991. 371–80.
Stapleton, Laurence. "Milton's Conception of Time in *The Christian Doctrine*." *Harvard Theological Review* 57 (1964): 9–21.
———. "Time in *Paradise Lost*." *Philological Quarterly* 45 (1966): 734–48.
Stuart, Susan. *Poetry and the Fate of the Senses*. U of Chicago P, 2002.
Targoff, Ramie. *Posthumous Love: Eros and the Afterlife in Renaissance England*. U of Chicago P, 2014.
Tayler, Edward W. *Milton's Poetry: Its Development in Time*. Duquesne UP, 1979.

新井明『ミルトン』清水書院、1997 年。
キケロ著　中務哲郎訳「大カトー・老年について」『キケロー選集 9』岩波書店、1999 年。
ダンテ著　中山昌樹訳『饗宴』下巻『ダンテ全集第 6 巻』復刻版、日本図書センター、1995 年。
スペンサー著　福田昇八訳『韻文訳　妖精の女王』上巻、九州大学出版会、2016 年。
呉茂一訳『ギリシア・ローマ抒情詩選――花冠――』岩波書店、1991 年。
マルティアリス著　藤井昇訳『マールティアーリスのエピグラマータ』下巻、慶應義塾大学言語文化研究所、1978 年。
ピンダロス著　内田次信訳『ピンダロス　祝勝歌集／断片選』京都大学学術出版会、2001 年。
セネカ著　高橋宏幸訳「倫理書簡集 I」『セネカ哲学全集 5』岩波書店、2005 年。
冨樫剛「今日の花を摘む心安らかで賢い幸せな人――『トテル撰集』からマーヴェルの「ホラティウス風オード」まで――」十七世紀英文学会編『17 世紀の革命／革命の 17 世紀』金星堂、2017 年、1–27 頁。

十七世紀イギリスにおける〈死〉の意識革命
―― ミルトンの「リシダス」に見るスピリチュアリティ[1]

中 山　理

「死」というテーマ――「悲嘆」と「喪失」――

　比較的最近まで、「死」というテーマを学問的に捉えようとすれば、「悲嘆」(grief) と「喪失」(loss) という二つのコンセプトに代表される心理的な問題として、その分野を手掛ける精神分析の専門家や心理学者らの学問領域、あるいは研究対象だと一般に考えられてきた。この立場にたつと、「悲嘆」は、万人に共通する経験であり、時代や人種を問わず、人間であれば、死別を経験する者すべてに同じように認められる心理的現象だということになる。

　そのような限定的なアプローチに対して異論を呈したのが社会学者たちで、「悲嘆」や「喪失」は単なる心理的な次元の問題ではなく、むしろ人の悲しみの経験は、その人が属する社会と深くかかわるものである、との認識が示されるようになった（ハワース、124–5）。したがって死別の経験をより深く理解するには、「悲嘆」はどこでも同じだという固定概念に囚われるのではなく、むしろ文化的な多様性の視点から、「喪失」がいかにして社会的に構成されているかを見てゆくべきだというのが、彼らの主張だといえる。たとえば、N・スモールは、「悲嘆」に関する理論が、社会や時代の変化に応じて変貌する支配的な言説に、どのように結びつくかを探ろうと試みている。すなわち、死別と悲嘆による身体的、精神的、知的影響は、文化的なコンテクストの中で明確に表れ、個人の情緒性や主観性と社会慣習の間には、複雑で反映的な関係性があると述べている (Small, 20)。そのような社会学的見地に立つな

らば、劇的な社会的変化をとげた十七世紀にも、当時の文化や文学的言説と深く結びついた「悲嘆」や「喪失」の変遷と諸相が認められるはずである。

　そこで本論では、特に英文学における哀歌の金字塔とも言われるジョン・ミルトンの「リシダス」に焦点をあて、その中に表現されている詩人個人の「悲嘆」と「喪失」の情感を管見するとともに、それがルネッサンスの時代的、思想的、文化的コンテクストの中でどのように位置づけられるかという視点から、この哀歌で表現されたスピリチュアリティの特徴を社会学的、文学的な見地からも炙り出してみたいと思う。

　その前に、ルネッサンス期に起こった死生観の変化やそれを反映した葬送形式の劇的な変貌について要点をいくつか押さえておく必要があるだろう。

死が君臨するルネッサンス

　死というテーマについて歴的に俯瞰すれば、中世後期ほど、それが文学上で隆盛を極めた時代はないと言ってもよいだろう。言うまでもなく、当時は黒死病(ペスト)が猛威を振るい、ヨーロッパ北部では一五世紀全般にいたるまで、まさに死が狂乱する様相を呈していたからである (Spencer, 32)。その後、ルネッサンス期に入ると、ヒューマニズムの興隆や現世謳歌の艶やかな文化的様相が確かに見られるけれども、死の脅威は決して衰えることなく、シェイクスピアが悲劇『リチャード二世』でいみじくも漏らしているように、「死が君臨している」時代が続くことになる。したがってよく言われるように、中世は「死」が暗い影を落とす暗黒時代であるのに対し、ルネッサンスは「生」を謳歌する明朗清新の時代だと短絡的に対比することはできない。いや、むしろ実際のところは、視覚芸術にしろ、文学にしろ、ルネッサンス期の死の諸相は、中世よりも

さらに生々しく描写されるようにさえなっているといえよう。たとえば、シェイクスピアの戯曲『ハムレット』（五幕一場）の墓場の場面では、主人公のハムレットが道化役の墓掘りから、国王のおかかえ道化師だったヨリックの髑髏を手渡されてこうもらしている。

> 哀れだなヨリック！……数え切れないほどたびたびおれを背負ってくれたものだが、こうなってみると、思っただけでも胸が悪くなる！　吐気がする。ここに何回とも分からないほどおれが接吻した唇がついていたのだな。……いつも食卓中の人々を沸かせたひらめくようなしゃれはどこへ行った？　いま歯をむき出しているこの自分の顔に、何一つ浴せてやれないのか？──文字通り顎が外れたか？　では御婦人がたの部屋へ行ってこう申し上げてこい。いくら厚化粧なさっても、いずれはこんな顔になるんですよ[2]。

「こんなに臭くて、か？　ぷっ！」とハムレットが叫んで思わず放り投げた髑髏からは、その生々しい腐乱臭が読者のところまで漂ってくるような気がする。

　さらに十七世紀に入ると、マールが「十五世紀の墓碑は私たちの気持ちを晴れ晴れとさせてきたが、十七世紀のそれは恐怖に陥れる」と述べているように（マール、278）、死はさらに新たな様相を呈する段階に入る。そのような迫り来る死のリアリズムが根底にあるからだろうか、十七世紀という時代ほど、作品数においても形式の多様性においても、死の問題に言及する宗教詩が全盛を極めた時代はないのではなかろうか。特にイギリスの十七世紀は、まさに偉大な宗教詩の時代だと言っても過言ではないだろう。たとえば、この時代を代表する詩人のジョン・ミルトンを例にとると、オードの「キリスト降誕の朝」、本論で取り上げる牧歌形式の哀歌「リシダス」、古典叙事詩をモデルにした『パラダイス・ロスト』などを書き残しているし、「形而上学詩人」と一般に呼ばれているジョン・ダンにしても、ソネット、エピグラム、風刺詩、書簡

詩、挽歌、送葬歌、宗教詩など、かくも多様な形式を駆使してその宗教的信仰や霊的体験を詩的に表現しているからである。

葬送形式の劇的な変化——故人をいかに偲ぶか——

　まず、この時代にどのような死の諸相の変化が起こったのかを知るために、その一端を如実に示す文字資料の一例として、墓碑銘を見ることにしょう。

　エリザベス時代の一五九六年、一人のイギリス人貴族がこの世を去った。国王の命により駐仏大使も務めたヘンリー・アントン郷 (Sir Henry Unton, 1557–1596) である。後に残された夫人のドロシー (Dorothy, 1547–1597) は、夫のために壮麗な葬儀を挙行し、故人を偲ぶメモリアルを制作するために奔走することになる。まず夫の死を悼むラテン語詩集をオックスフォード大学から上梓する。霊廟を建て、彫像を飾り、墓碑銘を刻む。故人の生涯を物語る絵画を画家に描かせ、イギリスのリュート奏者で作曲家のジョン・ダウランド (John Dowland, 1563–1626) に「ヘンリー・アントン卿の葬儀」と題する曲を作らせる[3]。まるで貴族としての生前の地位を誇示するかのように、当時のありとあらゆる媒体を駆使して故人の社会的地位や名誉を永遠に残そうとするのである。墓碑銘にも、男爵（生前はナイト爵）という爵位、外交官という公的な地位など、同じようなアントン卿の生前の業績が列記される。ここでは夫人の「私」の内面的な悲嘆感情よりも、故人の「公」の顔が全面に押し出されている。

　ところが十七世紀になると、新しい形式の墓碑銘が登場する。つぎの引用はオックスフォードシャーのバーフォード (Burford) という町で一六二五年に死去したローレンス・タンフィールド卿 (Sir Lawrence Tanfield, 1551–1625) を偲んで夫人が刻んだ墓碑銘である (Gittings, 201)。

Here shadows lie
Whilst earth is sad;
Still hopes to die
To him she had.

In bliss is he
Whom I loved best;
Thrice happy she
With him to rest.

So shall I be
With him I loved;
And he with me,
And both us blessed.

Love made me poet
And this I writ
My heart did do it,
And not my wit.

此方(こなた)に暗き影落ちて
うら悲しきはこの浮世。
死すことのみが、わが望み、
良人だった貴方のもとへ。

夫も今は天国に、
私の愛したあの方よ。
何と嬉しいことだろう、
夫とともに眠れれば。

かくして私は巡り合う、
私の愛したあの方と。

貴方も私と巡り合い、
二人して幸せに。

愛が私を詩人にし、
こうしてこの詩を認めた。
そうさせたのは私の心、
智に働いたのではない。

　ここには、亡き夫への愛情の深さを訴えた夫人の気持ちが全面に表現されている。もちろん、夫人は聖バプティスト教会内に夫のメモリアルを作らせ、死後には夫妻の横臥像(gisant)まで残っているが、彼女が書き残したのは、法律家や政治家として名を馳せ、財務裁判所の首席裁判官(Chief Baron of the Exchequer)まで務めあげた夫の社会的業績でもなければ、バーフォードの荘園領主として築いた莫大な富と裕福な生涯の物語でもない。ここで詠われているは、二人を結ぶ個人的な絆である。二人とも領民には嫌われていたようであり、この第二夫人のエリザベスとタンフールと卿の夫婦愛がどれほど深かったかも憶測の域を出ないが、とりわけ興味深いのは、人々が訪れる教会という「公」の場所で、このような「私」の感情の吐露が許されるようになったということである。
　葬送形式にこのような変化が見られるのは、墓碑銘だけに限らない。十七世紀をひとつの区切りとして、音楽、視覚芸術、文学などの領域にも、人目をはばかることなく、肉親や友人との別離の気持ちや喪失感を正直に表現しょうとする傾向が顕著になってくる。これは死に対する意識革命とも呼んでもよいくらい、大きな変化といえる社会現象ではなかろうか。

紋章院による公的葬儀から「自分たちの場所」へ
―― 社会的存在から人間個人へ ――

　十七世紀のイギリスでみられるこの種の社会現象、すなわち社会や共同体との連続性の維持から個人的感情の重視へと向かう意識の変化は、墓碑銘だけに限らず、それ以外のイギリス人貴族の送葬慣習においても同様の傾向が認められる。そのことを端的に示す好例として、イギリスの紋章院主導による葬儀を取り上げてみたい。

　時代を再び十四世紀にまで遡ると、故人の身元を示す機能しかなかった墓碑銘が、貴族の家柄や姻戚関係を誇示するようになったのは、十四世紀後半から十五世紀にかけてであり、紋章院(College of Arms)が積極的に貴族階級の葬儀に介入してくるようになるのは、ちょうどこの頃からである[4]。

　図1はイギリスの詩人であり政治家でもあったフィリップ・シドニー卿の葬儀の模様を描いたものだ。彼は善美合致の理想的人物として尊敬され、スペンサー、ドレイトン、ジェームズ一世らをはじめ多くの人々が彼の死を悼んで二百編をくだらぬ哀詩を捧げていることからしても、その生前の人望のほどが窺い知れよう。シドニーの葬儀も、きっとその名声に違わず立派なものだったに違い。図1には、紋章院から派遣された紋章官が葬列を先導し、シドニー家の紋章のついた拍車、兜、兜飾り、剣と盾、陣羽織を運んでいる様子が描かれている。この図は、一五八六年に召し使いのトマス・ラント (Thomas Lant, 1554–1601) がスケッチしたものを、セオドア・ドゥ・プライ (Theodore de Bry, 1528–27) がこのような作品に仕上げたらしい。シドニーに限らず、このような貴族の葬列では、前述したもの以外にも、紋章のついた鎧や篭手なども運ばれ、最後には故人の墓にそれらを並べることになっていた。

　英語で記された紋章院による最初の葬儀記録としては、一四六二年（あるいは六三年）の二月十五日にビシャムで行われた、ソールズベリ

PLATE XVIII. Figures of Officers of arms in the roll of the procession at the funeral of Sir Philip Sidney, 1586, drawn by his servant Thomas Lant, la Portcullis, engraved by Theodore de Bry and printed 1587 (p. 217). Fully described by A. M. Hind, op. cit., Pl. XVI, pp. 132–7.

図 1

一伯爵のリチャード・ネヴィル (Richard Neville, 1428–1471) とその息子のサー・トマス (Sir Thomas, c. 1429–1460) のものが残っている。

　　葬儀の前日に、ウォリック (Warwick) 伯爵とそのお仲間の会葬者たちが、町から一マイルほど離れたところまで出向いてゆき、二人の遺体を乗せた馬車を出迎えると、その四隅には、二人の紋章官とソールズベリー伯爵の陣羽織をもった二人の紋章院部長 (King of Arms) が付き添っていた。その後、教会の内陣では、送葬歌が教会堂内に流れ、多くの紋章官や紋章属官が臨席する中、ガーター紋章官 (Garter)、クラレンスー紋章官 (Clarenceux)、ウィンザー紋章官 (Windsor)、チェスター紋章官 (Chester) が、伯爵の陣羽織をはおって棺台の四隅に立っていた。翌日の盛式ミサでは、紋章院部長と紋章官が故人の武具を教会の祭服祭具保管室から厳かに恭しく運び出した。ガーター紋章官は陣羽織、クラレンスー紋章官は盾、ウィンザー紋章官は剣、チェスター紋章宮は兜と兜飾りを、それぞれ棺台の頭部にまで運んでいった。陣羽織と剣は右側に、盾は左側、兜と兜飾りは中央に、という配置になっていた (Wagner, 1967, 107)。

もちろん、紋章官による葬儀は無料ではないので、それを行えるのは、葬儀費用が賄える階級の人々だけである。伯爵の遺族は、紋章官ひとりひとりにその階級に応じて葬儀費用を支払い[5]、さらに日数に応じて日当を上乗せしなければならなかった。
　紋章院が葬式にまで介入するようになると、紋章官たちは喪服に関しても、それが社会的地位に相応しいものであるかどうかを審査し管理し始める。テューダー朝初代国王のヘンリー七世の時代に一度は定め忘れた葬儀諸規則を再び採用したのもこの時代であった。紋章官が出席する葬儀は国内のイギリス人のものだけではない。ヘンリー八世からエリザベス女王の時代まで、セント・ポール大聖堂では外国人の君主の埋葬式も盛大に行うのが慣習であり、その場にも紋章官が出席しては、園内の葬儀と同じ報酬を受けとっていた。
　しかしながら、このような贅を凝らした紋章官による葬儀も一五八〇年頃から減り始め、大内乱の頃には衰退し、イギリス革命の頃になると、ほとんど姿を消してしまう。一六九六年、トレント川以南のイングランドを管轄するクラレンスー地区で三件の紋章院による葬儀があったのを最後に、その後は全く行われていない。それに代わって、一六一五年頃から、より経済的な葬式、すなわち松明をかざして行う夜間葬儀が貴族や廷臣たちの間に広がりを見せ始める。一説によると、スコットランド出身のジェームズ一世がイングランド王とアイルランド王になった時（一六〇三年〜二五年）、彼の廷臣たちがこの夜間葬儀をイングランドに持ち込んだとも言われているが (Gittings, 1997, 22)、前述した革命の影響も少なからず認められるようである。ちなみに豪奢な紋章院による葬儀を行いそうな国王チャールズ二世が個人的な夜間葬儀を選び、イギリス革命の中心人物で反国王派のオリヴァー・クロムウェル（一五九九年〜一六五八年）があえて伝統的な紋章院による派手な葬儀を挙行したのは、いかにも歴史の皮肉とでも言うべき出来事であった。
　十七世紀になると、葬儀の形式も、紋章官主宰の絢爛豪華な装いを凝

らしたものから、故人の家族が中心となり、会葬をより迅速に済ませ、夜間に松明をかかげて行う簡素な葬儀へと変化してゆく。そのような時代の変化と歩調を合わせるかのように、人々は個人としての悲嘆の感情を、人目をはばかることなく露呈するようになる。ちょうど冒頭のタンフィールド夫人の墓碑銘にもあったように、故人の社会的地位、権威、名声、格式といったものよりも、肉親や縁者を亡くした喪失や悲嘆の感情を何らかの形で残したいと思うように、意識が変化してきたのであろう。いずれにしろ墓碑銘や葬儀は、「公」に社会的地位の永続性を誇示する場から、十七世紀のイギリス詩人 アンドルー・マーヴェルの言葉を借りれば、「自分たちの場所」(private place) へと変貌を遂げていることだけは確かなようだ[6]。

宗教改革と煉獄の喪失

　十七世紀といえば、イギリスに宗教革命の嵐が吹き荒れた激動の時代でもあった。十七世紀のスピリチュアリティを考える上で注目すべき特徴は、十六世紀に始まったプロテスタントの宗教改革と、それに対抗するカトリックの反宗教改革という二つの潮流が、この時代の芸術家や詩人たちの精神に流れ込み、その想像力を大いに刺激していることである。前者はローマ・カトリック教会の最高権威を否定し、各人が直接にひも解く聖書を指針とした信仰によってのみ義とされると主張した。その結果、諸国に各種のプロテスタント教会が成立した。後者は一五二二年から一六四八年頃までのカトリック復興期にあって、プロテスタント主義の風潮を食い止めようと懸命に努力した。その主導的要因は、教皇パウルス三世が招集したトレント会議であり、そこではカトリック教義の根本問題が討議され、特にイエズス会を中心とする修道会の力を借りてヨーロッパでのカトリックの復権に乗り出したのである。その動きを

象徴するような実例をひとつあげれば、イエズス会による瞑想運動があり、その影響は当時の文学作品にも色濃く認められる。最も典型的なものとしては、ルイス・マーツが『瞑想詩』で指摘したように (Martz 143–144)、『霊操』(*Exercitia spiritualia*) を著したイエズス会創立者、イグナチオ・ロヨラが確立した体系的な瞑想方法と、十七世紀の形而上学詩人たちの宗教的抒情詩との間に見られる密接な関連性である。しかし、このような小論で、この二大宗教運動が十七世紀イギリスの視覚芸術や文学にどのような影響を及ぼしたかを論じるのが本論の目的ではない。本論では、両者の教理の際立った相違点の中から、特に人々の死生観の変貌を窺い知る一つの切り口として、煉獄の問題に焦点を当て、それが当時のイギリス文学、特にミルトンのキリスト教思想と「リシダス」にどのような影響を与えているかを管見してみたいと考えるのである[7]。ちなみに、このような死の問題と関連するものとして、十五世紀に西欧社会で普及した『アルス・モリエンディ』(*Ars moriendi*、1415~50 年) と題する小冊子の存在があり、ここにも両者の「往生術」と死生観の違いが如実に読みとれるわけだが、紙面の関係上、このテーマを論ずるのは別の機会に譲りたいと思う（岩元・中山 115–30）。

　その上で、筆者がカトリックの煉獄の教理に注目するのは、プロテスタントの宗教改革でこの教理が否定されたことによって、その後のイギリスにおける送葬慣習、死者への感情、死生観などの個人化に、より一層拍車がかかったと推察できるからだ。「煉獄」とは、そのラテン語の語源である「浄化」(*purgatio*) が示すように、浄罪界とも呼ばれるが、義人の霊魂が死後の天国に迎え入れられる前に、清めを受ける場所だと言われている。つまりこれらの死者の霊魂は、恩寵の働きを通して行われた愛徳による痛悔の祈りによって、その小罪が浄化されるというわけである。ここで重要なのは、他者の祈りによって死後に自己の罪が清められうるという点である。

　それは文学作品でも表現されていて、たとえば、ダンテの『神曲』に

は、残された者の祈りが煉獄へ落ちた者への供養になると綴ったくだりがある。浄罪篇第五歌では第二円にいるヤコポ・デル・カッセロが、煉獄を訪れたダンテにつぎのような頼み事をしている。

> もしも、あなたが
> ロマーニャとカルロの国との間にある国を
> 訪れるなら、私の重い罪を浄めることが
> できるように、ファーノの人が私のために
> 十分祈ってくれるように、どうか頼んでください。[8]

また浄罪篇第二十三歌でも、フィレンツェの名士シモーネ・ドナーティとテッサを両親に待つフォレーゼ・ドナーティが、妻のネルラの涙にむせぶ祈りのお蔭で「人々が待っている斜面」すなわち煉獄の前域から第六円にまで昇ることができたとダンテに打ち明けている。

> 私のネルラが溢れる涙で
> たいそう速やかに私を導いて、荷責の甘い
> にがよもぎを飲ましたのである。それから
> 彼女の敬虔な祈りと溜息で人々が
> 待っている斜面から私をひき出し、
> また他の円からも私を助け出したのだった。

しかしプロテスタントは、煉獄の存在そのものを否定してしまったのである。もともとワルドー派やウィクリフ派が反対していた煉獄の教理は、プロテスタントのほとんどの教会によっても退けられたわけだが、特にイギリスでは、英国国教会の三十九箇条やウェストミンスター告白で公式に否定されるに至った。

では当時のイギリスの人々は、このような時代の変化をどう捉えていたのであろうか。英国国教会派のサー・トマス・ブラウンは『医師の宗教』(*Religio Medici*) の中で、死者に対する祈りが許された時代につい

て、つぎのようなノスタルジックな感傷に浸っている。

 死者に対する祈りが許されることが……真理に合致し、私の宗教に違反するものでなければよかったのに、としばしば思うことがある。そうしたくなるのは何らかの慈悲深い動機があったからであり、だからこそ弔いの鐘の音を聞けば友人ための祈りを押さえることもできず、友人の魂への祈りを捧げることなく、その亡骸を眺めることもほとんどできないのだ (Browne, 9)。

 それに対し、ミルトンのようなピューリタンたちは、煉獄の教理に対してきわめて否定的な見解を抱いていた。というのも人間の贖罪は、イエス・キリストの仲介によってのみ完成されるものであり、ここに他者の介入する余地はないからである。

 またミルトンは、肉体と霊魂が一体だとする霊魂死滅論 (moratlism) の支持者でもある。霊魂は不死不滅であるとする正統派のキリスト教思想とは異なり、人間の霊魂は肉体とともに死すべきものとミルトンは考える。霊魂が肉体と同じように最後の審判における復活の日まで死んで眠るとするならば、煉獄など無用の長物でしかない。またミルトンが煉獄の教理に否定的な理由は、特に宗教論文でも散見できるように、過去において、そのようなカトリックの教理が、現在にいたるまでの英国国教会の経済基盤を支えるための集金手段となっていたからである。一六四一年の『スメクティムニューアスに対する抗議者の弁明への批判』でミルトンは、英国国教会の世襲財産の蓄積を可能にした背後には「何も知らない王族や高位の人々の迷信的な信心か、さもなくば物乞い托鉢修道士たちのさもしい執念深さ」があったことを指摘する。そして托鉢修道士たちによる病者訪問についても、彼らは「教会や回廊や修道院を建設すれば天国に召されると信じつつ、惨めで見境のない有様でこの世を去ってゆく人々の臨終の床を足しげく訪れては人心を混乱させている」と苦言を呈している[9]。さらにミルトンは「あなたがたが鼻高々に誇る

財産の大部分も、あなたがたが罪深くも溝に捨てているような自慢の寄付金も、それらは煉獄の薄汚れた収益、虐待し惨殺した人々の代償、三十日間連続ミサの忌まわしい聖物売買、大罪への免罪符でなくて何であろうか」と語気を強めるのだ[10]。

　煉獄の問題が、異なった宗教的背景を持つ人々にどのような意味を持つにせよ、その否定が、死者に対する人々の態度に大きな衝撃を与えたことは間違いないようである。前述したように、煉獄の教理は、ある意味で、死者と生者とを繋ぎとめる、一種のパイプのような役目を担う神学的装置であった。というのも、生者の真摯な祈りによって死者の煉獄での呵責が軽減できるということで、一方ではそれが死者にとっての霊的な生命線になりえたし、また他方で、死者の魂の救済を願う縁者にとっては、この世での生き方に方向性や目的意識を与えるものだったからである。しかし煉獄の喪失は、それぞれの個人が祖先や故人の運命に対して無関心でいられるということを意味する。死後に自己の罪を清める手段として、もはや子孫や縁者の祈りに頼れなくなった今、人々は一人一人で、それも生前のうちに、自分自身の善行と罪業の精算表をつける責任を背負わなければならなくなったのだ。つまりそれはとりもなおさず伝統や共同体の中で個人が孤立することを意味する。

死者を追悼する「哀歌」、ミルトンの「リシダス」

　以上のような思想的・社会的変化を頭に入れながら、ミルトンの「リシダス」を見ることにしよう。言うまでもなく。「リシダス」は誄詩であり、死者を弔うための文学装置である。しかし、ヘンリー・アントンやタンフィールド夫人の墓碑銘に刻まれた誄詩とはその性質を大きく異にする作品である。前述したヘンリー・アントン郷に捧げられたラテン詩は、友人のロバート・ライト (Robert Wright) が編集したもので、「国

王の大使として二度もフランスへ赴き、その地で急逝の運命に会いしも、ナイトの爵位をもつ、気高くて類希なる人物、ヘンリー・アントン郷の遺徳を偲び、その死を悼み悲しむオックスフォード大学の学友がしたためし送葬歌」という題名がつけられている。この形式張った肩書の長たらしい羅列からも想像がつくように、この作品は文学的価値のほとんどない哀悼詩集だと言われている (Gittings 1997 26)。またタンフィールド夫人の墓碑銘にしても、無理に韻律を踏ませようとして語句の意味を曖昧してしまった結果、「詩人」気取りで詠もうとした思惑とは裏腹に、その文才のなさを露呈する結果となっている。それとは対照的に、ミルトンの「リシダス」は、その修辞的・文体的技巧もさることながら、この哀歌にちりばめられたギリシア・ラテンの古典の言及などからしても、特筆すべき文学作品だといえる。この作品に由来する引用が数多く見られるだけでなく、後世の詩人たちに大きな影響を与えたことも、イギリスの三大哀歌の一つと称される所以であろう。

　さらにミルトンが牧歌的哀歌という文学形式を用いたこと自体が重要な意味をもつ。というのも十七世紀を過ぎると、牧歌自体は急激に衰えを見せ始めるが、故人を偲ぶ牧歌的哀歌だけは、二十世紀に至るまでその伝統の火を点し続けるからである。死者の存在感を哀悼詩文の中で再構築し、その記憶を不滅化しようとする行為が、いつの時代にも共通する人間感情に合致するからであろうか。何を不滅化しようとするのかは時代によって大きく異なるものの、哀歌は実用性と芸術性とを備えた、死者の偲ぶための文学的装置として存続できたのである。しかし後述するように、ミルトンの「リシダス」には、その牧歌的な枠組みさえも超えうる時代的変化を予感させるものがある。

　ミルトンが「リシダス」を書いたのは、ケンブリッジ大学の後輩エドワード・キング (Edward King 1612–37) の死を追悼するためである。アイルランド出身のキングは、ミルトンと同様に大学の特別研究員であり、信仰心が厚く、学識も深く、詩才にも恵まれていた。おそらくミル

トンは同窓愛と詩人愛から、自分をおいて他にはキングを追悼するに適した者がいないと考えたのだろう。キングは、一六三七年の八月十日、チェスターから故郷のアイルランドに帰省する途中に、水難事故に遭遇して溺死した。偶然乗り合わせた船がウェールズ沖で座礁し沈没したのである。この時キングは、船の甲板に一人立って、祈りを捧げつつ船とともに海中に沈んでいったと言われている。

　本論のテーマとの関連で、この詩で私たちの興味を特に引くのは、個人の死と社会との関係であり、哀歌から浮かび上がってくる詩人のスピリチュアリティの特徴である。

　まずは、牧人と歌われるリシダスと彼をとりまく世界との関係から、その一端を窺い知ることができよう。

> But O the heavy change, now thou art gon,
> Now thou art gon, and never must return!
> Thee Shepherd, thee the Woods, and desert Caves,
> With wilde Thyme and the gadding Vine o'regrown,
> And all their echoes mourn.
> The Willows, and the Hazel Copses green,
> Shall now no more be seen,
> Fanning their joyous Leavs to thy soft layes. (37–44)

> だが、ああ、変り果てたこの様よ、君はもういない、
> 今や君は逝き、もう二度と帰らない！
> 君よ、羊飼い、君よ、森や人気（ひとけ）なき洞、
> 野辺の立麝香草（たちじゃこうそう）や蔓草は茂りはびこり、
> そこに籠もる木魂（こだま）すべてが悲しみ歎いている。
> 柳も、緑なる榛（はしばみ）の林も
> 君のやさしき歌声に合わせ楽しげに
> 緑の葉々を震わす姿は、もう見られまい(11)。

ここで注目すべきは、リシダスの死を、彼が属していた世界の秩序が崩壊してゆくイメージを通して描いていることである。ここでの世界とは、牧人が牧歌的な生活を楽しんでいた森や洞窟であるが、その自然が、たった一人のリシダスの死によって変貌してしまったのだ。もちろん、自然が牧人の死や悲しみに共鳴するというテーマは、ミルトンの独創的な詩的産物ではなく、古代ローマを代表する詩人、ウェルギリウスの『牧歌』にも見られるように、典型的な牧歌の文学的慣習の一つでもある。しかしミルトンの「リシダス」の自然は、従来の牧歌のような単なる絵画的な詩の背景ではなく、より動的で自己組織的な存在でさえある。牧人が生きていた時、きっと快適な場所だったに違いない森の洞窟も、今は誰も人が訪れない場所となり、立麝香草や蔓草が我が物顔に繁茂している。ミルトンの表現を借りれば、それはまさに「茂りはびこり」(o'regrown) というわけで、単に植物が成長したという事実だけではなく、過度な繁茂に対する詩人の不快感までも暗示されている。つまりリシダスの死を契機に、自然そのものが人間と調和しない存在と化してしまったのだ。前述したアントン卿に捧げられた哀歌では、故人の個性が家の伝統や社会的階級の中に埋没し、葬儀もその秩序の永続性を印象づける手段となっていたが、リシダスの死は秩序の維持ではなく、自然秩序の破壊をも暗示している。それも一個人の死によって自然と人間との調和が修復不可能と思われるほどの変わり様なのだ。

　さらにリシダスの亡骸が海中に沈んでからは、単なる自然秩序の崩壊というだけではなく、個人の絶望的な孤立感までも生々しく強調されるようになる。

> For so to interpose a little ease,
> Let our frail thoughts dally with false surmise.
> Ay me! Whilst thee the shores, and sounding Seas
> Wash far away, where ere thy bones are hurld,

Whether beyond the stormy *Hebrides*,
Where thou perhaps under the whelming tide
Visit'st the bottom of the monstrous world;
Or whether thou, to our moist vows deny'd,
Sleep'st by the fable of *Bellerus* old,
Where the great vision of the guarded Mount
Looks toward *Namancos* and *Bayona*'s hold;
Look homeward Angel now, and melt with ruth,
And, O ye *Dolphins*, waft the haples youth .(151–64)

そしてつかの間の安らぎを得るために、
悪戯（いたずら）な物思いに儚くも戯れるのだ。
ああ悲しいかな！　その間にも、岸辺や轟く海が、
君をはるか遠くへと洗い流す、君の骨が打ち上げられるところへ、
荒れ狂うヘブリディーズの彼方へ、
おそらくは渦まき返す潮の下、
君は魔物の住む海底の国を訪れるのか、
それとも我らの涙の祈りも届かぬ、
伝説の巨人ベレラス老のもとに眠るのか。
あのご守護の山でナマンコスとバヨーナの砦のほうを
見守る大いなる天子の幻影（まぼろし）。
いざ天使よ、今こそ故郷を望み、哀れみの情に和らぎ給え、
そして、おお、君ら海豚（いるか）たちよ、幸薄きこの若人を運び来たれ。

　リシダスの亡骸がさ迷う場所は、北はヘブリディーズ諸島の彼方から南はスペイン最北端のナマンコスまで続く広漠たる空間である。それも荒れ狂う大海の只中で、リシダスの遺骨だけが、たった一つ荒波に揉まれているのだ。海は轟き、怒涛が島に押し寄せ、海底には魔物が徘徊している。ここにあるのは人間を完全に拒絶する、魔界にも似た荒々しい自然以外の何物でもない。そのような人間を疎外するような繽紛たる自然界で、すこぶる卑小な存在と化したリシダスは、人間の肉体までも奪い

取られ、「君の骨」(thy bones) にまで還元されている。もちろん、ここでは従来の葬送儀式など行うことができず、当初はリシダスが納められていた「水の棺」(watry bear, 12) でさえ消滅している。そして、その骨を情け容赦なくもてあそぶ荒波は、それを砕かんとばかりに打ちつける。ケリガンも言うように、ミルトンは「洗練された葬送の儀式とはまさに正反対の肉体に対する暴虐行為」を想像しているのではないのだろうか (Kerrigan, 137)。この荒れ狂う海は、生前の長閑な緑の牧場とは似ても似つかない場所である。かつて自己が属していた共同体とは完全に断絶された空間であり、そこにはもはや牧人の居場所などない。

　もちろんリシダスを哀れむミルトンは、コーンウォール南西端のラテン名がベレリウム (Bellerium) であったことから、この地名を起源としたベレラスという空想の巨人を登場させ、リシダスの孤独を慰めようとする。しかし、その巨人とて、引用文の最終行の「海豚」(たとえ宗教的救済のシンボルであろうとも) と同じく人間ではない。ここには、ダンテの『神曲』で見たような、死者の魂が最終的な霊的救済への期待を託せる空間としての煉獄も用意されていなければ、死者の罪を清めるために祈りを捧げる生者も存在しない。というのも、ここは死者と生者とが断絶状態にある空間であり、「我らの涙の祈りも届かぬ」場所であるからだ。すなわち、いかなる他者の介在も許されない、自然の猛威に満たされた妖異ともいえる別世界なのである。したがって、そのような中で救済がもたらされるとすれば、神の恩寵のみに頼るしかない。そこでミルトンは「波を渡る聖なる力」(the dear might of him that walk'd the waves, 173) によって支配される海を示し、自然の次元ではなく、自然を超越する、キリスト教的な霊的次元において、そのリシダスの海をキリストの歩んだガリラヤ湖と結びつけるのである。

　ミルトンが牧歌的哀歌を選んだのは、それが個人的な悲嘆を表現でき、その喪失感情を少しでも文学的に昇華しうる伝統的なコンテクストを提供してくれたからに違いない。しかし、それと同時に注目すべき

は、そのような牧歌的伝統による文学的葬送の儀式も、究極的には、ミルトンにとって「つかの間の安らぎを得るために、悪戯な物思いに儚くも戯れる」（一五二～五三）ための創作行為だったかもしれないということである。

　最後に私たちの生きる現代に目を転ずると、宗教とは無縁の医学的な死の床が私たちを待ち受けるという冷徹な現実がある。医療が心のケアの領域にまで侵入するにつれ、イヴァン・イリイチが『脱病院化社会——医療の限界』で指摘しているように、生死の問題が患者自身から医療システム側への移行するようになって久しい (Illich, 62)。またイギリスの文化人類学者のジェフリー・ゴーラーが『死と悲しみの社会学』で述べているように、死生に係わる儀礼や文化が現代人にとって疎遠なものになってしまっている (Gorer, 113)。さらにフィリップ・アリエスが『死と歴史』や『死を前にした人間』で喝破しているように、近代は「禁断の死」の時代であり (Ariès, 1994, 84–85)、命の尊厳に対する現代人の感受性が弱体化したことが原因で、生きがいの喪失感や心理的欠乏が顕在化し、現代人の死生観にも少なからず影響を及ぼすようになっているのだ。

　その一方で、その欠乏感を補うかのように、一九九〇年代から、スピリチュアリティ現象の興隆、あるいは新霊性文化というものが、低次ではマスコミや消費文化と結びついた大衆的スピリチュアリズムから、高次では終末医療などの専門的なスピリチュアル・ケアの領域まで、人々の関心を集めるようになっている（島薗 3–40）。ミルトンも、現代人も、規制が組織化された伝統的宗教の枠内に属さず、もっぱら個人としてスピリチュアリティを追求するという点では一脈通じるものがあるのかもしれない。とはいえ、世俗的な現代社会は、死に対してあまりにも無力であり、牧歌的哀歌のような死者を弔う共通の文学装置も持ちあわせていない。その意味では、友人の孤独で不条理な死を受容せざるをえなかったとしても、その一方でキリストによる究極的な救済に望みを託

することができたミルトンの十七世紀は、ある種共通のスピリチュアリティを共有できた幸せな時代だったと言えるかもしれない。

注

(1) 本論は岩元巌・中山理編著『文学に読む〈生と死〉』に収載された拙論「ルネッサンスと〈死〉の革命——十七世紀イギリス文化に見るアルス・モリエンディの諸相——」に大幅な修正を施したものである。
(2) 木下順二訳による。
(3) この箇所は Clare Gittings(1997) によるところが大きい。
(4) 紋章院による葬儀に関しては Sir Anthony Wagner, *Heralds of England* (106–119.)、*English Ancestry*、*English Genealogy* によるところが大きい。
(5) 紋章院には、紋章院総裁(Earl Marshal)の下に実務紋章官がいて、ここに登場するガーター、クラレンスは上級紋章官、ウィンザー、チェスターは中級紋章官であり、さらにこの下に下級紋章官がいる。
(6) 「はにかむ恋人へ」("To His Coy Mistress") より。この "private" という語には、隠された性的な意味もある。
(7) 十七世紀イギリスの文学と宗教思想との関係を扱う際に注意しなければならないのは、詩人の創作行為が、その詩人の属する宗派の教義や思想的枠組みに必ずしも厳密に束縛されるわけではないということである。ヘレン・ガーディナーも指摘しているように (178–9)、イギリスではエリザベス時代のカトリックとプロテスタントの中間をゆく英国国教会の立場、すなわち「中道」(*via media*) という一種の折衷政策が取られた結果、十七世紀の詩人はある程度の精神的自由を享受できたからである。つまり、プロテスタントの詩人であっても、ローマ・カトリックの信仰や宗教的経験を描いた作品を、おおらかに利用することができたわけである。たとえば、煉獄はカトリックの教理であり、英国国教会によって否定されることになるけれども、英国国教会信徒の中にも、詩集『ヘスペリディース』(*Hesperides*) で「浄罪界」と題する詩を残したロバート・ヘリックのような王党派詩人もいた。またもともとローマ・カトリックの信仰に篤い家庭に生まれ、二人のイエズス会士の叔父を持つジョン・ダンは、後半生になると英国国教会に入会してカトリックにもイエズス会にも反対の立場をとるようになるのだが、それでもイグチチオ・ロヨラの『霊操』の方法を詩作に応用している。ただし、ミルトンに関しては、本論でも論じているように煉獄の教理に対しては明白に否定的な態度をとっている。
(8) 本文におけるダンテの『神曲』からの引用はすべて野上素一訳による。
(9) "… the superstitious devotion of *Princes* and great men that knew no better, or

the base importunity of begging *Friers*, haunting and harassing the deathbeds of men departing this life in a blind and wretched condition of hope to merit Heaven for the building of *Churches, Cloysters* and Covents."(p. 702.) 原文からの引用は Don M. Wolfe ed., *Complete Prose Works of John Milton* による。
(10) "The most of your vaunted possessions, and those proud endowments that yee as sinfully wast, what are they but the black revennues of *Purgatorie*, the price of abused, and murder'd soules, the damned *Simony* of *Trentals*, and *Indulgences* to mortal Sin…." (*Ibid.*)
(11) 『リシダス』の邦訳は岡沢武訳、高橋康也訳、宮西光雄訳を参照した。原文の引用文は Helen Darbishire ed., *The Poetical Works of John Milton* による。

Works Cited

Ariès, Philippe. *The Hour of Our Death*, translated by Helen Weaver. New York: Alfred A. Knopf, 1981.

———. *Western Attitudes toward Death: From the Middle Ages to the Present*, trans. by Patricia M. Ranum. Baltimore: Johns Hopkins University Press, 1974. 1994.

Browne, Thomas. *Religio Medici and Other Writings*. London: Everyman Edn., J.M. Dent & Sons, 1937.

Darbishire, Helen ed., *The Poetical Works of John Milton*. Oxford: The Clarendon Press, 1st pub. 1955, 1973.

Gittings, Care. *Death, Burial and the Individual in Early Modern England*. London: Croom Helm, 1984.

———. "Expressions of Loss in Early Seventeenth-Century England" in Peter C. Jupp and Glennys Howarth ed. *The Changing Face of Death: Historical Accounts of Death and Disposal*. London: Palgrave Macmillan, 1997.

Gorer, Geoffrey. *Death, Grief, and Mourning in Contemporary Britain*. London: The Cresset Press, 1965.

Illich, Ivan. *Limits to Medicine—Medical Nemesis: The Expropriation of Health*. London: Marion Boyars, 1976,2001.

Kerrigan, William. "The Heretical Milton: From Assumption to Mortalism". *English Literary Renaissance*, 1975, Vol. 5, No.1, 125–66.

Martz, Louis L. *The Poetry of Meditation*. New Haven: Yale Univ. Press, 1954.

Small, N. "Theories of Grief: A Critical Review" in J. Hockey, J. Katz & N. Small, eds. *Mourning and Death Ritual*. Britain: Open Univ. Press, 2001.

Spencer, Theodore. *Death and Elizabethan Tragedy—A Study of Convention and Opinion in the Elizabethan Drama*. Cambridge: Harvard Univ. Press, 1936.

Wagner, Sir Anthony. *Heralds of England*. London: Her Majesty's Stationary Office, 1967.
—. *English Ancestry*. Oxford: Oxford University Press, 1961.
—. *English Genealogy*. Oxford: The Clarendon Press, 1960.
Wolfe, Don M. ed., *Complete Prose Works of John Milton*. Vol. I. New Haven & London: Yale Univ. Press, 1953.

岩元厳・中山理編『文学に読む〈生と死〉』東京：ホソノスタンペリア、2000。
岡沢武訳『英文学の三大哀歌』東京：篠崎書林、1973。
ガードナー、ヘレン『宗教と文学』新井明監訳、東京：彩流社、1997。
木下順二訳『ハムレット』東京：講談社文庫、1971。
島薗進著『スピリチュアリティの興隆──新霊性文化とその周辺』東京：岩波書店、2007。
高橋康也訳『世界名詩集大成9　イギリス篇Ⅰ』東京：平凡社、1959。
野上素一訳『ダンテ』筑摩世界文学大系十一、東京：筑摩書房、1963。
ハワース、グレニス「英国における死生学の展開」伊達聖伸・伊達史恵訳『死生学1』島薗進・竹内整一編、東京：東京大学出版会、2008。
マール、エミール『ヨーロッパのキリスト教美術』柳宗玄・荒木成子訳、東京：岩波文庫、1995。
宮西光雄訳『ミルトン英詩全訳集上』東京：金星堂、1983。

（魂の）生か、死か、それが問題だ
―― 16–17世紀の予定神学とミルトンの『失楽園』――

冨樫　剛

　『失楽園』(*Paradise Lost*, 以下 *PL*) の神学は、予定を説くカルヴァン派ではなく、自由意思・意志を説くアルミニウス派のそれである――ミルトン研究 80 年来のこの定説に本論考は疑義を投げかける。本当か？ *PL* は本当にヤーコブス・アルミニウス (Jacobus Arminius, 1560–1609) の教義に依拠するか？

　本論考では、まずアルミニウス派神学の背景にある 16–17 世紀改革派の予定の教義を精査する。とりあげるのはジャン・カルヴァン (Jean Calvin, 1509–64)、テオドール・ドゥ・ベーズ (Théodore de Bèze, Theodore Beza, 1519–1605)、ウィリアム・パーキンズ (William Perkins, 1558–1602) の著作、およびランベス条項 (1595)・ドルトレヒト宗教会議 (1618–19)・ウェストミンスター会議 (1643–47) 関係の諸文書である。これらを精読し、カルヴァンの予定かアルミニウスの自由意思・意志か、という対立以上の宗教的背景が *PL* にあることを示す。同時に、神と神の子が対話する第 3 巻のみならず、アダムとイヴの堕罪・絶望とそこからの回復を描く第 9–12 巻の神学的意義を明らかにする。

1. 神はかく語れり――『失楽園』第 3 巻――

　救済されるべく神に選ばれるか、あるいは見棄てられるか――さらに呪われるか[1]――という予定の教義は、*PL* 第 3 巻、神と神の子の対話のなかで扱われる。地獄から抜け出すサタンを見下ろして神は、自分に

対する復讐としてサタンが人を悪に引き込むこと、人が罪を犯すことを予見する。神曰く、人の堕落の責任は人自身にあり、創造主である自分にはない。なぜなら神は人を「正しい者」としてつくり、「まっすぐ生きる力」と「堕ちる自由」を与え、そしてそんな人が自由に、自分の意思・意志で、悪に堕ちるのであるから。神の「絶対的な定めによって知らないうちに未来が決まっている」ということはない。すべて神の定め・導きとはいえ、神が定めたのはむしろ人が自由であることであって、罪も自由な選択の結果である (3.80–134)[2]。

　この意思・意志の議論と裏腹に神はこうも言う——「いくらかの者をわたしは選び、他にまさる恩寵を特別に与えることにしました」(3.183–84)。以下に詳しく見る、いわゆる堕罪前予定の宣言である。

　さらにその直後、神はあらためて人の意思・意志に訴える——救いに選ばなかった者たちにも「わたしは呼びかけますし、戒めて罪を犯さぬよう、わたしを怒らせることをすぐやめるよう促します。恩寵を与えてわたしのところに招きます」——「彼らの石の心を和らげて、祈り、悔い改め、然るべくわたしに従うように導きます」。しかしそのように神が「長いあいだ耐え、恩寵を与え続けたにもかかわらずこれを無視し、嘲る者」は、「さらに頑なになり……さらに盲目になり……より深く堕ちていくのです」(3.185–201)。

　このように矛盾を孕む神の言葉はどのように理解すべきか。モーリス・ケリー (Maurice Kelley) はミルトンの『キリスト教の教え』(*De Doctrina Christiana*, 以下 *DC*) を引用しつつ、選ばれた者・「他にまさる恩寵を特別に与え」られた者とは「神を信じる者」のことであると言う。アルミニウスが説くように、また *DC* にあるように、神は人が信仰するか・しないか、自由意思・意志をどのように行使するかを予見し、それに従って各人の運命を予定する ("Theological Dogma")。これに半ば同調してデニス・ダニエルソン (Dennis Danielson) 曰く、*PL* には「カルヴァン派と非カルヴァン派、どちらの読み方もできるところがある」

が、比較すれば「前者を支持することのほうが難しい」(82)。同じくスティーヴン・ファロン (Stephen Fallon) もミルトンをアルミニウス派とみなしつつ、彼には自分を特別な存在、「選ばれた者たちのなか、さらに選ばれた者」("super-elect") として描きたがる傾向があり、そのような自己表象の根拠として予定の教義を援用したのでは、と推測する。いずれにせよ、ミルトン研究においては、*PL* と予定神学を対峙・対立させるのが定説である。

　私はこれに異議を唱える。*PL* の神学をカルヴァン以降の予定の教義と切り離してひとえにアルミニウスの自由意思・意志の主張と結ぶ議論が示すものは、前者に対する精読不足・理解の浅さである。以下、16–17 世紀の予定神学に光を当て、硬直化して久しい *PL* の神学の理解に進展をもたらすことができればと思う。

2. 予定は不条理

　予定の教義についてまず理解すべきは、カルヴァンをはじめとする改革派神学者たちが積極的にこれを説いているわけではないことである。カルヴァンの『キリスト教綱要』(*The Institution* [現代版では *Institutes*] *of Christian Religion*) にて予定が論じられる 3.21 の冒頭にあるのは、これを語ることに関する弁明である——予定とは「大いなる難問」、「実に扱いにくい厄介な問題」であり、それを論じるのは「難しい、場合によっては危険」である——神を信じる人にとって、「あらかじめ救い・滅びに定められた者がいる」というのは「まったく理に適わない」——この教義により「善いことをしようという気持ちや努力が崩れ去る」——「すべての人が投げやりになり……何も考えず欲望のまま突っ走ってしまう」(249, 3.21.1–3; 260, 3.23.12)[3]。カルヴァンの後継者ベーズも、『簡易版キリスト教の要点』(*A Briefe Declaration of the Chiefe*

Poyntes of Christian Religion) を同様の弁明からはじめる——「予定の教義は神の言葉を説く妨げとなる」——「アウグスティヌス [Augustinus, Augustine, 354–430] も、これを説いてもいいことがない、と言っていた」——「予定は真理であるが人々に説かないほうがいい、と言って私たちは批判されている」(A2r, A3r)。しかし、それでも彼らは予定を説くべき、説かなくてはならない、と言う。

なぜ？　もちろん、聖書がこれを説いているからである。「神について見て理解すべきことを見て理解する光を与えてくれる、そんな唯一の光」である聖書が次のように語る以上、それを否定することはできない (Calvin 249, 3.21.2)。

> 神を称えよう。神の子、救い主イエスはわたしたちの魂を守ってくれている。救い主のうちに天国に行けるようにしてくれている。この世をつくる前に神は救い主のうちにわたしたちを選び、清らかで罪のない者として彼の前に立てるようにしてくれた。……神はあらかじめ定めてくれた、救い主イエスを通してわたしたちを神の子として引き取ることを。
>
> （エペソ人 1.3–6）

> リベカの子たちが生まれる前から、彼らが何かよいこと・悪いことをする前から、神の選びの意図がはたされるように、しかもその子たちのおこないによってではなく人を呼び招く神自身によって果たされるように、彼女はこう伝えられた、「上の子が下の子に仕えることになる」、と。わたしはヤコブを愛するが、エサウを憎む、と書かれているとおりである。
>
> （ローマ人 9.11–14; Calvin 253, 3.22.4）[4]

このような「予定の教えを悪く言う者は、堂々と神の悪口を言っているのと同じである」(Calvin 250, 3.21.4)。だからカルヴァンらは予定を説く。アルミニウスが反論するように、「キリストが降臨して最初の 600 年のあいだ、それが一度も教会会議で定められたり承認されたりしていない」にもかかわらず。また「改革教会の名の下に……出版された一致

点確認用主要信仰告白集［"Harmony"］の内容にあっていない」にもかかわらず (1.620–22)。

3. 予定は自由を認めない……が認める

　カルヴァン曰く、一般に「神は人それぞれの性質や行動を予見し、それを評価して」彼らの処遇を決める、つまり「恩寵に値しないと言えない者を自分の子として引き取り」、逆に「邪悪なこと……を考える・すると予見した者を死の呪いに定める」と思われているが、このような「予定を予見の結果とする」議論は誤りである[5]。聖パウロが言うようにこれは逆であって、「人のうちに見られる美徳とは、みな神に選ばれたがゆえのもの」である。神は、その「善良なる意思・意志が望むがまま」に、無条件に、人の運命を予定する。人の考えやおこないは救済の理由となりえない。それでは絶対で完璧な神の意思・意志が、絶対でも完璧でもない人間の偶発的な思考・行動に左右されることになる。人を救う神の慈悲・恩寵が称えられるのは、ひとえにそれが自由なものだからである (252–53, 3.22.1–2)。

　それゆえカルヴァンは自由意志・意思を否定する。「みずからの意思・意志で手を掲げて神を求める人を神は自分に招き寄せる」、「選ばれた者と選ばれなかった者の違いは……彼らのうちの意思・意志の違い」、などというヨアンネス・クリュソストモス (Iōannēs Chrysostomos, John Chrysostom, c.347–407) の言い逃れは認められない。アウグスティヌスが言うように、「神は全能であるから悪しき者の意思・意志を善に向かわせることができる」し、そうしないこともある。なぜ？「神がそう望むからである」。なぜそう望む？「それは神のうちの秘密である……人は必要以上のことを知るべきでない」(Calvin 265, 3.24.13, citing Augustine 2.142, 11.10.13)。

アダムについても同様である。「アダムには自由な意思・意志があった」、「神はアダムに何も定めていなかった」、などと人は言うが、「これでどうして神が全能と言えるのか？ はかり知れない考えに従って神はすべてのものを支配しているのではなかったか？」——そう、「神はアダムの堕落およびそれに伴う子孫すべての破滅を予見しただけではなく、決めていた」——「恐ろしい定めとわたしも思うが、しかし誰もこれを否定できない。神は人をつくる前からその運命を予知していた……そう命じていたから知っていた」(Calvin 258–59, 3.23.7)。

　しかし、このような予定の教義の真の問題は、それが「恐ろしい」ことではない。破綻していることである。カルヴァン曰く、この世のすべてが神の定めであり、人の救済・破滅もそうである。それは「正義の執行」であり、「一切瑕疵がない」。が、そんな正義が人に破滅という不幸をもたらすとはどういうことか？ カルヴァンは答える——「人の破滅が予定されるということは、破滅の原因・物質的要因が人に与えられるということである」——「神の定めの命じるところに従って人は破滅するが、それでも常に人は自分の欠陥・過ちによって破滅する」——人は自分の破滅の原因を「はかり知れぬ神の意向という秘密の小部屋」で探そうとしてはならない——「自分が生まれつき腐敗していることから目を逸らしてはならない」——「破滅という不幸に向けて創造されていても、その物質的原因は自分のうちにあるのであって、神から与えられるのではない」(259, 3.23.8–9, 強調筆者、以下同様)。

　つまり、カルヴァンは人の自由意思・意志を完全に否定できていない。最終的に、破滅とは人が腐敗した意思・意志によって犯す罪に対する神の裁きであって、無条件に与えられるものではない。「はかり知れぬ神の意思・意志」という思考停止に耐え切れず、因果応報、「人が自由に犯す罪に対する罰としての破滅」という論理に戻ってしまっているのである。カルヴァンらの予定の教義の特徴は、まさにこの矛盾の存在にある。予定神学のなかには自由意思・意志の議論が潜んでいる。

これは驚くことではない。別の箇所でカルヴァンは堕落前のアダムについてこう語る――「神は人の魂に理解力を与え、善と悪、正と不正を見分けることができるようにした」――進むべき道が見えるように「理性の光」を与えた――「そこに意思・意志をつけ加え、選ぶことができるようにした」――「人には自由意思・意志があり、それにより望むなら永遠の生を手にすることもできた」――「そう望めばアダムは正しく生きることができた」――が、「彼は罪を犯して堕落した。他でもない、自分の意思・意志によってである」(45, 1.15.8)[6]。予定の議論と正反対のことをカルヴァン自身が言っているのである。
　ベーズの議論は以下の通りである。神は「すべてのはじまり以前によく考えて」、「まったく正反対の二つの類の者たち」を分けた。ひとつは、「はかり知れぬ意思・意志と目的ゆえに神が選び、慈悲深くも自身の栄光を分け与えることにした者」、「尊い器」、「選ばれし者」、「約束の子」であり、彼らは救済に予定されている。残りの者は、「神の考えによって呪われ、永遠の罰を受ける」ことになっている。これは「滅ぶことによって神を称える」、そんな「汚れと怒りの器」、「神に見棄てられた者」、「善から追放され悪に溺れる者」である (A3v–A5r)。
　だが、やはり神に破滅の責任はない――「神に見棄てられた者の破滅・地獄堕ちの……責任はすべて彼らにある」――「人が地獄堕ちに定められ、それゆえに破滅する理由」は、「神の言葉にあるとおり、心が腐っているから、神を信じないから、そして悪をおこなうから」である――心の腐敗・不信・悪は「定められた必然であると同時に、汚れの器においては各自の意思・意志によってなされる意図的なこと」である――「賢い神の意向により、破滅に定められ地獄に堕ちる者の罪はみな彼ら自身のものであり、また逆に選ばれた者の救済において褒め称えられるのは神の慈悲のみ」である (A3v–A5r, A7r–v)。
　アダムの罪も彼自身のものである――「神は人を罪人としてつくってはいない。そうであれば罪をつくったのも神ということになり、それを

神が自分で罰する、という変な話になる」——そうではなく、神は自分と同じように「人を罪のない、汚れのない、清らかな者として」つくったのだが、「そのような人が何者かに強制されることなく……みずから進んで、自分の意思・意志で、神に背いた」のである (A7v)。

厳格なカルヴァン派予定神学の顕現と一般に理解されているランベス条項を見てもいい。ウィリアム・ウィテカー (William Whitaker, 1547/8–95) が用意したその草稿は、「無条件の選び」を主張するものであった——「予定の作用因は、予見された信仰やその堅持、あるいは善いおこないではない」。それは「唯一絶対的な神の意思・意志のみ」である (第 2 条)。他の神学者たちはこの議論を受け入れず、こう書き換える——「永遠の生への予定の動力因または作用因は、ひとえに神の意思・意志、意向」である。どういうことか？ まず救済の予定と破滅の予定を分けて考えたい、ということである。救済の予定の作用因は神の意思・意志・意向である。が、破滅への予定の場合、それは神の意思・意志ではなく「信心・改悛の不在」である。破滅するか・しないかは、信じるか・信じないか、悔い改めるか・改めないかという問題なのである ("Articles" 129–30)。

それだけではない。救済の予定の要因を「唯一絶対的な神の意思・意志のみ」ではなく、「神の意思・意志、意向」としたのはなぜか。「絶対的」という言葉をあえて避けたのはなぜか。「神の意思・意志、意向」が「絶対的」ではなく条件つきだからである——「神はわたしたちに善いおこないを期待している。特に、わたしたちが恩寵に値しない存在になりたいのでなければ。神の意向とはすべての人を救うことである。人に信じる気持ちさえあれば」。つまり、破滅のみならず救済の予定についても「無条件の選び」が破棄されてしまっているのである ("Articles" 131)。これは第 7 条・第 9 条から明らかである——「人を救う恩寵はすべての人に授けられ、伝えられ、与えられるわけではないが、人が望むのであれば、この恩寵によって彼らは救われる」——「わたしたちの

救済は、まず、人に訪れ、人を動かし、人とともにはたらき、人を励ます恩寵による善いおこない」によるのであり、次にこの恩寵を「受け入れ、それに同意する人の判断と意思・意志による」——アウグスティヌスが言うように「襲いかかってくる地獄から逃れる力があなたにはある」のである ("Articles" 135, 137–38)。

　表向きに自由意思・意志を否定しつつ、至るところでそれを肯定するこの文書が、その「厳格さ」ゆえにエリザベス1世によってもジェイムズ1世によっても公認されなかったことは、歴史的に重要である (Lake, "Calvinism" 45–49; Lake, *Moderate* ch.9; White ch.6)。厳格・冷酷に人の救済・破滅を断定するように見えながら実はそうすることを巧みに避ける、そんな信条ですら統治者によって国民のあいだに広めるには厳格・冷酷すぎると判断された……つまり当時のイングランドには、無条件の選びを軸とする救済・破滅観を受けいれる土壌が実はなかったわけである[7]。

　その後も状況は変わらない。ドルトレヒト宗教会議に送られた使節団の公式見解集 (*Collegiat Suffrage of the Divines of Great Britain*) を見てみよう。条項1「神による予定について」の見解4は無条件の選びについて語る——「選びという定めは決定的であり、条件つきではない。選びは不可逆・不変であり、それゆえ救済に選ばれた者の数は増えたり減ったりしない」——「神による予定は、わたしはペテロを選んで永遠の生を与えよう、もし彼が信じ、そして信仰を保つなら、というようなかたちのものではありえない」(9–10, 13)。しかし、この見解には「実際に救済がなされる時、それは手段・方法などの諸条件に左右される」という譲歩がついており、そしてその「諸条件」のうちの最たるものが人の意思・意志であることがしだいに明らかになっていく。かくして条項1.II「破滅への選びについて」の見解3は説く——「神が福音を説いて諸国の人々を救う時、彼らが特に有徳だからそうするわけではない。が、この恩恵を神が人々に拒む時、それは常に彼らが不徳だからである」(35)。

見解5はこうである——「神は人を地獄に堕とさないし、地獄堕ちに定めない。その人が罪深いのでないならば」(38)。

救済に信仰が、人の意思・意志が必要という考えも受け継がれている。条項2の見解3は、「神は堕落した人類を哀れに思って彼の子を送り、そしてその子が自分を世界の人すべての罪の身がわりとして差し出した」というすべての人のための贖罪を説き[8]、そしてこう語る——「神はイエスの犠牲を受け入れつつ、罪の赦しおよび永遠の生を与えるのは救い主を信じる者のみにすることを望んだ」——「救い主はすべての人のために死んだ、ひとりひとりすべての人が信仰によって罪の赦しを得られるように」(46–47)。選びによる救済が信仰による救済へとさりげなく移行しているわけである。そして以下のような見解4–5が続く——「救い主の美徳と力ゆえ……彼を信じる者は本当に罪の赦しと永遠の生を得る」——「悔い改めない者、信じない者は福音を無視し、嘲るがゆえに、差し出された恩恵に与れずに死ぬ」(48)[9]。

チャールズ1世の親政・主教戦争・大主教ウィリアム・ロード(William Laud, 1573–1645)の処刑等を経て内乱期に作成されたウェストミンスター信仰告白も、予定を説きつつそれを貫徹させないという立場を受け継ぐ。第3章「永遠なる神の定め」の第5節は無条件の選びを扱い、こう述べる——「永遠の生」の「予定の背後にあるのは神が無償で与える恩寵と愛」であり、「人が信仰をもつ、善いおこないをする、これらを堅持する、などということの予見」ではない——「信仰や善行や堅忍は、神が人を永遠の生に予定する条件や理由ではない」。こうして「はかり知れぬ考えと善良な意思・意志に従って」神は無条件に人の運命を定めるのであるが、ウェストミンスターの神学者たちはこうも記す——「神につくられたものの意思・意志が損なわれることはなかった。つくられたものの世界に存在する偶然性は失われることなく、むしろこれは神の定めによって確立された」[10]。だから罪の責任は人にある——「神は罪をつくってはいない」——神は救いに「選ばなかった残り

の人を顧みないことにした……自分の正義が称えられるように、彼らを彼らの罪ゆえに不名誉と怒りの対象と定めた」(*Humble* 8–10; 11–13, 20 も参照)。

　以上から断言していいだろう——カルヴァンらの改革神学における予定とは、無条件かつ絶対的なものでありつつ、同時にそうではなかった——それは、人の自由意思・意志を否定しつつ肯定するもの、あからさまな自己矛盾を孕むものであった。

4. 救いの実践三段論法

　救済・破滅の予定とは不条理な教義であった。人を不安と絶望に陥れる、「善いことをしようという気持ち」を挫く、「扱いにくい厄介な問題」であった。破滅に予定されているのでは、と実際に人が不安になっていたら、神学者・聖職者はどうすればいい？ 簡単である。救済に予定されている、天国に行ける、と信じさせてやればいい。どのような人が天国行き・地獄行きか、見分ける方法を教えてやればいい。こうして出てくるのが、救済の確信をめぐる議論である。ベーズは言う——ガラテア人への手紙4.6にあるように、「アバ、父よ、と心に宿る神の子の霊が叫ぶ」なら、「罪を犯した時に、その罪に対する憎しみが心に生まれるなら」、人は引き取られた子として「真に神に招かれている」、「天国に予定されている」と確信していい (C8r–D1v)。

　このような議論を定式化して予定の教義を人々の信仰生活に根づかせたのが、「ピューリタン神学の君主」とも称されるケンブリッジの神学者ウィリアム・パーキンズである (Collinson, *Elizabethan* 125)。彼の著作の特徴は確信の問題を格別に大きく扱っていること、そしてその際に実践三段論法 (practical syllogism) を用いていることである (Muller 259)。実践三段論法と言えば、アリストテレス (Aristotélēs, Aristotle, 384–322

BC)の鶏肉の例——1. 消化されやすい食べものは健康によい、2. 鶏肉は消化されやすい、3. それゆえ鶏肉は健康によい (Aristotle 346–47; cf. Cooper ch.1, sec.3; Gottlieb) ——が有名だが、これをパーキンズは予定に援用する。

1. 本当に神を信じる人は救済に予定されている（ヨハネ 6.35 より）。
2. わたしは本当に神を信じている。
3. ゆえにわたしは救済に予定されている。(1.106, 1.541; cf. Muller ch.8)

だが「本当に信じる」とはどういうことか？「破滅に予定された者でも、神を、イエス・キリストとともに救われるという約束を、信じることができる」なら？

パーキンズは答える——「破滅予定者は漠然と、自分に関係することと理解しないまま、キリストが救済者だと信じる。これに対して救済予定者はキリストが自分自身の救済者だと信じる」——キリストへの信仰とは、「ただ彼が自分を引き取り、清め、罪を贖ってくれることだけでなく、時間がはじまる前から自分が彼のうちに選ばれていることまで信じる」ことである——だから「明らかである、自分が選ばれていると信じられない者は、救済の知らせを一切信じていないのと同じである」(1.358; 1.106)。

自分の救済予定を信じられる人が救済予定者で、信じられない人が破滅予定者……？ よくわからなくても大丈夫である。パーキンズは平易な説明も用意している。天国に選ばれていることは、「選ばれたがゆえに可能な数々のおこない」からわかる——

1. 自分の不完全さを感じ、神に対して犯したすべての罪についてつらく悲しく思い、嘆き悲しむこと。
2. 体の欲望に抵抗すること。神の意に適わない肉体的衝動を憎み、拒み、それらを重荷として、面倒なものとして悲しむこと。

3. 神の恩寵を、救い主の厚意により永遠の命を得ることを、心から強く激しく乞い求めること。
4. 神の恩寵が得られた時には、それをもっとも価値ある宝石と考えること。
5. 神の言葉を伝える牧師を……愛すること……。
6. 心をこめて、涙を流しながら、神に助けを求めること。
7. 救い主の再臨および最後の審判の日を望み、愛すること。これにより罪に生きる日々が終わるのだから。
8. 罪を犯す機会をすべて避け、生まれ変わった生き方をするよう真剣に努力すること。
9. 最後の息を引き取る時まで、以上のことを貫くこと。(1.114–15; cf.1.426)

しかし、これらは救済予定の見極め方であると同時に、救済に選ばれていると信じるためになすべき所作でもある。救済の予定のしるしは、救済を手にするために意図的になされる儀礼とも、最悪の場合には偽善・自己欺瞞の契機とも、なりうるのである (Beiser 154)。

　パーキンズの議論はさらなる問題を孕む。上記一覧に従って行動すれば人は救済そのものでなくとも救済の予定の確信を得ることができる、そんな実践型の予定には、当然意思・意志のはたらく余地がある。本来パーキンズは、カルヴァンらと同じく絶対的かつ無条件の予定を説いていたのに、である (1.B2r)。彼は次のようにさえ言う――「キリストを通じて神との和解を望むことは、それ自体すでに神との和解である。信じたいと思う心は、すでに信仰そのものである。改悛したいと思う心は、すでに改悛している」(1.629; Kendall ch.4)。

　パーキンズが描き推奨する救済・破滅の予定への関心は、社会的問題ともなりえた。神の予定を人が不用意に知りえたとしたら……これはカルヴァンがもっとも恐れたことである――「思慮のない人が救済を確信すれば、傲慢に思い上がり、そして他者を侮蔑しはじめる」(261, 3.23.14; 264, 3.24.7)。ベーズも言う――破滅の予定に関する「神の裁きはいと高きものだから、勝手におかしな妄想をめぐらせて、救済・破滅が特

定の人や集団にあてはまると思い込んではならない」――「賢い人」なら、救済という「自分にわからない・決められないことについて確信して慢心する、という愚かな真似はしないはずだ」(C5v, D2v)。

　残念ながら人々はそれほど賢くなかった。当時の「ピューリタン」・反「ピューリタン」文学から、一例だけ挙げる。国教会聖職者にして人気作家であったジョージ・ギフォード (George Gifford) が肯定的に描くのは、自分は神によって「この世がつくられる前に神聖な者として選ばれている」と信じるような――聖書を読めば「誰が天国行きで誰が地獄行きかわかるはず」と主張するような――「十戒と主の祈りと39箇条を言えれば」天国に行けると思っているふつうの人は「問答無用で地獄堕ち」と決めつけるような――そんな独善的な予定信奉者であった (60v, 61r, 31r, 1v, 2r, 30v)[11]。

　まとめよう。16–17世紀改革派神学における予定の教義は、最終的に自由意思・意志を否定していない。人を破滅させるのは、神の予定ではなく人がみずから犯す罪である。人に永遠の命を与えるのは、創造以前の神の選びではなく、人が選び貫く信仰である。パーキンズは信仰の貫き方まで指導する。これらの意思・意志の議論が、「神の言葉を説く妨げとなる」・「善いことをしようという気持ち」を挫く・「すべての人を投げやりにして……欲望のまま突っ走」らせる、そんな予定の弊害を防ぐために必要なのであった。予定を説く神学者たちは、聖書の絶対的権威を立てつつ、同時に人々の直観・常識感覚を害さぬよう、賢明・懸命に聖書の記述を翻案していた。神の言葉と社会の要請の均衡を保とうとしていた。こう考えれば、ニコラス・タイヤック (Nicholas Tyacke) が言うように、予定神学が特にジェイムズ1世統治下の国教会の思想的主流であった理由もわかるだろう[12]。聖書の記述に沿うという点でそれは神学的に正しく知的であり、同時に人々の心情に配慮を示す穏便さを兼ね備えていたのである。

5. アルミニウスの反論 ――堕罪後予定・条件付救済――

　以上の改革派主流の対極にいるのがアルミニウスである。が、両者の対立は予定か自由意思・意志かというものではなく、予定に関する思想の相違ゆえのものであった。アルミニウスも予定を否定しない――「予定の教義は常に大多数のキリスト教徒によって認められてきた。……これを嫌悪する正当な理由などありえない」(1.656)。逆に、人に自由意思・意志を認める点でもカルヴァンらとアルミニウスは変わらない。アルミニウス自身、ベーズがラテン語訳作成に関わったベルギー信仰告白の 14 条――「人は自分の意思・意志で罪に屈した」――を引いてこのことを指摘している (1.622)。ミルトンも気づいていた――予定と自由については、カルヴァンら「同じ人が矛盾することを言っている」(Milton, *Complete* 6.174)。

　では、両者の何が違うのか？ アルミニウスが予定をアダムの堕罪以降になされたと考えることである。彼の考える予定の順序は以下のとおりである。

1. アダムの堕罪を受け、神は贖罪者としてその子イエス・キリストを任ずる――いずれキリストはイエスとして地上に降りて殺され、その死によってアダムの罪を破壊する（であろう）。
2. 次に神は、罪を悔い改める（であろう）者、神を信じる（であろう）者をキリストとともに天に受け入れることにする。悔い改める者・信じる者は救済されることになる。他の者たちは呪われて地獄に堕ちることになる。
3. 次に神は、悔い改め、信じるに至るに十分な恩寵を人に与えることにする。
4. 最後に、恩寵に応えて悔い改め、信じると予見された者を救済に予定する。

無条件の予定を軸とするカルヴァンらの教義とは異なり、アルミニウスの神の予定は条件つきである。正確に言おう――カルヴァンらが人の救済・破滅は無条件の予定によると言いつつ条件をつけていたのに対し、

アルミニウスは文字どおり条件つきの予定を主張する (1.653-54, 2.718-19)。

　その目的は、神が罪をつくったという解釈を防ぐこと、「あらゆる善および人の救済の源は神で、罪と破滅の源は人」とすることある。(1.647ff., 1.655-56)。神は「賢く、善良で、正しい」存在であるから、神が人に与える救済・破滅の予定もその「賢さ、善良さ、正しさ」に見あうものでなくてはならない。カルヴァンらもこう考えて破滅の予定を「人の悪」に対する「正しい神の裁き」とし、無条件の予定の教義に自由意思・意志を忍び込ませてしまった。アルミニウスにはこの矛盾が許せない。だから矛盾の元凶である無条件の堕罪前予定を否定する。彼にとって、賢く善良で正しい神が（つくられてもいない）人の破滅を無条件に、恣意的に、望み、定めることなどありえない。こうして堕罪後の条件つき予定が導かれるわけである。

6. （魂の）生か、死か ——アダムとイヴと予定の教義——

　予定をめぐる以上の錯綜を背景に *PL* の神学を考え直してみよう。問うべきは、ミルトンがカルヴァン派かアルミニウス派かということではなく、予定や自由意思・意志が錯綜する同時代の神学の諸問題をミルトンがどのように *PL* に流用・援用・翻案しているか、その結果どのような物語ができあがっているか、である。宗派対宗派という単純な構図にとらわれていては、当時の神学論争も *PL* も理解できない。

　PL 第3巻の神の言葉において予定と自由意思・意志が矛盾しつつ共存する理由はすでに自明であろう。この矛盾はカルヴァン以来の堕罪前予定の議論に内在するのであって、それが *PL* に書き込まれていても驚くに値しない——少なくとも、ミルトンはアルミニウス派と決めつけないかぎり。

PL の神の堕罪前予定の宣告――「いくらかの者をわたしは選び、他にまさる恩寵を特別に与えることにしました……他の者にも呼びかけて、罪深い生き方について警告しますが……」――における選ばれた「いくらかの者」と「他の者」の違いも重要だ。この二種の者・二種の恩寵は、カルヴァンらが説く二種の呼びかけに対応しているからである。カルヴァン曰く、神はまず「すべての者を等しく自分の下に招く。……よりひどい破滅を味わわせるために招く者も含めて」。平たく言えば、これは「神の言葉の説教」という「形式的」な教育のことである――「いくつかの外的な行動が生まれ変わり、あるいは回心の前に必要である。これは教会に行く、神の言葉が説かれるのを聞く、など人が自由になす・なさないことである」(Calvin 264, 3.24.8; *Collegiat* 68)。だが、これだけでは信仰を生むのに不十分である――「神はすべての人に悔い改めて信じるよう呼びかけるが、すべての人の魂が改悛・信仰に向かうわけではない」。信じるようになるのは、特別に選ばれた者、特別に呼びかけられた者だけなのである――「聖パウロが証言するように、救済への選びが信仰の母である」――「救済の予定と信仰は然るべくひとつになっている」(Calvin 255–56, 3.22.10; see also *Collegiat* 61–64)。ベーズも言う――「救済に選ばれたなかに含まれていないなら、人はかたちだけ福音を聞いても……何も聞いていないのと同じである」(B6r; cf. B4r, B6v–B7r)。ウェストミンスターの神学者も説く――「恩寵によって与えられる信仰により、神に選ばれ天国に予定された人は魂の救済を信じることができるようになる」(*Humble* 25)[13]。これに対し、アルミニウスにとって恩寵は一種である。「悔い改め、信じるに至るに十分な恩寵」を神がすべての人に与え、あとは人がどのように生きるかに任される[14]。つまり、二種の恩寵について語るミルトンの神はカルヴァン派の神である。

　が、アルミニウス派の神に見えることもある。ミルトンの神は予定にふれずにルシファー゠サタンおよびアダムを堕落させた自由意思・意志

を語る。恩寵に応える・応えない人々の自由を語る。救済に必要なのは予定ではなく、「祈りと悔い改め、そして従順な心」であり、神に対する「嘘偽りのない思い」であり、「神にかわって人に宿る良心」に従うことである (3.190–95)。救済はこれらの条件を満たすことによって与えられる。堕罪前予定の神とは異なり、PL の神は無条件で救済を与えない。腐りきった人に無条件の救済の予定を与えることが慈悲である、とは言わない。

　つまりミルトンは、カルヴァンら改革派神学者たちとそれに抵抗したアルミニウス、両者の思想を織りまぜて PL の神をつくっている。そんな神の言葉の矛盾やほぐし切れない錯綜をどちらかの立場に落とし込むことは、詩の理解として正しくないのである。ちなみに DC における予定の議論も同じである——

予定について

> 人に関する神の特別な定めのうち、もっとも重要なものは予定である。これは、この世界の土台を敷く以前に神が人類に対して慈悲を抱いたことをあらわす。人はみずからの意思・意志で堕落するであろうにもかかわらず、である。輝かしき慈悲・恩寵・知恵を示すため、神は、将来信仰をもち、そしてもち続けるであろう人に、救い主キリストとともに救われて永遠に生きるという予定を与えた。それが神の目的であり計画であった。
>
> (Complete 6.168)

この公式は、カルヴァンらの堕罪前予定とアルミニウスの条件つき救済のまさに折衷案である。前者の枠組みを前提とし、そこに後者の条件を加えたものである (cf. Complete 6.173, n19)。PL も神学的にこのようなかたちで読むべき詩であると思われる。つまり、前提としての改革派神学に対してミルトンがどのような翻案・変更を加えているか、その文学的・神学的・政治的意図や効果は何か、などを考えるべきである。以下、この立場からの分析例をいくつか提示する。

まずアダムの堕罪についてである。カルヴァンは言う──「善悪の知恵の木の実に関する禁制は、従順さの試験であった」──「その木の名が示すように、この禁制が与えられたのは、彼が自分の地位に満足すべきであって悪しき向上心をもってはいけないから、であった」──「アダムが神の怒りを招いた理由は簡単だ。……傲慢がすべての悪のはじまりである」──アダムの「堕落の根源にあるのは不信仰である。それで傲慢になり、彼は野心を抱いた」(59, 2.1.4)。*PL* のアダムにこれはあてはまらない。傲慢になって野心を抱き、悪しき向上心に駆られて神に背いたのはサタンとイヴである。*PL* のアダムはなぜ禁断の木の実を食べたのか？

　　この世でいちばんきれいな君、……
　　…………………………………
　　清らかで、神々しくて、善良で、やさしくて、そして美しかった君！
　　君が堕ちてしまうなんて、こんなに急に堕ちてしまうなんて、
　　　　　　　　　　　　　　　　　　　　　　　　どういうこと？
　　美しさを失って、花を失って、死ぬ人、滅びる人となってしまうなんて？
　　ねえ、君はどうして背いてしまったの？
　　あの厳しい禁止の命令に？　どうしてあの神聖な、
　　禁じられた果実に手をつけてしまったの？
　　…………………………………
　　君といっしょに、ぼくも、もうおしまいだね。だって、
　　ぼくも死ぬから……。もう決めてる。
　　ぼくは君なしじゃ生きられない。君と話すこと、愛しあうことなしでは
　　生きられない。あんなに楽しかったんだから。幸せだったんだから。
　　この誰もいない森でひとりで生きていくなんて、嫌だよ。
　　たとえ神がもうひとりイヴをつくってくれても、あばらを
　　もう一本とるだけだとしても、君のことは
　　忘れられない。絶対無理。ぼくと君は、
　　もともとつながってる。君はぼくの肉から、

ぼくの骨からできてる。だからぼくは君と
絶対に別れない。幸せなときも、そうでないときも。(9.896–916)

イヴが好きだったから、イヴと別れたくなかったからである。人類に死をもたらす——平たく言えば、「すべての人を殺す」——というアダムの罪の場面に、ミルトンは神学以外のものを書き込む。傲慢・野心という宗教悪を、妻を失いたくないという素朴な感情で置き換える。上のように言う時、アダムは考えない。「理性とは選択に他ならない」というミルトン自身の名言にあえて反するかのように、アダムは理性を使わない (Complete 2.527)。意思・意志の力を行使しているようにも見えない。そんな間もないほど即座にアダムは神でなくイヴを選ぶ[15]。その結果、キリスト教における人類史上最大の罪を描くこの場面は、作品中もっとも悪く、そしてもっとも美しい。

　罪を犯した後のアダムとイヴについても考える。二人は禁断の木の実を食べ、酒か媚薬に酔ったように快楽を貪り、眠り、目覚めて言い争い、やってきた神の子から罰の宣告——イヴは出産の痛みとアダムへの従属、アダムは労役、死は無期延期——を受け、そして罪の大きさに思い悩む。アダムは独白する——「ぼくだけじゃなくぼくの子孫もみんな呪われるんだ。すばらしい遺産……なんてね……」——「ぼくから生まれる子はみんな堕落してることになる。頭も心もみんな腐ってて、考えることもやることもみんなぼくと同じ……」——「最初から最後までぼくが、ぼくだけが、悪いんだ。ぼくが悪の源、みんなぼくだけのせいなんだ。だからぼくだけが罰を受ければいいのに」(10.817–19, 824–27, 831–33)。イヴもアダムに言う——「わたし……泣いて天にお願いする、あなたへの裁きはなしにして、みんなわたしにください、って。だってあなたを不幸にしたのはわたしで、神さまが怒ってるのも、わたしに対してだけだもの」(9.932–36)。二人はそれぞれ自分を責め、死の罰を自分だけに求める。

予定を説くの際に問題なのは、地獄行きの予定の可能性が人を不安と絶望に陥れることであった。人は救済を、天国における永遠の生を、これらへの予定を求め、逆に破滅を、魂の死を、その予定を恐れる。そのような自己（の魂の）保存・生存への望み、ある種の自己中心性・利己心が予定神学の背後にある。が、ミルトンの描くアダムとイヴは逆である。二人は自分以外のすべての人の救済を、永遠の生を、求める。自分の破滅、魂の死は厭わない。つまりこの場面のアダムとイヴは、死んですべての人の罪を贖う神の子と、少なくとも願望において同等である。逆説的に、おそらく本人たちも読者も気づかぬうちに、罪に堕ちた二人は「神・半神・天使」への地位向上という傲慢な望みを叶えている。善い意味で？　悪い意味で？　それがわからない複雑なかたちで、である。
　ちなみにパーキンズの模擬問答にはこうあった――「誰が神の子で誰が悪魔の子か、どうしたらわかりますか？」――「仲間を愛さない人は神の子ではありません」――「仲間を愛しているので、わたしたちは死の運命から救われて永遠の生を与えられています」(1.426)。死を厭わないほど子孫を愛するアダムとイヴもそうなのか？　すでにこの段階で「死の運命から救われて永遠の生を与えられて」いるのか？
　PL の結末を見てみよう。自分と子孫の不幸を未然に防ごうと自殺を提案するイヴ――神の子との歪んだ並行関係を再確認――と話しながら、アダムは思い出す――二人の子孫が「蛇の頭を潰すであろう」ことを――彼らを裁いた神の子の「優しさと恵み深さ」を――さしあたりの罰が「喜びで帳消しになる出産の痛み」と「特に害のない労働」にすぎないことを――彼らを神の子が「裁きながらも憐れんだ」ことを――「だから神の子は祈れば耳を開いてくれる」であろうこと、「罪がもたらした悪と不幸を癒す方法を教えてくれる」であろうことを――そして、二人は「特に怖いこともなく、幸せなことも少なくない人生を過ごして、いずれ土に還る」であろうことを (10.1031–32, 1046–47, 1050–55, 1058–61, 1079–85)。

おそらく、としか言いようがないが、ここに描かれているのは、信仰に向かう生まれ変わり・回心の際に、あるいはその前に、起こるであろう心的変化である。ドルトレヒト使節団の見解にはこうある——「いくつかの内的な変化が回心・生まれ変わりの前に起こる。これは罪ある状態の人の心に神の言葉や聖霊がもたらすものであり、神の意思・意志の理解、罪の意識、罰の恐れ……赦しの希望、などである」(*Collegiat* 69)[16]。ウェストミンスター信仰告白は悔い改めについて説く——「罪人は自分の罪のもたらす危険の大きさ、罪の醜さ・汚らわしさを目の当たりにして理解する……それは清き神の正しき掟に真っ向から反する、と」——「その罪を彼は深く悲しみ、憎む」——「悔い改めとは……罪の償いにはならず、赦しの理由ともなりえない……が……悔い改めることなしに赦されることはありえない」——「人は漠然と悔い改めるようではいけない。すべての人が自分の、自分だけの、ひとつひとつの罪について悔い改めなくてはならない」(*Humble* 26–27)。

　生まれ変わり・回心・悔い改めに続いて *PL* 第11巻に描かれるのは、天使ミカエルがアダムに見せて聞かせる未来である。撲殺、痙攣・発作・悪魔憑き・疫病などによる死の苦しみあるいは死ねない痛みと絶望、欲望と争いと戦い、平和のなかの頽廃、そして神の怒りによる大洪水である。第12巻では、ニムロデからアブラハム、イサク、ヤコブ、ヨセフ、モーセ、ヨシュア、ダビデ、ソロモン、バビロン捕囚などを経て、最終的にイエスの受難と復活に至るまでのイスラエルの歴史がミカエルの口から語られる。このイエス、人の姿を身にまとった神の子が「蛇の頭を潰す」、つまりサタンを打ち負かす。武力ではなく、死でアダムの原罪と全人類の罪を償うことによって。こうして神の正義、「罪と罰」の原則を成就させることによって。これを信じる者、心のなかでイエスと同一化できる者は彼のうちに、彼とともに、罪を償ったことになり、（魂の）不死を取り戻す。

　イエスの贖罪を学ぶアダム……ミルトンは何を描いているのか？　他

でもない、アダムが救い主に関する知識をもつ、ということである。時間を捻じ曲げて、ミルトンはアダムにキリストについて教えている。改革派神学の言葉で言えば、上に見た二種のうちの「ふつうの恩寵」、布教というかたちの呼びかけがアダムに与えられているのである。これにアダムは応え、答える——

> あなたのお話ですと、この仮の世、
> 時の流れる世界は、あっという間に終わりそうですね。
> そして時間のない、永遠という
> はかりしれない無限の世界がやってくるのですね。
> 本当に勉強になりました。……
> ………………………………………
> よく心に留めておきます——従順でなくてはならないこと、
> 神さまだけを畏れ、愛すること、神さまに見られていると
> 思って生きること、いつも神さまの
> お導きにしたがうこと、頼っていいのは神さまだけ、ということ。
> 神さまは、おつくりになったすべてのものに対してやさしいんですよね。
> 神さまのお導きで、常に正義は悪に勝つんですよね。
> 小さなものにも大きなことができるんですよね。弱そうな者でも、
> へりくだっていれば、強い権力者やずる賢い者たちを
> 倒すことができるんですよね。真理を守って迫害される、
> そんな心の強さが、最高の勝利につながるんですよね。
> ——それから、信じる者にとって、死とは永遠の命への門なんですね。
> あの方のことを聞いてわかりました。あの聖なるお方のおかげで、
> ぼくも救済されるんですよね。

逆算していこう。アダムはこのように信じる、信じることができる——つまりアダムには信仰という稀な「贈りもの」が与えられている——ということは、そのために必要な「他にまさる恩寵」がアダムに与えられている——つまり、アダムは特別に選ばれている、救済に予定されてい

る。PL に編み込まれた諸々の神学的転回のうち、教義的にもっとも大きな変更はこの点であろう。ミルトンはカルヴァンらの無条件の堕罪前予定の教義を題材として、またアルミニウスの自由意思・意志の議論を援用して、楽園を失った張本人、この世に罪と死と悪と不幸をもたらしたアダムが救済される（であろう）物語をつくり出した[17]。カルヴァンもアルミニウスも想像だにしなかったであろう原罪観を、詩として、芸術作品として、キリスト教内外の世界にもたらしたのである。

＊この研究は科研費 15K02323 の助成を受けて遂行したものである。この論考の初期稿は日本ミルトン協会第 19 回研究大会のシンポジウム『ミルトンと神――「正しき神の摂理」をめぐって――』にて発表した（2018 年 12 月 11 日、青山学院大学）。西川健誠氏をはじめ批評・示唆・激励をくださった諸氏に感謝する。

註
(1) 厳密に言えば、「見棄てる」・「顧みない」(pass by) ことと呪い・破滅 (damnation) に予定することは異なるのであるが、ここではこの問題は扱わない。
(2) PL のテクストはファウラー (Fowler) 編を使用。この詩を含め本稿における日本語訳はすべて筆者による。名前については Eve のみ英語音のカタカナ表記とし、後は原語音を用いる。
(3) Calvin, *Institution* については、括弧内にてページおよび巻.章.段落を引証する。
(4) 聖書はジェイムズ王版を使用。日本語訳はそこから私が作成。17 世紀のイングランドで英語で読まれた聖書と、19 世紀以降の原語版から訳された現代の日本語訳聖書が同じものとは考えにくいからである。
(5) 以下、第 3–4 節の議論は Kendall に多くを負う。
(6) つまりミルトンの『アレオパギティカ』におけるアダムについての議論は、実は特筆に価しない (*Complete* 2.527)。
(7) Haigh, *English* が描くような、宗教改革やそこで論じられた諸教義に無関心な 16 世紀イングランド人の姿を思い浮かべれば、これは当然のことである。
(8) カルヴァン派予定説に通常伴うとされるのは、限定的な贖罪 (limited atonement) の議論である。
(9) Cf. Lake, "Calvinism" 56–57. イングランド使節団の立場は「人々の教化にあたる牧師の立場に即したもの」であり、「カルヴァン派の教義のなかでも人の努力や責任の余地を認める部分」を強調し、逆に「信徒たちが宿命論や絶望に陥りそ

うな箇所」を避けるものであった。
(10) これは *PL* 第3巻で神が語っていることである。
(11) 他にも以下を参照——*Collegiat* 168ff., 175–76; *Humble* 31; Collinson, "Comment", *Elizabethan* pt.8, ch.4, and *Puritan Character*; Durston chs. 1 and 5; Goring; Haigh, "Character"; Holden.
(12) Fincham, Introduction も参照のこと。
(13) 上に見たパーキンズの信仰二種——単なるキリストへの信仰と、自分の救済者キリストへの信仰——も、表現は上手でないが、この二種の呼びかけに対応する（cf. Beza B4r; Perkins 1.11 の前の図）。
(14) アルミニウス曰く、「恩寵とはあらゆる善のはじまりであり、継続であり、そして成就」である。それは「人の思考・行為に先立って訪れてそれらを促し、それらに伴ってともに作用する」ものである (1.661–64)。
(15) 少し時間をおいて落ち着いてからアダムは考える——カルヴァンが言うように、「神か半神か天使」への地位・能力向上の可能性について (9.934–37)。
(16) この箇所には予定への言及がないので、予定神学と信仰の関係がよくわからない。このような混乱にも予定神学の限界があらわれていると考えるべきであろう。
(17) 信仰が堅持できるかどうかというさらなる問題があるので、*PL* の結末の時点で断言できない部分もある。

引用文献

Aristotle. *The Nicomachean Ethics*. Tr. H. Rackham. Cambridge, MA: Harvard UP, 1982.

Arminius, Jacobus. *The Works of James Arminius*. London Ed. 3 vols. Tr. James and William Nichols. 1825. Grand Rapids: Baker, 1986.

"The Articles of Predestination, and the Heads Adjoining, Proposed at Lambeth by Dr. Whitaker." *A Defence of the Thirty-Nine Articles of the Church of England*. London, 1710. 127–38. T099108.

Augustine. *The Literal Meaning of Genesis*. Tr. John Hammond Taylor. 2 Vols. New York: Newman, 1982.

Beiser, Frederick C. *The Sovereignty of Reason: The Defense of Rationality in the Early English Enlightenment*. Princeton: Princeton UP, 1996.

Beza, Theodore (Bèze, Théodore de). *A Briefe Declaration of the Chiefe Poyntes of Christian Religion, Set Forth in a Table*. Tr. [William Whittingham]. [London, 1575?]. STC 2001.

Calvin, Jean (John). *The Institution of Christian Religion*. Tr. Thomas Norton. London, 1599. STC 4423.

Collegiat Suffrage of the Divines of Great Britain Concerning the Five Articles

Controverted in Low Countries. London, 1629. STC 7070.

Collinson, Patrick. "A Comment: Concerning the Name Puritan." *J of Ecclesiastical History* 31 (1980): 483–88.

———. *The Elizabethan Puritan Movement*. Oxford: Clarendon, 1967.

———. *The Puritan Character: Polemics and Polarities in Early Seventeenth-Century English Culture*. Los Angeles: William Andrews Clark Memorial Library, U of California, 1989.

Cooper, John M. *Reason and Human Good in Aristotle*. Indianapolis: Hackett, 1986.

Danielson, Dennis Richard. *Milton's Good God: A Study in Literary Theodicy*. Cambridge: Cambridge UP, 1982.

Durston, Christopher, and Jacqueline Eales, eds. *The Culture of Puritanism, 1560–1700*. Basingstoke: Macmillan, 1996.

Fallon, Stephen M. "'Elect above the rest': Theology as Self-Representation in Milton." *Milton and Heresy*. Ed. Stephen B. Dobranski and John P. Rumrich. Cambridge: Cambridge UP, 1998. 93–116.

Fincham, Kenneth. Introduction. *The Early Stuart Church, 1603–1642*. Ed. Kenneth Fincham. Basingstoke: Macmillan, 1993. 1–22.

Gifford, George. *A Briefe Discourse of Certaine Points of the Religion*. London, 1581. STC 11845.

Goring, Jeremy. *Godly Exercises or the Devil's Dance?: Puritanism and Popular Culture in Pre-Civil War England*. London: Dr. Williams's Trust, 1983.

Gottlieb, Paula. "The Practical Syllogism." *The Blackwell Guide to Aristotle's Nicomachean Ethics*. Ed. Richard Kraut. Oxford: Blackwell, 2006. 218–33.

Haigh, Christopher. "The Character of an Antipuritan." *Sixteenth Century J* 35 (2004): 671–88.

———. *English Reformations: Religion, Politics, and Society under the Tudors*. Oxford: Clarendon, 1993.

Holden, William P. *Anti-Puritan Satire, 1572–1642*. [Hamden, CT]: Archon, 1968.

A Humble Advice of the Assembly of Divines, Now by Authority of Parliament Sitting at Westminster, Concerning a Confession of Faith. London, [1647]. Wing W1429.

Kelley, Maurice. "The Theological Dogma of *Paradise Lost*, III, 173–202." *PMLA* 52 (1937): 75–79.

Kendall, R. T. *Calvin and English Calvinism to 1649*. Oxford: Oxford UP, 1979.

Lake, Peter. "Calvinism and the English Church, 1570–1635." *Past and Present* 114 (1987): 32–76.

———. *Moderate Puritans and the Elizabethan Church*. Cambridge: Cambridge UP, 1982.

Milton, John. *Complete Prose Works of John Milton*. 8 vols. Gen Ed. Don Wolfe. New

Haven: Yale UP, 1953–82.

———. *Paradise Lost*. Ed. Alastair Fowler. 2nd.ed. Harlow: Pearson, 1998.

A Milton Encyclopedia. Ed. William B. Hunter, et al. Lewisburg: Bucknell UP, 1978–83.

The Milton Encyclopedia. Ed. Thomas N. Corns. New Haven: Yale UP, 2012.

Muller, Richard A. *Calvin and the Reformed Tradition: On the Work of Christ and the Order of Salvation*. Grand Rapids: Baker, 2012.

Perkins, William. *The Workes of That Famovs and VVorthie Minister of Christ, in the Vniuersitie of Cambridge, M. William Perkins*. Vol.1. Cambridge, 1609. STC 19649.

Tyacke, Nicholas. "Puritanism, Arminianism and Counter-Revolution." *Origins of the English Civil War*. Ed. Conrad Russell. London: Macmillan, 1973. Ch.4.

White, Peter. *Predestination, Policy and Polemic: Conflict and Consensus in the English Church from the Reformation to the Civil War*. Cambridge: Cambridge UP, 1992.

性別を与えられた樹木とその背景
——ラニヤー、カウリー、キャヴェンディッシュの選択[1]

竹山　友子

1. はじめに

　樹木と人の関係の深さは古くから詩に表され、ウェルギリウスの『アエネーイス』8巻では堅いオークから生まれ出た人間が森に住んでいたと語られている。オウィディウスの『変身物語』ではアポロンに追われたダフネが月桂樹に変身したように（1巻）、人から樹木への変身や、オルペウスを慕って木々が共鳴する様が描かれる（10巻）。ホラティウスも同様に『歌集』でオルペウスや人に共鳴する木々の姿を歌う (1.12; 2.14)。それと同時にホラティウスは自分の命を危険にさらした糸杉の倒木を非難する (2.13)。古典作品の影響を受けた初期近代英国の詩人たちも、特に16世紀後半から17世紀にかけて牧歌風恋愛詩や庭園詩など様々なジャンルで樹木を描写する詩を書いている。樹木と人の関係が描かれている詩を読むと、擬人化などによって樹木に性別が与えられているものが少なくない。樹木の性別（男性・女性・中性）は人間と樹木の関係を読み解く上で重要な鍵となっているように思われる。
　ウェルギリウスなどの古代ローマ詩人は作品をラテン語で著したが、ラテン語の名詞は性を持つため樹木の性別はその文法的性 (Grammatical gender) に左右されることが多い。例えば樹木という名詞 arbor や多くの樹木名は女性名詞である。一方で英語の名詞は性を持たないため、自然的性 (Natural gender) に左右される。樹木など自然的性を持たない生物や無生物の場合は擬人性 (Gender of animation)、つまり擬人化によって性が付与されることがある。『現代英文法辞典』によると擬人

性の決定要因は3つあり、[1] 神話や古典などの影響、[2] ラテン語などの語源の影響、[3] 心理的影響、つまり mountain や summer など雄大さや厳しさを連想させる場合は男性に、spring や nature など穏やかさや生産性を連想させる場合は女性とされる ("gender of animation")。[3] については *Oxford English Dictionary* にも同様のことが記されており、男性として扱われる例として tree も挙げられている。ただし、その初出例は1697年のドライデンによるウェルギリウスの『農耕詩』の翻訳である ("he" def. 2a)。一方、英語の歴史的変遷に鑑みると、古英語では中性名詞単数の与格と属格は男性名詞と同じ him と his であり、中英語の時代に it や its の用法が発展して16世紀後半から急速に普及したとされる (*OED*, "it" "its" "he" "him" "his")。以上のことを考慮すると、17世紀の英詩はラテン語の神話や古典の影響、古英語や中英語の影響、新しい初期近代英語の普及などすべての影響を受けている可能性がある。

　本稿で扱う詩は *OED* の初出例よりも前の17世紀前半から半ばに出版されたもので、いずれも樹木は擬人化されて男性、女性、中性のいずれかの性が与えられている。考察する詩はエミリア・ラニヤー (Aemilia Lanyer)[(2)] によるカントリーハウス詩、エイブラハム・カウリー (Abraham Cowley) による恋愛詩、マーガレット・キャヴェンディッシュ (Margaret Cavendish) による寓意的な対話詩などジャンルは違うが、詩において擬人性を与えられた樹木と人間の共鳴または人間との対立関係が描写されていることが共通点である。この3人の詩人たちは、樹木の性別を途中で変化させる者、詩によって性別を使い分ける者、版によって性別を変化させる者というように、先に述べた擬人性の3つの要因には当てはまらず、何らかの意図を持って樹木の擬人性を選択したと思われる。詩における樹木の性別がもたらす効果を探るとともに、詩人たちが樹木の擬人性を決定した要因を探っていく。結論から先に述べると、樹木の擬人性は詩人自身の性別や男女観、そしてその執筆背景と深く関わっている可能性が高く、樹木の生死は詩人の心情の反映でもある。

2. エミリア・ラニヤー "The Description of Cooke-ham"

　まず、女性詩人エミリア・ラニヤーが 1611 年に出版した詩集 *Salve Deus Rex Judaeorum*『ユダヤ人の神王、万歳』に収録された英国初とされるカントリーハウス詩 "The Description of Cooke-ham" を考察する。詩集にはラニヤーの男女観が現れており、それは男性を排除する女性同士の絆である。詩集の標題詩 "Salve Deus Rex Judaeorum" はラニヤーが敬愛するカンバーランド伯爵夫人に向けて書かれた宗教詩でキリストの受難がテーマであるが、その際に原罪におけるイヴの罪を軽減してイヴを、そして女性全体を擁護する内容を挿入する。さらに聖書の様々な徳高き女性を称揚し、その一方でキリストを陥れた男性たちを非難する。また、詩集に収められた 9 編の献呈詩の献呈先がすべて女性であることも女性同士の絆を重視するラニヤーの姿勢を反映している。

　本稿で考察する "The Description of Cooke-ham" はラニヤーが敬愛するカンバーランド伯爵夫人と滞在したクッカム邸への惜別の歌で、伯爵夫人と別れた話者の心情と夫人が去った後の屋敷と庭園の寂しげな様子を重ね合わせて描写する。詩集に収められた献呈詩やこの詩の余白註から、話者はラニヤー自身と考えられている (Woods xxxix–xli)。詩の中で、庭園の中心をなすお気に入りのオーク "That Oake"（61 行）に夫人が別れを告げる場面が、夫人に向けた語りによって描写される。

　　あのオーク (That Oake) は、数々の高木や地に生える草はもちろん、
　　自らの仲間 (his fellowes) をも高さで凌いでおりました。
　　まっすぐに伸びる形の良い高杉のように、
　　その美しい身の丈は全てを圧倒していたのです。
　　あなた様はこの美しい木 (this faire tree) を幾度訪れたことでしょう、
　　この木はあなた様を迎え入れて喜んでいるようで、
　　棕櫚のようにその両腕 (his armes) を広げたものです、
　　あなた様に留まってほしいと願って。(55–62 行)[3]

もともとこのオークは、ラニヤーが夫人およびその娘アン（ドーセット伯爵夫人）とともに書物を読んで楽しい時を共有した場として描かれている。

  その木蔭でたびたびあなた様は風にあたられました、
  その時は未婚の乙女でいらした、高貴なるドーセット様とともに。
  多くの学問的な書物が読まれ、調べものがなされた場、
  この美しい木 (this faire tree) に、あなた様は私の手を取って連れてきてくださり、
  かつての楽しみをまた繰り返されたのです。（159–63 行）

このように、男性を排した女性同士の絆を形成する場のオークであるが、その一方でオーク自身の擬人性は男性であるため表面的にはオーク自身の役割と矛盾するように思われる。しかしこの直後の場面で夫人がオークに別れの口づけをすると話者の態度は一変し、オークに対する敵意を露にする。

  そしてあなた様は慎み深くも愛情深い口づけで別れを告げられ、
  その口づけを私はオーク (it) からすぐさま奪い取ったのです。
  感覚なき被造物 (a sencelesse creature) が、あれほど稀有な恵みを、
  あれほど大きな幸せを手にするなど馬鹿げたこと。
  オーク (it) が私から受けた口づけはただそれだけ、
  オーク (it) があなた様から受け取ったものを取り返しかねないので。
  それゆえ、恩知らずな被造物 (ingratefull Creature) である私は、オーク (it) から奪ったのです、
  あなた様が愛情込めてオーク (it) に残してくださったものを。（165–72 行）

伯爵夫人によるオークへの口づけは愛情込めた別れの印である。その口づけを話者は自分の唇で奪い取り、樹木に対して激しい敵意を示す。その際注目すべき点はオークの性別変化である。当初は "his armes"（61

行）の語が示す通り男性として描かれたオークであるが、話者が口づけを奪い取る時点では中性の "it" へ性別変化がなされている。性別変化に関しては "his armes" の "his" を古英語の奪格と見なして its の意味とすると、樹木は当初から中性と考えられる。しかし、他の箇所で用いられる女性の所有格 "her" の綴りが古英語の "hire" ではなく近代英語の "her" であることを考えると、"his" の語は男性の所有格を示していると捉えるのが自然である。この点を踏まえるとオークは男性と見なすべきであり、他にも伯爵夫人が口づけする前にオークが甘受する幸せは "his happinesse"（66行）と表現され、オークは感情を持つ男性のように描かれる。さらには伯爵夫人との別れを惜しむ「悲しみにくれる被造物 (sad creature[s])」（152行）としてオークの感情は強調される。この状態はアリストテレスの魂の三段階、植物の nutritive soul、動物の sensitive soul、人間の rational soul のうちの最高位 rational soul を与えられた存在であるかのようである (*De Anima* II, 413 a 23)。しかし夫人からの口づけを境に、オークは話者にとって夫人とその娘そして話者が築いた女性同士の絆に割って入る障害物となり、その結果「感覚なき被造物 (a sencelesse creature)」（167行）と蔑まれて nutritive soul のみの単なる植物に戻される。この樹木に与えられた擬人性の取消とそれに呼応した話者の感情の変化は、男性を排する女性同士の絆を大切にした女性詩人ラニヤーの男女観の現れと言える。[4]

　さらにラニヤーは最終部でカンバーランド伯爵夫人との絆について、「伯爵夫人の美徳は価値なき私の胸に留まり／そして命ある限り留まるはずです／私の心をあの豊かな鎖で夫人に結び付けて」（208–10行）と鎖の比喩を用いて固い絆を描写する。先述の通り、口づけの場面は伯爵夫人の愛情を最後に独占したオークへの敵意の現れであり、最終部でも強調される女性同士の絆に割って入るオークは擬人性を取り上げられて「感覚なき被造物 (a sencelesse creature)」へ貶められる。ルイーズ・ノーブル (Louise Noble) は「恩知らずな被造物 (ingratefull Creature)」（171

行）である話者と「感覚なき被造物 (a sencelesse creature)」であるオークは非人間的な被造物として融合すると述べる (104–105)。最終的に夫人たちが去って豊饒性や生気を失っていく庭園の様子が、豊かな心（人間性）と活力を失っていく話者の心情と呼応していることをオークの描写は示している。[5]

　以上のように "The Description of Cooke-ham" において、話者にとって邪魔な存在となったオークは女性の絆を破壊する男性として扱われる。そして活気を与えてくれた伯爵夫人からの口づけを話者に奪い取られると "it" へ変化させられて生気を失う。その後「風格ある木々はすべて／今やあなた様を失って葉もなく荒れて／……枯れ果てたのです」（191–93 行）と描写されるように、最終的には「すっかり荒廃 ("All desolation")」（203 行）して生命を失った物体、つまり「感覚なき被造物 (a sencelesse creature)」としてまさに "it" に相応しい存在へと戻される。このように樹木の擬人性とその変化を効果的に用いて、ラニヤーは自らの男女観を表すのである。

3. エイブラハム・カウリー "The Spring" および "The Tree"

　次に 17 世紀半ばの王党派詩人エイブラハム・カウリーの詩 "The Spring" および "The Tree" における擬人性を考察する。いずれも 1647 年出版の恋愛詩集 *The Mistress* に収録されている。[6] *The Mistress* は王党派のジャンルに属し、感傷的に報われぬ愛をうたうペトラルカ風恋愛詩の伝統に則った恋愛抒情詩である (Calhoun, et al. 226–28)。カウリーはヘンリエッタ・マライア王妃の侍従長ヘンリー・ジャーミン (Henry Jermyn) の秘書として 1644 年にパリに渡ったとされる。*The Mistress* の執筆年代は不明でイングランド時代からパリ時代の長期にわたるが、詩の多くは王妃のサークルで活動する王党派詩人たち (John Evelyn,

Richard Crashaw, Edmund Waller など）のジャンルに従って書かれたものと思われる (Calhoun, et al. 225; Taaffe 47–59)。収録された詩の内容から、登場する話者の Mistress はおそらくカウリーの想像上の恋人で、具体的な政治性や社会性は見られない (Morris 30–33)。擬人性が用いられる "The Spring" と "The Tree" のどちらの詩も男性話者が自分の恋や恋人について語るものであり、木の種類は不明である。カウリーは詩によって樹木の擬人性を使い分けるが、"The Spring" では話者の疎外感が、"The Tree" では話者と樹木の一体感が擬人性選択の鍵となっている。

ラニヤーの詩における愛する人との別れによって枯れてゆく樹木とは違い、"The Spring" においては恋人が去って悲しむ話者が、自分が感じる悲しみや陰鬱さとは対照的に美しく咲き誇る春の花や樹木を非難する内容である。

> 君がいないというのに、僕はこう言わざるをえない、
> 　これまでとまったく変わらず
> 　木々は美しく、花々は艶やかだ。(1–3 行)[7]

この詩では三人称複数が用いられているため樹木の性別は明確ではないが、ギリシア・ローマ神話の女性（ダフネ）が月桂樹に変身する場面やオルペウスの元に木々（その多くは元々女性だった木々）が集まる場面を描写しながら樹木を女性と結びつける。

> 愚鈍な被造物 (Dull creatures) よ！　理由もなく
> 彼女が知の神から逃げて、木に変えられたわけではない。
>
> 古代、確かに木々はもっと賢明だった、
> かのトラキア人の詩を聞いて喜んだのだから。
> 　　オルペウスが歌い始めた時に
> 自然の女神は木々に留まるよう命じたが無駄だったのだ……（23–28 行）

性別を与えられた樹木とその背景

話者は樹木を「愚鈍な被造物ども (Dull creatures) よ！」と呼んで貶めるが、去った女性と樹木の関係について次のように語る。

> だが今誰がその被造物どもを非難できるというのか。なぜなら君が去ってから、
> それらがここで唯一の美 (the onely Faire) で、輝く存在になるのだから。
> 　　君はそれらの自然の権利を侵害したのだ、
> 　　歩こうが座ろうが君がいるところでは
> 　　どんなに生い茂った枝葉も木陰を作ることは出来なかったのだ、
> 　　太陽が影を作っていたにもかかわらず。（33–38 行）

樹木の性別は "They're here the onely Fair"（34 行）の表現によって女性 [the fair sex] であると考えられる。また、「君はそれらの自然の権利を侵害した」の表現からは話者の恋人と美しい木々は共存できず、木々が恋人を排除して美しさを誇る権利を奪い返したとする話者の考えを読み取ることができる。その上で樹木を恋人より下に貶めていく。そして最終連では話者にとっての春を次のように語る。

> 君がここに戻って来る時、その時 (that) が僕にとっての
> 開花期 (The time)、他の者にとってそれは今この時期 (this)。
> ・・・・・・・・・・・・・・
> 最良の季節をもたらすのは君だ、
> 獣にとってはこの時期 (This) が、男たち (Men) にとってはその時 (that)
> 　が春なのだ。（41–48 行）

目の前の木々の美しさは動物のためであり 話者を含む男たち（人間）には喜びをもたらさず、「君」が戻って来るその時こそが「春」なのだと話者は主張する。樹木の美は動物的な感覚のみを刺激する表面的な美であり、rational soul を持つ人間の心を動かす真の美ではない。その表現は、まるで樹木が真の美を持つ話者の恋人に取って代わろうと話者を

誘惑する女のようである。そして話者の心情を理解せずに美を誇る樹木は「愚鈍な被造物ども (Dull creatures)」(23 行) へと貶められる。"dull" には "senseless" の意味があるため、女性詩人のラニヤーが女性同士の絆を破壊するオークを男性とした上で「感覚なき被造物 (sencelesse creature)」(167 行) と呼んで物体へと貶めるのと同様に、男性詩人のカウリーは男性話者と恋人の絆を破壊する木々を、感覚のみを刺激する表面的な美で話者を誘惑する女性とみなし、その後「感覚なき被造物 (Dull creatures)」(23 行、下線筆者) へと貶めている ("dull" def. 2a)。ラニヤーの詩においてもカウリーの詩においても、話者に共感せず話者と大切な人との絆を破壊する排除すべき樹木はその役割に相応しい擬人性を与えられ、最終的には単なる「物体」へと貶められるのである。

　一方の "The Tree" では、男性話者が庭園で最も繁茂する樹木を選び、その樹皮に恋人の名を刻む。

> 僕は庭で最も生い茂る木 (the flouri'shing Tree) を、
> 　枝の瑞々しさとこずえの美しさで他を凌ぐ木を選んだ。
> 僕は愛しい人の名をその柔らかな樹皮 (his gentle Bark) に刻んだ、
> 　すると 3 日後に、見よ、木が枯れてしまった！
> 僕が書いたまさにその炎が激し過ぎて、
> 　炎で木が燃え、枯れてしまったのだ。(1–6 行)

"his gentle Bark"（3 行）の語から、前述の "The Spring" の樹木と違って樹木の性別が男性であることが判明する。しかし 3 日後に樹木は枯れてしまい、話者はそれを木に記されたわが炎、つまり恋の炎で燃えたためと考える。さらに 2 連目で話者は自分の心の傷と木に与えた傷を比較する。

> どうやって僕に生きろというのか、心の隅々まで
> 　深く傷つけられているのに、

> おまえの幹が耐えられる傷よりもさらに広範の、
> 　　数多の傷の歴史 (History) を経て。(7–10 行)

話者は自分の心のほうが、樹木よりも多くの傷を受けて耐えてきたと訴える。この詩では第2連から第4連までは話者から樹木への語りになり、最終の第5連では話者による自分自身への語りに変化する。そして話者はこの枯れた樹木が自分の恋の運命を定めるものとして、自分の恋さらには自分自身の運命と樹木を重ね合わせる。

> ああ、哀れな若者 (poore Youth) よ、おまえの愛は決して花開きはしない！
> 　　この枯れた木がそれを運命づける (predestines) のだ。
> 不吉な結びを作りに行き（おまえは生きるに及ばず）
> 　　おまえがそこに記した詩行で
> 不格好に垂れ下がる、あの不幸な傷の歴史 (that unlucky Historie) に見合う
> 　　物悲しい像 (the sad Picture) となるがいい。(25–30 行)

前述の "The Spring" と違って "The Tree" では男性話者が男性である樹木に共鳴し、さらに25~27行目で樹木の死が話者の恋の死だけでなく話者の死へと繋がっていき、話者が樹木と一体となることが示唆される。リー・ナイト (Leah Knight) は、樹木の枯死が詩人の苦しみを表すのは感傷的誤謬であり、話者が付けた傷が原因であると述べる。そして、話者ではなく恋人のほうが樹木同様の存在で、樹木が話者に共感しないのは恋人と話者の身体的・精神的距離の描写であり、木への刻字は人間と人間が欲する物との距離の具現であると主張する (103–104)。しかし、最終連における話者の運命と樹木の運命を結び付ける "predestine" の語や自分自身の死を示唆する「おまえは生きるに及ばず (why shouldst thou live?)」という言葉から、描写されているのは樹木からの共感ではなく「樹木に対する話者の共感」であることがわかる。樹木は話者の "second self"(Knight 100) であり、話者の予型的存在と言えるだろう。

The Collected Works of Abraham Cowley の編者カルフーン (Calhoun) らは、"The Tree" はオウィディウスの『名婦の書簡』や『変身物語』、ホラティウスの『歌集』の影響を受けながら、旧約聖書のイメージも含むことを指摘する (295)。[8] そして、冒頭で描かれる繁茂する樹木は創世記の命の木や善悪の知識の木を、最終連の描写は堕落を示唆すると述べる (296)。聖書のイメージを考慮した場合、大文字の "The Tree" という語にはキリストの十字架の意があり、それはオークでできているとされる（*OED* "tree" def. 4a; フリース "oak"）。詩においても Tree は常に大文字で記され、3日後に死を迎えるという表現から死から3日後に復活したキリストとの関連を想起させる。また、"predestines"（26 行）の語も宗教的な予定説を思い起こさせる。これらを考えると "The Tree" はキリストの十字架に重ねられる。もちろんこの詩は宗教詩ではなく恋愛詩であるが、宗教的なイメージは他の恋愛詩にも現れている。この詩の直後に収録されている "Her Unbeliefe" では恋人を "my Idoll"（6 行）と称する偶像崇拝のイメージだけでなく、死からの復活を示す表現も見られる。

> 僕は君の不信 (Vnbeliefe [sic]) によって罪なく (guiltlesse) 殺された。
> 　ああ、信仰 (Faith) のみ持て、そうすれば君は
> 　あの信仰とは誠実である (true) ことだと知るのだ、
> 信仰は奇跡によって信仰自体を支え、
> 　そして僕を死者の中から復活させるのだ。("Her Unbeliefe" 21–25 行)

タイトルにも用いられている "Unbeliefe" は不信、特に宗教上の不信心を意味する語である。そして "Faith" は宗教的には信仰を、恋愛では貞節を意味する。この "Faith" が罪もないのに殺された私を死者の中から復活させるという表現は、明らかにキリストの復活と愛の復活を重ね合わせている (Mat. 28: 6–7)。"The Tree" の最終部に話を戻すと、カルフーンらは詩人が自殺的な観点から自分自身に語っていると述べるが、"The Tree" と直後の "Her Unbeliefe" を一続きとして考えると、男性話者は十

字架である樹木と運命をともにするキリストになぞらえた恋の殉教者と言えよう (296)。それゆえ "The Spring" とは対照的に、話者と一体となる樹木オークの擬人性は話者と同じ男性であっても不思議ではない。

　カウリーの詩における樹木の擬人性の用法をまとめると、"The Spring" においての樹木は男性話者を誘惑する女性のような存在とみなされ、話者とその恋人との絆を破壊する排除すべき存在として「感覚なき被造物 (Dull creatures)」と呼ばれて単なる物体に戻される。一方 "The Tree" においては、男性話者は樹木に共感した上でさらに一体化することが示唆される。樹木は話者の予表的存在として話者と同じ男性の性別が与えられる。革命期から共和制の時代の恋愛抒情詩の多くは王党派詩人によるものであり、それはペトラルカ風恋愛詩の系譜に属す報われない愛をうたうものだった。[9] そのように考えると、カウリーの詩において異性間の愛情や共感は成就あるいは成立せず、異性はむしろ疎外される対象となる。反対に話者と共感および一体化が起きる場合は同性となる。それは擬人性を与えられた樹木と人間の間においても同じことなのである。

4. マーガレット・キャヴェンディッシュ
　　"*A* Dialogue *between an* Oake, *and a* Man *cutting him downe*"

　最後に、1653 年出版のマーガレット・キャヴェンディッシュの詩集 *Poems and Fancies* から樹木をテーマとする詩を取り上げる。そのうちの一つ "*A* Dialogue *betwixt* Man, *and* Nature" はタイトル通り「人間」と「自然」の対話詩である。内容は人間による樹木の伐採を自然が非難し、人間がそれに対して「樹木は愚鈍で感覚がない (*Trees* are dull, and have no *Sense*)」(1ʳ) などと語って反論するものである。この表現は、ラニヤーの "The Description of Cooke-ham" やカウリーの "The Spring" における話者による樹木批判を想起させる。この詩では樹木の種類は示されず

擬人性も与えられていないが、詩集には他にオークをテーマにした詩が 2 編あり、どちらもオークは男性として描かれている。本稿では対話詩の "*A Dialogue between an Oake, and a Man cutting him downe*" を考察する。[10] オークの擬人性はタイトル内に "*him*" とあるように男性である。対話の冒頭でオークは「なぜ大きくて長い私の枝を切り落とそうとするのか／あなたたちを暑さや灼熱の太陽から守るのに」(K^v) と訴えて、自分を切り倒そうとする人間を非難する。それに対して人間は森の王者オークを、変革を求める人々によって王座から追われる老王に喩える。

> ［人間］そなたはなぜ不満を述べるのか、年老いたオーク (*old Oake*) よ、
> そなたは何百年もの間、森の王 (*King of al the Wood*) としてそびえ立ってきたではないか。
> ・・・・・・・・・・・・・・・・・・・・・・・
> 王が老いれば、人々は彼らの政府から逃げ出すのだ、
> 安寧、平和、富を手にして暮らしていても、
> それでもその幸せな日々を変化と引き換えにしようとする。
> 不満を募らせ、常に派閥を形成するのだ。
> ・・・・・・・・・・・・・・・・・・・・・・・
> 歓喜の叫びをあげながら、人々は新たな王のもとへ走る。
> もっとも翌日には同じ王を引きずりおろそうとするのだが。(K2)[11]

さらに人間は「哀れなオークよ、おまえは無知のまま生きているのだ (*Poore Oake*, thou liv'st in *Ignorance*)」($K2^v$) と言ってオークを蔑み、世界中を航海して新大陸を発見する「堂々たる船 (*a stately Ship*)」($K2^v$) や、偉大な君主が住んで仮面劇などが行われる「堂々たる家 (*a Stately House*)」(K3) になるべきだと諭す。それに対してオークは、「自然が与えてくれたものに満足している」(K3) と答えつつも人間の飽くなき欲望を批判する。

［オーク］……それでも私は人間よりも幸せだ、
　　　　　自分の状況に満足している。
　　　　　人間は手に入れられないもの以外は何も愛さず、
　　　　　ひとたび味わってしまえばすぐに飽きてしまう。(K3–K3ᵛ)

この批判を受けて人間はこの対話の最後に次のように語る。

　　　［人間］他の被造物 (*Creatures*) は感覚 (*Sense*) のみで結びつく、
　　　　　だが人間にはそれ以上のものがある、それは神聖 (*divine*) なもの、
　　　　　人間には精神 (a *Mind*)、探求するための好奇心があり、
　　　　　天上を熱望するのだ、
　　　　　・・・・・・・・・・
　　　　　そして人間の心に欲望を生み出すものとは、
　　　　　自然が神聖 (*divine*) であるということ、人間の心は最良を追求し、
　　　　　決して満足することはないから、
　　　　　人間が神のように、完全な状態で住まうまでは。
　　　　　もしあなたが、人間と同じく、神のごとくなりたいと望むなら、
　　　　　私はあなたの命を助けて、あなたという木 (*your Tree*) を切り倒しはし
　　　　　ない。(K3ᵛ)

人間の最後の主張は、人間以外の被造物は感覚しか持たないが、人間はそれ以上のもの、神的なものを持つのだというものである。この詩では人間の持つ感覚以上のものは精神 (a *Mind*) だが、別の詩では人間のみが持つのは "reason" であり ("To all Writing Ladies" Aaᵛ)、それはアリストテレスの魂の三段階の rational soul に近いものと言えるだろう。[12] さらにそれは好奇心や知識の探求、nature に対する art であり、天あるいは神に繋がるものである。そして最後に、オークも人間と同じく神のごとくなりたいと望むならば、伐採しないでおこうと人間が冷笑的に述べる。このように、キャヴェンディッシュの詩においては、オークを代表とする樹木は人間から愚鈍で弱々しくみなされ、伐採を免れることがで

きない状況に置かれている。人間と樹木の対立関係を語りながら、樹木に対する人間の不条理さと残酷さを明らかにしつつも、樹木の敗北つまり死を予感させる終わり方である。そして敗北して死にゆく樹木を男性として描くことは、キャヴェンディッシュの男女観や当時の社会情勢と深く関わっていると思われる。

　この詩が執筆されたのはチャールズ1世の妃ヘンリエッタ・マライア王妃の亡命にキャヴェンディッシュが従っていた期間とされており、伐採の憂き目に遭うオークと人間の対立は、王室と共和政府の政治的対立を示唆する。[13] 実際に当時の政治的対立は樹木を巻き込み、森や御猟林を擁護する王室および王党派と、造船などのために森林伐採を推進するとともに広大な王室庭園セント・ジェームズ・パークの樹木伐採を命じた共和政府との間に森をめぐる攻防があった（川崎 192–94; 岡田 14）。[14] 上述した通りこの対話詩の中でオークは人々の支持を失う王に喩えられる。人々が不満を持ち派閥に分かれて変革を求めるという一節や、造船や航海による大陸発見などの記述を考慮すると、当時の社会情勢を反映した描写であることは明らかである。そのように考えると、斧で切られる運命にある森の王オークは斬首されたイングランド王チャールズを暗示し、ゆえに擬人性が男性であるのは当然と言えよう。キャヴェンディッシュは対話の最後で「人間 (Man)」の高慢さを描写するが、オークを無慈悲に追い詰める "Man" は女性を含めた人間の代表というよりも寧ろクロムウェルそして共和政府を象徴する「男性」と捉えるべきである。[15]

　また、オークは「人間たちは、何度も釘と頑丈な金槌で／自分たちの肖像画を掛けるため、私の脇腹を貫く (They pierce my *sides*)」(K3) と語るが、「わき腹を貫く」という表現はキリスト磔刑のイメージを想起させる (McColley 102–103)。オークの伐採にイングランド王チャールズの処刑だけでなくキリスト磔刑のイメージが重ねられる一方で、人間の性質は「決して満足せず」「神のごとくなりたいと望む」(K3ᵛ) 高慢さが強調される。オークの伐採は王の処刑やキリストの磔刑と同じく高慢な

人間の重大な過ちであると、キャヴェンディッシュが示唆していることが判明するのである。

　自然について人間は「自然は神的である (A *Nature* is *divine*)」(K3^v)と語り、さらに「彼女つまり自然は人間が強力になりすぎないよう／人間に彼女の全ての業を見せるのを恐れて身を隠すのだ (she does hide her selfe, as fear'd to shew / *Man* all *her workes*, least *he* too powerfull grow)」(K3^v) と語る。この部分では自然を卑小化する人間の高慢とともに、自然の擬人性が明らかとなる。この詩における自然は神的な女性つまり万物を生む伝統的な自然の女神であり、オークの母的存在である。キャヴェンディッシュはこの詩集に収録された "To the Reader" で詩作と女性の仕事である家政 (housewifery / good husbandry) との共通点を挙げて、一般的には男性のものとされている詩作と女性を結び付ける (A7)。
(16) そして "*it may taxe my* Indiscretion , *being so* fond *of my* Book, *as to make it as if it were my* Child, *and striving to shew her to the* World, *in hopes* Some *may like her*"（A7^v、下線筆者）と語り、自分の本をわが子、さらには "her" と呼んで娘とする。詩人が自分の作品をわが子とみなすのはフィリップ・シドニーなどにも見られるが (*Astrophil and Stella*, Sonnet 1)、その子を娘とするのはキャヴェンディッシュに特有である。詩を自分の分身である娘と捉え、そして詩を生み出した母としての自分自身を、万物の母である自然の女神と結び付けているのかもしれない。

　しかし、1664 年の第二版になると詩脚や韻を中心に文体を整える改変がなされるが、その際に擬人性の変更も加えられる。"*A Dialogue between an* Oake, *and a* Man *cutting him downe*" というタイトルは "*A Dialogue* between an *Oake*, and a *Man* cutting it downe" となり、オークの擬人性が him から it へと変更される。そしてエリザベス・スコット＝バウマン (Elizabeth Scott-Baumann) が指摘するように、"To the Reader" の中でわが本をわが子として "her"（娘）と称していた部分も中性的な "it" へ変更される (65)。この変化は一体何を表すのだろうか。初版と第

二版の間には 11 年の隔たりがある。1653 年初版時点のイングランドは共和政府の支配下にあり、その 4 年前にチャールズ 1 世は処刑され、ヘンリエッタ・マライア王妃は亡命中、息子チャールズも 1651 年のウスターの戦いで敗走して亡命し、王室はオーク同様に存続の危機に晒されていた。それゆえにキャヴェンディッシュは王党派の一員として、オークを高慢な Man（人間、共和政府）に苦しめられる王または王室に重ねて風刺的に詩を書いたと考えられる。詩集を娘としたのは、この詩集が初めての出版であったためキャヴェンディッシュ自身がまだ作家として認知されていなかったこと、没収財産返還の嘆願が認められず失意の状況だったことから、詩集が女性の作品であり分身であることを強調したかったのではないか。しかし 1664 年の段階では、既に王子チャールズが帰国後即位して王政復古が実現し、セント・ジェームズ・パークの大改修もなされ、詩におけるオークの立場と王室の立場は乖離している（川崎 232–33）。同年にジョン・イーヴリンが *Silva*『森林論』で植林を訴えるなど、樹木に対する保護の機運も高まっていた。キャヴェンディッシュ自身の立場も変わり、既に数冊の本を世に送り出して世間に認知されており、この詩集が女性作家としての自分の分身であると声高に叫ぶ必要がなくなったと考えられる (Scott-Baumann 65)。しかしこの第二版による擬人性の消滅は、裏を返すと 1653 年初版の時点ではキャヴェンディッシュが意識して擬人性——実際の政治情勢を投影したと思われるオークは男性（おそらく人間も複数形だが男性）、オークを生み出す自然は女神で詩人と同じ女性、詩人が産み出した作品はその娘（女性）——を選択していたことの証左となる。[17]

初版において神のごとく自らをみなす高慢で残酷な人間を男性とみなし、その人間に敗れるオークの擬人性も男性とすること、そして自然の女神および詩作品そのものを女性とする描写は、キャヴェンディッシュの男女観の現れであろう。平穏な生産的行為（家政・詩作）を行う自分自身を含める女性と対比して、殺戮を招く非生産性的な戦いを繰り広げ

る男たちを非難していると思われる。第二版においては、戦いが集結して王政復古がなされたため詩の中で風刺した体制は既に過去のものである。オークとイングランド王の結びつきは不要となり、オークを本来の樹木の性である中性へ戻したと考えられる。初版で体制批判と結びつけた自身の男女観を表す擬人性を消して、人間と自然の対立の構図を強調しようとしたのだろう。

5．まとめ

　今回考察したラニヤー、カウリー、キャヴェンディッシュはいずれも宮廷との繋がりを持つ詩人である。お互いの直接的な影響関係は深くなく、それぞれの作品が樹木を中心に論じられることは多くない。それぞれの出自は——宮廷音楽家の娘で妻のラニヤー、商人の息子でケンブリッジ大卒のカウリー、王妃付き女官から公爵夫人となったキャヴェンディッシュ——全く異なる。また、詩のジャンルもカントリーハウス詩、恋愛詩、寓意的な対話詩となっていてそれぞれ異なる。しかし樹木の性別である擬人性に焦点を当てると、一つの詩で擬人性を変化させるラニヤー、詩によって擬人性を使い分けるカウリー、時代によって擬人性を変化させるキャヴェンディッシュと、いずれも擬人性を意識的に詩に取り入れて、話者と大切な人との絆を破壊する樹木に対する敵対心や樹木との絆・一体感を効果的に表現している。それぞれの詩を考察すると、詩における樹木の擬人性が詩人自身の男女観やその執筆背景を色濃く反映させ、自らの心情や状況を樹木の生死に結び付け、人間と自然との真の絆を理想の形として訴えていることが判明する。いずれの詩においても、擬人性は詩人の意図を正確に読み解く鍵となるのである。

注

(1) 本稿は第 56 回シェイクスピア学会（2017 年 10 月 7 日於近畿大学）において発表した「性別を与えられた樹木とその背景：ラニヤー、カウリー、キャヴェンディッシュを中心に」に加筆修正を施したものである。

(2) Lanyer の日本語表記は定まっておらず「ラニア」の表記もある。

(3) Aemilia Lanyer の詩の原文はすべて Susanne Woods 編 *The Poems of Aemilia Lanyer: Salve Deus Rex Judaeorum* による。本稿での日本語訳は筆者による。

(4) ラニヤーとカンバーランド伯爵夫人およびその娘アン・クリフォード (Anne Clifford) の関係については Lewalski 216–17; Woods 28–30 も参照のこと。

(5) また、Bennet は擬人化によって人間と自然（人間以外のもの）が同列となり、人間を脱中心化させると主張する (120)。

(6) カウリーは 1668 年出版のラテン語作品 *Plantarum libri sex*『植物誌』の 5 巻、6 巻で樹木について論じている。しかしラテン語作品における擬人性は、作者の選択よりもラテン語自体の性の影響が大きいため本稿の考察からは除外する。

(7) Abraham Cowley, *The Mistress* (1647) 収録の詩の原文はすべて Alexander B. Grosart 編 *The Complete Works in Verse and Prose* (vol. 1) による。本稿での日本語訳は筆者による。

(8) ウェルギリウス著『農耕詩 (*Georgics*)』4 巻の影響もあると思われる。ウェルギリウスはオルペウスの元に集まった木々をオーク (quercus) としている。

(9) ジョシュア・スコデル (Joshua Scodel) は、この詩集でカウリーが示す王党派的態度とは中庸を示すことであり、それはピューリタン的節制や禁欲によってではなく、実らぬ恋を描くことで欲望を抑える中庸であると主張する (239)。

(10) もう一つは "*Of an* Oake *in a* Grove" でこちらは対話ではなく三人称の語りである。

(11) Margaret Cavendish の詩の原文はすべて *Poems, and Fancies Written by the Right Honourable, the Lady Margaret Newcastle* (London, 1653) による。本稿での日本語訳は筆者による。

(12) 実際にはアリストテレスと違って当時のキャヴェンディッシュは唯物論の一つである原子論を支持しているため、soul や mind も物質からなると考えている (Sarasohn 34–53)。

(13) 執筆時期については、1651 年に義弟とともにロンドンへ戻り、夫ウィリアムの代理としてキャヴェンディッシュ家の没収財産返還を嘆願して却下された後、1653 年に帰国するまでの間とされている (Cavendish 1653, R^v; James xxxii; Rees 36–37)。

(14) 川崎は「フォレスト」とは王の狩猟のために指定された山野であり、一般的に森林が主体だが必ずしも森ではないという理由で「御猟林」と訳している (73–74)。

(15) 1649 年出版のクレメント・ウォーカー (Clement Walker) 著 *Anarchia Anglicana* に含まれる版画 "The Royal Oake of Brittayne" には、チャールズ 1 世を表すオー

クがクロムウェルの指示によって兵士たちに切り倒される様子が描かれている (Yoshinaka 162–63)。
(16) キャヴェンディッシュによる詩作と家政の結び付きについては Fung 32–33 を参照。
(17) ただし、すべての詩において擬人性が消滅したわけではない。1664 年版 "*Of an Oake in a Grove*" では擬人性は男性のままである。この詩のオークは "an antient Oak ... was Sacred to Great *Jove*"(224–25) とあるようにユピテルを祭ったものであるため、変更しなかったと考えられる。

Works Cited

Bennet, Jane. *Vivrant Matter: a Political Ecology of Things*. Durham: Duke UP, 2010. Print.

Cavendish, Margaret. *Poems, and Fancies Written by the Right Honourable, the Lady Margaret Newcastle*. London, 1653. EEBO Editions. Print.

——. *Poems, and Fancies Written by the Thrice Noble, Illustrious, and Excellent Princess The Lady Marchioness of Newcastle*. London, 1664. EEBO Editions. Print.

Cowley, Abraham. *The Complete Works in Verse and Prose*. 2 vols. Ed. Alexander B. Grosart. 1881. Hildesheim: Georg Olms Verlagsbuchhandlung, 1969. Print.

——. *The Collected Works of Abraham Cowley: Volume 2: Poems (1656), Part1: The Mistress*. Ed. Thomas O. Calhoun, Laurence Heyworth, and J. Robert King. Newark: U of Delaware P. 1993. Print.

Fung, Megan J. "Art, Authority, and Domesticity in Margaret Cavendish's *Poems and Fancies*." *Early Modern Women: An Interdiscipilinary Journal* 10 (2015): 27–47. Print.

Horace (Quintus Horatius Flaccus). *The Poems of Horace consisting of odes, satyres, and epistles: rendred in Engish verse by several persons*. Trans. Alexander Brome, Richard Fanshawe, T. H. (Thomas Howkins), John Dunstall, and David Loggan. London, 1666. EEBO.

James, Susan. "Chronology of Margaret Cavendish." *Margaret Cavendish: Political Writings*. Cambridge: Cambridge UP, 2003. xxx–xxxiii. Print.

Knight, Leah. *Reading Green in Early Modern England*. London: Routledge, 2016. Print.

Lanyer, Aemilia. *The Poems of Aemilia Lanyer: Salve Deus Rex Judaeorum*. Ed. Susanne Woods. Oxford: Oxford UP, 1993. Print.

Lewalski, Barbara Kiefer. *Writing Women in Jacobean England*. Cambridge: Harvard UP, 1994. Print.

McColley, Diane Kelsey. *Poetry and Ecology in the Age of Milton and Marvell*. London: Routledge, 2016. Print.

Morris, Tim. "Cowley's Lemmon: Secrecy and Interpretation in *The Mistress*." *English* 60 (2011): 21–41. Print.

Noble, Louise. "'Bare and desolate now': Cultural Ecology and 'The Description of Cookham.'" Ed. Jennifer Munroe and Edward J. Geisweidt. *Ecological Approaches to Early Modern English Texts: A Field Guide to Reading and Teaching*. Routledge, 2015. 99–108. Print.

Ovid (Publius Ovidius Naso). *Ovid's Metamorphoses: The Arthur Golding Translation of 1567*. Ed. John Frederick Nims. Philadelphia: Paul Dry Books, 2000. Print.

Oxford English Dictionary Online.

Rees, Emma L. E. *Margaret Cavendish: Gender, Genre, Exile*. Manchester: Manchester UP, 2003. Print.

Sarasohn, Lisa T. *The Natural Philosophy of Margaret Cavendish: Reason and Fancy during the Scientific Revolution*. Baltimore: Johns Hopkins UP, 2010. Print.

Scodel, Joshua. "The Pleasure of Restraint: The Mean of Coyness in Cavalier Poetry." *Criticism* 38 (1996): 239–79. Print.

Scott-Baumann, Elizabeth. *Forms of Engagement: Women, Poetry, and Culture 1640–1680*. Oxford: Oxford UP, 2013. Print.

Sidney, Sir Philip. *The Poems of Sir Philip Sidney*. Ed. William A. Ringler, Jr. Oxford: Oxford UP, 2010. Print.

Taaffe, James G. *Abraham Cowley*. New York: Twayne P, 1972. Print.

Virgil (Publius Vergilius Maro). *Georgics: Latin + English + Vocabulary*. SPQR Study Guides Book 6. Paul Hudson, 2013. Kindle Edition.

Woods, Susanne. "Introduction." Lanyer xv–xlii.

——. *Lanyer: A Renaissance Woman Poet*. Oxford: Oxford UP, 1999. Print.

Yoshinaka, Takashi. *Marvell's Ambivalence: Religion and the Politics of Imagination in Mid-Seventeenth Century England*. Suffolk: D. S. Brewer, 2011. Print.

ウェルギリウス.『アエネーイス（下）』泉井九之助訳. 1976. 東京・岩波書店. 1997.

岡田宏子.「王政復古時代のカントリーハウス・エートス──"On St. James Park, As Lately Improved By His Majesty" ──」『椙山女学園大学研究論集』31 (2000): 13–29.

川崎寿彦.『森のイングランド：ロビン・フッドからチャタレー夫人まで』東京：平凡社. 1997.

『現代英文法辞典』荒木一雄, 安井稔編. 東京：三省堂. 1992.

フリース, アト・ド.『イメージシンボル事典』東京・大修館書店. 2008.

結合から分割へ
―― キャヴェンディッシュの原子論における多様性と秩序 ――

川田　潤

1. はじめに

　ギリシアの哲学者エピクロスにより唱えられた原子論の最大の目的は、世界／宇宙の構造の仮説を提示することではなく、死（後の世界）で人間をおびやかす宗教からの生の解放であった (Deleuze 278; Greenblatt 5–6)。原子論はいかに神と無関係に世界と生物が誕生／死滅するかを明らかにする思想で、生と死をめぐる問題こそが原子論の根幹に存在している。その後、ローマの哲学者・詩人ルクレティウスがエピクロスの原子論を韻文による『事物の本性について』で体系化するが、根本的に宗教と対立する思想である（とみなされた）原子論はキリスト教世界において消し去られ、エピクロスやルクレティウスの著作も散逸する。[1]

　しかしながら、『事物の本性について』が15世紀に再発見されて原子論の思想が復活したとき、スティーブン・グリーンブラットはその影響をボッティチェッリの「春」など芸術の分野における顕著な変化に読み取り (Greenblatt 10)、中世から初期近代への時代の変化の背後で重要な役割を果たしていたのはまさに復活した原子論であり、その影響は芸術に留まることなく、17世紀までに世界の理解のあり方を根本的に変化させたとする。曰く、「天使や悪魔や非物質的な原因に心を奪われていた状態から、しだいに現世の万物に注意を集中することが可能にな」り、「人間は他の万物と同じ物質からなり、自然界の秩序の一部である」(Greenblatt 10–11) ことを認識するようになったのは、原子論の復活によるものであった、と。このようにして、宗教を基盤として非物質・精

神を中心とした死と来世を考える時代から、現世における物質・肉体へと興味関心が移り、原子論を基盤とした世界の理解、生の原理の解明が17世紀に再び始まるが、それは同時に、同一性と多様性、能動と受動をめぐる近代(モダニティ)の問題でもあった。[2]

　本論で扱うマーガレット・キャヴェンディッシュは、イングランドにおいていち早くこのような原子論の復活に反応した人物のひとりである。内乱勃発後、代々王党派であったルーカス家の子女マーガレットは、オックスフォードに逃れてきたチャールズ一世妃ヘンリエッタ・マリアの侍女となり、王妃に従いパリに亡命する。その地で、マーストン・ムーアの戦いに敗れて同じく亡命してきたウィリアム・キャヴェンディッシュと出会い、二人は結婚する。パリの住居では、ルネ・デカルト、トマス・ホッブズ、ピエール・ガッサンディなどが参加する、いわゆるキャヴェンディッシュ・サークルと呼ばれる知的集いが開かれ、当時のヨーロッパの最先端の哲学の一端に、マーガレットは夫や義理の兄チャールズなどを経由した耳学問ではあるが触れ、原子論に関するさまざまなテクストを内乱期から出版する。彼女の原子論は、先行する／同時代の異なる言説を組み合わせ、詩から散文へとジャンルを横断し、生成変化の問題を巡る発生論的な思索の変遷を示すことになる。[3] 本論は、彼女のテクストで言及される原子論の特徴とその変化に注目し、多様性と秩序をめぐる原子論的思索と近代の問題の絡み合いを考察することを目的としている。

2. 原子の結合とジェンダー／セクシュアリティ

　1653年、マーガレットは原子論に基づいた詩集『詩編と虚構』(Poems and Fancies) を出版するが、その原子論は、基本的には、四大元素というそれまで中世で主流の考え方との整合性を図る形で展開されている。

四角く平らな原子は鈍い土として現れ、
　　丸い原子は澄んだ水をつくりだし、
　　長くまっすぐの原子は矢のように飛び、
　　天頂近くまで登り、空気の大空をつくり、
　　最も鋭い原子は火となり、
　　その刺すような性質により燃え上がる。
　　("The foure principall Figur'd Atomes make the foure Elements, as Square, Round, Long, and Sharpe" ll.1–6)[(4)]

　原子の形状の違いにより地水火風の性質／形相が生成されるとする、原子論と四大元素を組み合わせたこのような考え方自体はマーガレットの独創ではない。[(5)] しかしここで重要なことは、異なる素材である四大元素を生成する基盤となる原子に内的な素材の差異はなく、その外的な形状が異なることでさまざまな性質が生じるという考え方である。同じものから異なるものが産み出されるとするマーガレットの考え方は原子論の核心であり、原子の形状の違いが異なる事物の生成において重要であるという点も基本的に元々の原子論と同じ考え方である。[(6)]

　エピクロス／ルクレティウスの原子論と四大元素を結びつけたこのような原子論は、同じく中世において主流であったガレノス医学の四体液の理論とも結びつく。マーガレットは原子の均衡状態が崩れることによって病が生じるとするが、その考え方は四体液のバランスの乱れによる病というガレノス医学の考え方と基本的に一致している。[(7)] そして、更に、この身体の不調をもたらす原子の不均衡が、自然現象の発生に関する説明原理に敷衍されるときに前景化するのは、原子の安定状態／不安定状態をもたらす運動という概念である。

　　運動と全原子が一致しないとき
　　空には雷、人間には病が生じ、
　　地震や嵐は大きな混乱を引き起こす。

結合から分割へ

このとき運動が全原子を打ちすえている。
　この混乱状態において、原子は恐ろしい騒音を発する、
　というのも、運動が原子をその正しい場所にいられなくするからである。
　怯えた羊を一群となって走らせる
　狼の如く、運動は原子を脅かす。("Atomes and Motion fall out" ll.1–8)

原子の不均衡によって人間と自然界にさまざまな変調がもたらされるときに重要な役割を果たすのが原子（「羊」）の移動を引き起こすとされる運動（「狼」）である。ここでの説明によれば、運動によって原子の移動が生じ、その結果として原子の調和が乱れるとされ、運動は原子に内在するものではなく、外部に位置づけられる。運動が外部から原子に力を加えて原子が動かされるというこの考え方は、運動を形相の外側に位置づけるスコラ哲学と同一のものである。[8] エピクロス／ルクレティウスの原子論では原子はもともと固有の落下運動をしているのに対して、ここでは原子の移動が外からもたらされる受動的なものだとされ、この点でもマーガレットの原子論は中世の概念と融合している。

　しかしながら一方で、マーガレットの原子論では、原子の動きは必ずしも外的で受動的なものではなく、内的で能動的なものとして表現されることもある。先述したように原子の形状は性質の差異をもたらすが、同時に原子の形状はその動きの性質を決定する要素でもあり、この場合は原子の動きがそれぞれの原子に内在している。

　　土が動こうとせず遅く鈍い状態なのは
　　平らな原子には空虚がなく充満しているからである。
　　その形相ゆえに土には空虚はなく、
　　すべての部分が満たされ、空(から)の部分はない。
　　そして、空虚がないと動きは遅くなる。("Of Earth" ll.1–5)

平らな形の土の原子には空虚が存在していないために運動が遅くなると

するこの説明から、形状の違いは性質の差に加えて原子の動きと密接に関係していることがわかり、更に「遅」いとはされつつも土は運動の性質を内包していることもわかる。そして原子に固有の動きが存在するとき、そこには原子の「意思」とでもいうべきものが入り込んでくる。

> いくつかの形状の原子が適切に同意して
> 結合するとき、別の形状が生成される。
> それらの形状がいくつかの方法で結合すると、
> それぞれ異なる生物の構造が生じる。
> 　　　　("The joyning of severall Figur'd Atomes make other Figures" ll.1–4)

原子という主語が「同意する」という擬人法が用いられ、原子には何らかの意志があるように描かれることで、運動の性質を内包する原子の結合は意図的な動きとされる。エピクロス／ルクレティウスの原子論では否定される原子の「意思」というこの考え方は、マーガレットの原子論では重要な比喩として機能し続け、意思をもった原子の動きという概念に基づき、原子の結合は意思をもった男女の踊りとして表現される。

> 小さな原子が自らを用いて世界を創造することもある、
> あらゆる形の非常に小さい原子が。
> 原子は踊り、ふさわしい場所を見つけ、
> もっとも合意できる形状になり、あらゆる種類のものが創造される。
> 　　　　("A World made by Atomes" ll.1–4)

原子は外部に存在する運動によって動かされる受動的な存在ではなく、世界を創造する能動的な存在となり、自らを素材として新たな形状を産み出すのは意志をもった原子の動きとされ、世界を創造するその行為は、「踊り」と「同意」という比喩で表現される。互いに同意して踊る男女のペアの動きから新たなものが生まれるとする比喩には、セクシュアリティの概念こそ前景化はしていないが、少なくとも踊りを構成する

結合から分割へ　　241

男女というジェンダーの概念は入り込んでいる。このようなジェンダー化された原子の踊りによる均衡状態の生成という比喩は別の箇所でも述べられている。

> 原子は踊り、そのリズムは乱れない。
> そして、一つ一つの原子が丸い円を描く、
> 内から外へと、まるで私たちがカントリー・ダンスを踊るように。
> 　　　　　　　　　　　　　　　("Motion directs, while Atomes dance" ll.1–3)

ここでは男性と女性の二重円が内と外に入れ替わりながら回るカントリー（ヘイ）・ダンスの比喩が用いられ、調和のとれた原子の状態の生成過程が描かれる。異なる形の原子が男女の社交的な行為としての踊りを通じて新たなものを産み出すとされる場合、原子の運動は外部から加えられたものではなく、原子自体の意志による内在的なものである。そして『詩編と虚構』の一連の原子論に基づく詩編は、最終的には、意志をもった個々の原子（四大元素）が男女のペアとなり、踊りが全体に広がることで、「四大元素により世界という舞踏会が創造される」("A World made by foure Atomes" l.10) とされ、調和のとれた世界が形成されることで締めくくられる。

　このようにマーガレットの初期の原子論において、一方では運動を内包する能動的な原子が措定され、自らの意思で動く原子という考え方に基づいて調和や均衡をもたらす体系が語られるが、他方、先述した「狼と羊」の比喩の場合のように、混乱と変化が生じるとき運動は原子の外部に位置付けられる。更に、この混乱をもたらす原子の動きはセクシュアリティの比喩を通じて表現される。

> ……荒々しい運動が彼の (his) 巧妙な機知で
> 原子を自分の女衒にして新たな形式を得る。
> 原子は常に一定の形状でいることを望み

ひとつ場所にいて、その状態が永続することを望む。
だが運動が彼女に (she) 新しい形状をとるようにと説得する、
というのも、運動は変化から大きな喜びを得るのだ。
そして、全ての原子をある場所から別の場所へと走らせ、
その若い形状を、彼［運動］は抱きしめる。
("Motion makes Atomes a Bawd for Figure" ll.1–8)

　女性代名詞で受けられる原子は一旦場所が定まると自らは動こうとしない存在で、男性名詞で語られる変化を好む運動はその原子を説得し、新たな結合により新たな形態に変化させようとする。変化が産み出されるこのような説明の背後では、男性の浮気心という性的欲望が比喩として機能し、この場合、変化をもたらす主体は運動であり、運動は原子の外部に位置づけられる。確かに原子にも意思は存在しているが、最終的な運動と結合については、原子は運動の意思によって動かされる受動的な存在に過ぎない。

　本節で確認してきたように、マーガレットの原子論には、意志をもって運動する原子と、運動を外部から与えられる原子という二種類の考え方が混在している。ステヴァンソンは、マーガレットの原子論について、神を中心とした秩序の象徴たる魂の存在を否定することにもつながり、無神論の危険性があったとするが (Stevanson 157)、確かに、マーガレットが原子に運動が内在しているとするとき、あるいはいくつかの詩において「一つの世界」("A World") と書くとき、その背後には、運動する原子が偶然に衝突することによって複数の世界が作り出されるとするキリスト教的世界とは相容れないエピクロス／ルクレティウスの原子論の考え方が存在している。しかしながら、ゴールドバーグも指摘するように、マーガレットの原子論には、エピクロス／ルクレティウスの原子論の根幹をなしているクリナーメン、すなわち、原子の落下状態におけるごくわずかな傾き、それがなければ原子の衝突は起きずに生成が生じえないはずの重要な概念が欠如している (Goldberg 151)。動きを内在した

原子とクリナーメンを措定すると、原子論は万物の創造に一切の外部の力、例えば神の意志が介在する余地を消し去ることになるが、マーガレットの原子論はクリナーメンを消去することで、運動する原子でありながらも神の存在の否定には結びつかないようにし、その上で、原子に意思をもたせて秩序を志向させる。更に、運動を外部から与えられる原子という考え方の背後には、既にキリスト教と共存可能な思想となっていたスコラ哲学による運動を物体の外部に置くという考え方も取り入れられており、この点でも無神論の危険性が薄められる。

　このように原子の運動の二重性により巧妙に無神論の危険性が薄められたマーガレットの原子論は、新たな詩的想像力と自然哲学の原理として安全に利用される。しかしながら、この二重性は秩序と多様性の生成とその安定の難しさも示してしまう。即ち、原子が同意することで多様性と秩序が産み出される一方、原子が動かされるとき、多様性は無秩序へと向かう危険性も同時に示されている。まるで混乱の内乱期を象徴するかのように、『詩編と虚構』で示される原子論は、均衡と不均衡がせめぎ合い、秩序の安定は確保されてはいない。そのため、より安定した多様性と秩序の関係を目指し、マーガレットは原子論の修正案を提示した上で原子論自体を否定する方向に向かい、その世界創造の原理は結合から分割の方向に変化していくのだが、それについては次節で確認していきたい。

3. 政治の無秩序／自然の秩序

　前節で確認したように、内乱期のマーガレットの原子論は、四大元素、四体液論も織り交ぜつつも、基本的にはエピクロス／ルクレティウスの原子論に基き、さまざまな形体の同一素材の原子が結合することによって世界が構成されるという考え方であった。『詩編と虚構』以降も、

マーガレットは数多くの著作で原子論に言及しているが、王政復古期になると原子論に対する態度は変化し、初期の原子論への修正案が示され、その修正された原子論すら否定した上で、生命の多様性の誕生とその秩序についての独自の考えが述べられることになる。しかしながら、多様性と秩序に関する考えを語る際に原子論はしばしば参照され、その重要性が低下したわけではない。本節では主に 1666 年に出版された『実験哲学への所見』(Observations upon Experimental Philosophy) に注目して、初期の原子論に加えられる変更と批判を明らかにしつつ、同時に生の多様性と秩序について語るときの原子論の重要性について確認していきたい。

『実験哲学への所見』において、自己運動によって総体から部分の差異が生じる、すなわち、分割によって部分／個が生じるとする原子論とは対極的な独自の理論をマーガレットは披露するのだが (Observa-tions, 263)、その際、彼女は原子論の修正の可能性についても言及している。そのときに重視されるのが、原子の偶然の動きの否定である。

> ……原子の存在を仮定し、原子からすべてが創出されるとすると、自然のあらゆる部分に素晴らしい秩序と調和が観察されることを考えれば、正常な感覚と理性がある人物なら、世界と全自然の総体を構成する際に原子が偶然に動いているとは信じられないでしょう。少なくとも、感覚と理性がない原子など信じられないはずです。(Observations, 263　傍点引用者)

ここでは自然の多様性と秩序を説明するために、原子に感覚と理性があると仮定して、運動の偶然性が否定されている。感覚と理性を有することで原子の動きは意図的になり、偶然ではない動きをする原子によって調和がとれた多様性が産み出される可能性は残されることになる。多様性と変化と秩序を意志のある原子の動きで生成するという主張では、前節で確認した、調和を産み出す「踊る原子」という説明体系における原子の意思が「感覚と理性」として強調される。同様の主張は真空をめぐ

る議論の際にもなされている。

> それ故、真空に関する所見は、私の判断によれば、感覚も理性もない原子が偶然に動いているという意見と同じくらいにばかげています。というのも、原子は生命と知識があり規則正しく動いているという考えのほうが、原子が生命も知識もないのに偶然に規則正しく、賢く動いているという考え方より蓋然性があるからです。知識、感覚、理性がなければ、規則正しい運動などはありえません。それゆえ原子論に賛成する人々は、原子は自己運動をし、生命があり、そして知識のある実体だと信じるべきです。そうでないと、彼らの意見はとても非合理的になってしまいます。
> (*Observations*, 129　傍点引用者)

エピクロス／ルクレティウスの原子論において重要な概念である原子が落下する空間としての真空を否定し、それと同時に、彼らの原子論では原子は生命をもたない物質であったのに対して、原子には生命と知識が具わっているとするこの主張から、この時期のマーガレットがいかに従来の、そして自らの初期の原子論の概念を修正しているかが明らかになる。しかしながら、この引用でも原子論は完全に否定されているのではなく、原子に感覚と理性に基づいた意思の力を認めることで多様性と秩序を産み出すメカニズムを説明する体系としての原子論の可能性は残されている。一見不調和に見えても実は秩序が存在しているという自然観を説明するため、初期の原子論が「踊り」という比喩で曖昧な原子の意志しか提示していないのに対して、王政復古期では、感覚、生命、知識がある原子、自らの意思で運動をする原子という考え方が導入される。エピクロス／ルクレティウスの原子論を否定する理由は、感覚も合理性もなく偶然に動いている原子が世界の基盤であるなら、そこに統一性や秩序は生じないとマーガレットが考えるからである。感覚と理性を有する（故に偶然ではなく意図的に動く）原子という考え方は『実験哲学への所見』で繰り返し述べられる。

ですから、私は感覚も理性もない原子が偶然に動いているという考え方には全く反対です。もし自然がそのような原子でつくられているなら、いかなる種類や種族の生物も存在せず、統一性も秩序も存在しないでしょう。偶然の運動、非理性的で感覚のない運動など、物質や物体のない運動が考えられないのと同じくらい考えられません。というのも、自己運動は物体的であり、それゆえ感覚と理性もあるのです。

（Observations, 169　傍点引用者）

　初期の原子論に存在していた運動を原子／物体の外部に置くというスコラ哲学の考え方がここでは否定され、運動を原子に内在するものとした上で、多様なものを生成しつつも秩序を保つことは、偶然の原子の動きでは不可能だとして、マーガレットは原子が感覚と理性をもつと主張する。[9] しかしながら、感覚と理性を内包した原子という考え方であれば、自然の多様性と秩序は説明可能になり、原子論を維持することができたにもかかわらず、マーガレットは「ですが、原子論は真剣な哲学というよりは詩的な空想によりふさわしいものです。そのため、私は自分の哲学著作では原子論に別れを告げたのです」(Observations, 129) と、修正した原子論を自ら否定する。この変化は、詩で自然哲学を語るルクレティウスの『事物の本性について』とそれを見習った自らの『詩編と虚構』の時代は終わり、ロンドン王立協会誕生後、自然哲学の記述において散文が主流となる時代変化に気づいたマーガレットが、内容にふさわしいジャンル選択しようとしたとみることもできるかもしれないが、修正した原子論を捨ててまで独自の説を唱えた要因は、自己意識を有する原子という考え方には次のような仮説が付随し、その結果、重要な欠陥があると彼女が考えるからである。

　　……全ての原子はそれひとつで、単独で完全な存在でなければならず、そして絶対的な力と知識を有しているはずです。それによって原子は一種の神的な存在となるでしょう。そして原子の集団は自然に、整合性ではなく

むしろ混乱を引き起こしてしまうでしょう。というのも、全ての原子は絶対的存在、為政者であり、統治される存在ではないからです。
（*Observations*, 129　傍点引用者）

原子は各々が一種の神性を具えた為政者であるため他者を従わせることはできるが、自ら従うことはできず、その結果、自然界には秩序ではなく混乱が生じてしまうため否定せざるをえないとするこの議論の背後には、一神教としてのキリスト教の保持と、理念的には複数の指導者が存在していた共和制への批判を読み取ることが可能である。踊りの比喩を用いて、両者の調和を目指して動くとされたジェンダー／セクシュアリティ化された原子の運動について能動と受動の両方の可能性を残して無神論の危険性を回避した初期のマーガレットの原子論は、後期になると、宗教的・政治的な比喩で語られ、原子の意志は統治と被統治の問題と結びつくことで調和の可能性が排除され、その結果／それに基づき、原子論は否定される。[10] 更に、原子論的な結合による秩序の構築が否定される上記の引用において、「神的」という概念が語られていることにも注目すべきである。別の箇所でもマーガレットは同様に、「自然には偶然の動きは存在しない」（*Observations*, 264）と断言した上で、次のように神の存在に言及する。

　この目に見える世界も、あるいは、そのいかなる部分も、偶然によって創造されることはありませんし、感覚のない、非理性的な原子の偶然の出会いによって創造されることはありません。そうではなく、神の全能の神意と命令によって、無限の自然という永続性から生じる前・存在の物質から創造されるのです。（*Observations*, 264　傍点引用者）

ここでは偶然の原子の動きを否定し、前述の引用では曖昧に「神的」と表現されていたものが、はっきりと神とされ、神による世界の創造が語られる。世界創造における神の意志の存在を復活させることは、原子論

最大の目的である死を利用する宗教からの人間の生の解放とは一見大きく異なるように見えるが、ここでの主張は決してキリスト教の非物質的な世界観に立ち戻っているわけではない。ここで論じられていることは、生成の起源たる神の創造を棚上げして、現世で進行している自然からの／における生成変化の状態を捉えようとする考え方である。次の引用でも、世界創造についての主張の核心は、聖書で語られる神による創造ではなく、複数宇宙論と自然の多様性であり、その際に再びエピクロス（の原子論）が言及され、肯定される。

> と言うのも、聖書には世界創造が語られていますが、自然それ（彼女）自体の創造は述べられていません。この世界が現在のような形と状態に創造されたと述べられているだけです。そして、かつて多くの他の世界があったかどうか、その時この世界が別の形であったかどうかは誰にもわかりません。いえ、もし自然が無限なら、無限の世界があるはずです。というのも、私はエピクロスと同様にこの世界が宇宙の一部にすぎないと考えています。そして、自然が自己運動することで、その部分／個は永遠に変化します。神、その存在だけが不動です。と言うのも、神は自分の全能の神意と命令によって行動をし、自然の法則に従ってはいないからです。
>
> (*Observations*, 264　傍点引用者)

聖書で語られているのは世界の創造であり、自然の創造は語られていないとした上で、自然の自己運動で個別の部分が永遠に生成変化するとされ、自然が無限であるなら世界は無限に存在するはずだとマーガレットは主張する。前述の引用では、自然の創造が「神の全能の神意と命令」によるものとされていたが、この引用では神の存在が認められる一方、創造後の自然と神は切り離して捉えられ、その結果、創造後の世界における変化の発生とその秩序が考察の中心になる。通常、無神論とされるエピクロス／ルクレティウスの原子論だが、彼らは神を否定していたわけではなく、神を安定的存在とするために世界から切り離した上で（現

結合から分割へ　249

世とは無関係という条件で）その存在を認めていた。[11] 静的で変化のない世界ではなく、常に多様性が生成され続ける動的な世界を考察するには、この世界と人間を神と隔てる原子論的な発想が必要不可欠なのである。確かに、意思をもたない原子が真空の中を落下する過程でクリナーメンによる偶然の衝突が起き、世界が生じるというエピクロス／ルクレティウスの原子論とは異なるものの、マーガレットの考え方には、創造後の世界／自然を神と切り離し、世界／自然を物質として捉え、多様性と秩序を同時に産み出すメカニズムを模索する原子論の根幹をなす問題が保持されている。そして、マーガレットは、極小物質の組み合わせによりさまざまな物質が生じるという原子論を逆転させ、極大物質の分割によって種々多様なものが生じるという考え方、具体的には、次の引用のように、自然を極大の自己意識と自己生命を有した存在として捉え、それが無限の部分に分割可能だとする考え方に至る。[12]

> 自然とは自己運動し、その結果として自己生命、自己知識のある無限の総体で、無限の部分に分割可能な存在だというのが私の見解です。ですが、これらの部分は原子ではありません。自然には分割不可能なものなど存在しないので、原子は存在しません。実体、あるいは物体には量があり、そして、量があるものは分割可能です。ですが、もしある部分が有限なら、それを無限に分割することは不可能ではないかと言う者もいるでしょう。それに対して私は自然にはひとつの有限の部分など存在していないと答えます。自然の部分などというものを私は理解できません。穀物の一粒あるいは山の砂のようなひとつの形状と大きさがあり、他から分離された部分など自然にはありません。そうではなく、自然は無限の総体、巨体、巨大な存在で、自己運動によって無限の部分に分割されますが、その部分とは単独のそれ以上分割不可能な存在ではなく、ひとつの連続する総体の部分で、特定の運動の変化によって引き起こされ、その固有の形状によって識別可能になっているにすぎない存在なのです。(*Observations*, 125–26)

ここでは秩序ある自然を総体として考え、その自然全体が自らの運動によって、個別の差異としての部分（全体と切り離された存在ではない部分）を生じさせる過程が説明される。部分とされるものは、個として分別可能な原子のような存在ではなく、全体から分割されてはいるが切り離されてはおらず、形状として識別できるがもともとの総体とは連続している、とされる。同一の存在（総体としての自然）から多様性（個々の部分）が生まれながらも、その多様な部分は総体から切り離されていないため秩序は保持される。男女の比喩で語られていた初期の原子論とも、為政者の比喩で語られていた後期の原子論とも異なり、分割に基づくこの発生論は、自然という単性（女性）から無限の部分が産み出されるとする比喩で語られるが、静的世界ではなく動的な世界、生成変化する世界を捉え、多様性に秩序をもたらすメカニズムを考えるという点では、原子論の重要な観点を継承しているものである。

　そして、この分割による自然の多様性と秩序という考え方は、『実験哲学への所見』という哲学著作と合本で出版されたフィクション『新世界誌』でも重要な役割を果たしている。物語第一部の後半、偶然により異世界である「光り輝く世界」に到着してその女帝となった人物は、自らの書記として「ニューカッスル公爵夫人マーガレット・キャヴェンディッシュ」の魂を召喚し、二人はそれぞれさまざまな原理に基づいて理想の世界を創造しようとする。「公爵夫人」は、タレス、ピタゴラス、プラトン、アリストテレス、デカルト、そしてホッブズの意見に基づき世界を創造するがその世界では安定した秩序が存在しない (*Blazing World*, 187–88)。最後に彼女は、まさに上記の原理に基づき、「感覚的かつ合理的な自己動因を具え」た世界を創造し、その結果、「創造された世界は斬新な多様性に溢れ、秩序のある賢く統治された」(*Blazing World*, 188)「理想世界」となる。この箇所は自然を自らと同一視した女性作家マーガレットの支配への渇望として捉えられることもあるが、一方で、これまでみてきたように、現実世界が生成変化し続ける存在であることを認

めた上で、多様性と秩序を同居させるメカニズムの説明でもある。『新世界誌』では、この後「女帝」と「公爵夫人」の二人は「現実の」イングランドに赴き、その無秩序状態と「公爵夫人の夫」の不遇を嘆くのだが、宗教・政治的な動乱で国家の体制が変わり、その中で翻弄されるキャヴェンディッシュ公爵の姿は、まさに為政者たらんとする原子が衝突して秩序が無くなった世界の中で翻弄される個人の象徴でもある。そして、王政復古後もかつての絶対王政による秩序は完全に回復せず、キャヴェンディッシュ公爵は権力争いにより国家の中枢に返り咲くことはない。物語では、同じく混乱する女帝の世界について、「公爵夫人」が、現状を変化させ、新たな秩序を一人の支配者、宗教、法律、言語に基づき、築き上げる必要があると助言する (*Blazing World*, 201) が、これは一方では絶対王政への懐古であるかもしれないが、同時に、共和制でも絶対王政でもなく、新たなイングランド国家の夢想、それは名誉革命後に始まる新たなイングランドに結びつく可能性も示唆してもいるだろう。すなわち、長らく続く変化と衝突の時代を経験し、現世の生成変化を捉えることの必要性を痛感した結果、多様性がありつつも秩序がもたらされる体制をつくるためには、全体と結びついた多様な個の秩序をもたらすメカニズムを模索する必要性から考え出されたのがマーガレットの分割による発生論なのである。その場合、全体とはもはや神ではなく、絶対的な君主でもない。部分／個を全体の変化の部分的な表出だとするこのような考え方によって、個／主体は、ルネサンス的な自律的な個とは別の存在となり、個の多様性と全体の秩序の同時存在の可能性が開かれる。だが、このような「新世界」は、マーガレットの場合、哲学著作と同時にフィクションにも登場する、現実と虚構の狭間の世界として表象されるざるをえなかった。

4. 終わりに

　以上見てきたように、マーガレット・キャヴェンディッシュは、1650年代にいち早く原子論の思想に触れ、神による世界創造を否定しないように留意しつつ、多様性と秩序の問題をめぐり、原子の運動／意思について語る。ジェンダー化された原子は、男女の踊りという比喩で同意と秩序をもたらす一方で、同時にその外側には、原子の安定を脅かす運動、変化と多様性を産み出す機会ともなる運動が存在することで、混乱と変化がもたらされる可能性も存在していた。一方、王政復古以降の原子論では、原子に理性と感覚を明確に与えるが、為政者と被支配者という政治的比喩で語られる原子は、互いに衝突することで混乱を生じさせ、多様性と秩序を両立させるために、原子論の結合の原理を逆転した分割の理論、自然を総体とした上で、その自己運動によって個の多様性が生じるとの理論が語られる。しかしながら、一見すると原子論を否定あるいは逆転したかに見えるこの理論の背後には、神や死と切り離された形で、現在の生命の発生とその多様性と秩序の同時存在の可能性を探る、すなわち生成変化する世界／人間に関する近代(モダニティ)の問題を考察する思想としての原子論が存在している。

＊本論は 2014 年 8 月 9 日の十七世紀英文学会東北支部での発表「十七世紀の原子論とジェンダー／ポリティクス——マーガレット・キャヴェンディッシュの原子論——」を大幅に改訂したものである。また、本研究は JSPS 科研費 15K02291 の助成を受けたものである。

註
(1) ギリシアからローマ、そしてルネサンスまでの原子論の受容・否定の歴史については、Wilson 39–54 を参照。
(2) 近年、原子論は近代的な人間の（生死に関する思索の）基盤をなす重要な思想であるとの認識に基づく研究が進み、例えば、ジョナサン・ゴールドバーグも原子論に注目している。彼は自ら率いてきた文化唯物主義批評が「物質性につ

いての理論的な課題」にきちんと取り組んでこなかったという批判を認めた上で、原子論を扱うことでその欠点を補うことができるとする (Goldberg 2)。その上で、『事物の本性について』が「原子を肉体または種子として比喩的に表現することで、その詩が原子の性的な比喩で満たされていた」ことを指摘し、「[原子論などの] マテリアリズムに参与することは、必然的にジェンダーとセクシュアリティを含意することになる」(Goldberg 5) とする。そして、原子論の根源的な課題とは「同じ素材で構成されたものから、いかにあらゆる差異が生じるか」、すなわち、同一の素材から異なる存在が産み出されるメカニズム、発生の原理に関する「同一性と差異を扱う困難な課題」(Goldberg 5–6) だとして、発生論としての原子論の観点から、16、17 世紀の文学作品の分析を行う。本論で扱うマーガレット・キャヴェンディッシュに関してもセクシュアリティ表象に注目した分析を行っている (Goldberg 122–78) が、本論は、ゴールドバーグの議論を踏まえた上で、セクシュアリティの比喩が消えていく過程に注目している。

　また、ゴールドバーグが参照しているように、ジル・ドゥルーズは原子論を批判哲学の基盤として考えている。あらゆる時代の権力、ギリシア時代の場合は神々、その後のキリスト教の神、そして近現代の政治権力全てが支配の道具として死の恐怖を用いているとして、ドゥルーズは、哲学が原子論的な立場から権力を批判することこそ人間にとって重要だと主張する (Deleuze 278)。そして、この反権力の哲学としての原子論の特徴を國分は、カントの超越論とヒュームの経験論を橋渡しする哲学、カントが「自我という統覚も、時間・空間という形式も、理性などの諸能力も、出来合いのものとして前提」してしまっているのを、「ヒュームの経験論」によって、修正した「超越論的経験論」と呼ぶ (國分 67)。その上で、存在論ではなく、発生論であることが重要であるとして、ドゥルーズが、「受動性に重きを置く哲学者でもあり、意志や能動性といったものを徹底的に疑っていた」ことを指摘し、「ドゥルーズは「変わる」(=生成変化) ということについて徹底的に考えたが、「変える」(=変革) ということは考えていない」(國分 6–7) とする。この原子論的な人間観とは、人間の能動性を重視するいわゆるルネサンス的なものとは反対に受動的な変化を重視するものであるとの観点に基づき、本論では、マーガレットの原子論における能動性から受動性への変化にも注目している。

(3) マーガレットの原子論の受容に関する簡潔なまとめについては Battigell 39–84 を参照。王政復古期には、古代の様々な学者の見解をパラフレーズした Thomas Stanley の *The History of Philosophy* (1655–62) をマーガレットは読み、様々な哲学に関する知識を学んだと考えられている (O'Neill xv)。また、彼女の原子論に対する態度の変化は、一般的に原子論から生気論 (Vitalism) への変化と捉えられるが、本論では、生気論的な主張においても、原子論が重要な役割を果た

していたと考えている。
(4) 『詩編と虚構』の原文は、Emory Women's Writers Project による "The Atomic Poems of Margaret (Lucas) Cavendish" による。
(5) 四大元素と原子論の融合は、Johannes Magirus の *Physiologiae Peripateticae libri sex* (1597) に見られるが、マーガレットが読んでいたかは定かではない。『詩編と虚構』では生と死に関する説明にも、エンペドクレスから始まりアリストテレスへとつながる、四大元素による世界の形成の説明と基本的には同じ考え方を見ることができる。例えば、特定の形の原子である火の元素は生命と密接に関係するとされ、球体で水の性質をもつ原子がそれを消すとされる ("What Atomes make Death" ll.1–4)。
(6) 後述する『実験哲学者への所見』において、マーガレットは、エピクロスの名前を挙げて、彼の原子論では原子に様々な形状の差異があることを次のように指摘している。「物質、すなわち、すべての自然存在の原理として、エピクロスは原子を創案しました。……単純な物体が最初のもので、そこから組み合わされたものが構成される。その単純な物体こそが原子なのです。それは、分割不可能、普遍、そして、それ自体にどんな変容も生じない物体であり、原子には異なる無限の形状があります。ある物は大きく、ある物は小さい」(*Observations*, 261 傍点引用者)。形状の違う単純な存在から複雑な存在が生じること、原子が結合することによってあらゆるものがつくられるというエピクロス／ルクレティウスの原子論の生成の過程を、マーガレットは『詩編と虚構』の時点では踏襲している。
(7) ガレノス及び四体液論については、Appplebaum の "Galenism" 及び "Humours" の項を参照。
(8) スコラ哲学において重要な概念である「運動」に関しては、Applebaum の "Motion" の項を参照。
(9) ゴールドバーグは、マーガレットの疑似的な原子論は、「無感覚から感覚が、偶然の出会いから反復と再生産」がおきるメカニズムを考えるために、原子に「感覚と理性を与えた」とし、そもそもの原子論は、クリナーメンにより差異と同一性の問題を解決しようとし、マーガレットは感覚と理性を有した原子という仮説でこの問題を解決しようとしている、と指摘している (Goldberg 149–50)。
(10) ここには、内乱期の政体から追放されていた時期の世界認識と結びついた二重の原子論から、王政復古期の新たなイングランド国家を考える世界認識と結びついた安定を求める原子論の否定という変化を読むことも可能かもしれない。すなわち、原子論に基づく世界観では再び紛争と内乱の世界へと戻ってしまう可能性が示唆されてしまうため、原子論は否定されることになる。基本的には王党派であるマーガレット・キャヴェンディッシュの政治的な評価については意見が分かれており、キャサリン・ギャラハーのように、マーガレットの王党

派的な姿勢の中に相対的な視点を読み込む研究がある一方で、デイヴィッド・ノーブルックのように、彼女に共和制との繋がりの可能性を読み込む研究もある。興味深いのはこの両者ともがマーガレットの政治姿勢に、絶対性と相対性、秩序と無秩序の揺らぎという原子論の課題を読み込んでいるという点である。

(11) エピクロスの原子論における神の存在については、Warren 238–42 を参照。

(12) ステヴァンソンも、マーガレットのこのような変化について、原子ではなく無限に分割可能な理性と感覚がある物質に用語を変えただけであり、その根本には、原子論が有していた物質性が保持されていたと述べている (Stevenson 162)。

参照文献

Applebaum, Wilbur ed. *Encyclopedia of the Scientific Revolution: From Copernicus to Newton*. Garland P, 2000.

Battigell, Anna. *Margret Cavendish and the Exiles of the Mind*. UP of Kentucky, 1998.

Cavendish, Margaret. "The Atomic Poems of Margaret (Lucas) Cavendish." Edited with an introduction by Leigh Tillman Partington. Emory Women's Writers Project. http://womenwriters.digitalscholarship.emory.edu/toc.php?id=atomic.

———. *The Blazing World and Other Writings*. Edited by Kate Lilley. Penguin, 2004.

———. *Observations upon Experimental Philosophy*. Edited by Eileen O'Neill. Cambridge UP, 2001.

Deleuze, Gilles. "Lucretius and the Simulacrum." *The Logic of Sense*. Translated by Mark Lester with Charles Stivale. Edited by Constantin V. Boundas. Columbia UP, 1990, pp. 266–79.［「ルクレティウスと模像」『原子と分身』原田 佳彦、丹生谷貴志訳、哲学書房、1986 年、pp.69–112.］

Gallagher, Catherine. "Embracing the Absolute: The Politics of the Female Subject in Seventeenth-Century England." *Genders* vol. 1, 1988, pp.24–39.

Gillespie, Stuart. "Lucretius in the English Renaissance." *The Cambridge Companion to Lucretius*. Edited by Stuart Gillespie and Philip Hardie. Cambridge UP, 2007, pp. 242–53.

Goldberg, Jonathan. *The Seeds of Things*. Fordham UP, 2009.

Greenblatt, Stephen. *The Swerve*. W.W. Norton, 2011.［『一四一七年、その一冊がすべてを変えた』河野純治訳、柏書房、2012 年］

Lucretius. *The Nature of Things*. Translated and with Notes by A. E. Stallings. Introduction by Richard Jenkyns. Penguin Books, 2007.

O'Neill, Eileen. Introduction. *Observations upon Experimental Philosophy* by Margaret Cavendish. Cambridge UP, 2001, x–xxxvi.

Norbrook, David. "Margaret Cavendish and Lucy Hutchinson: Identity, Ideology and Politics." *In-Between: Essays and Studies in Literary Criticism*, vol. 9.1–2, 2000, pp.179–203.

Stevanson, Jay. "The Mechanist-Vitalist Soul of Margaret Cavendish." *Margaret Cavendish: Ashgate Critical Essays on Women Writers in England, 1550–1700*. Vol.7. Edited by Sara H. Mnedelson. Ashgate, 2009, pp.153–70.

Warren, James. "Removing fear." *The Cambridge Companion to Epicureanism*. Edited by James Warren. Cambridge UP, 2009, pp.234–48.

Wilson, Catherine. *Epicureanism at the Origins of Modernity*. Clarendon P, 2008.

＊

國分功一郎『ドゥルーズの哲学原理』岩波書店、2013年.

亡霊は二度死ぬ
——マシュー・プライアによる翻案批判と
アフラ・ベーンの翻訳論——

大久保　友博

1

彼の冒涜行為たるや、シェイクスピアの墓を荒らし、
つまらないプロローグで亡霊を甦らせ、
あげく第二の死を迎えさせ、さらなる苦痛を与えるのみならず、
その悪魔の言葉たるや、託宣を悪用するのだ。(*ll*.69–72)[1]

　のち外交官・詩人として活躍するマシュー・プライア (Matthew Prior 1664–1721) がまだ 20 歳の若い頃に書いた諷刺詩「当世の訳者どもへの諷刺」("A Satyr on the modern Translators", *c*.1685) は、当時盛り上がりつつあったジョン・ドライデンと書肆ジェイコブ・トンソンによる共訳出版の流れに、冷や水を浴びせるものだった。とりわけドライデンをはじめとした共訳参加者たちの訳業が批判の的になるのだが、先に引用した一節はなかでも「翻案」("adaptation") ないしドライデンの言葉を借りれば「模倣」("imitation") と呼ばれる創作行為が槍玉に挙がっている。
　他人の作品を元に新しい作品を書く「翻案」、また他者のスタイルを借りながら自分の創作を行う「模倣」が、ここでは剽窃・盗用の意にも用いられる "plunder" という言葉で墓荒らしに喩えられているわけで、さらに続く「第二の死」("second death") という語句が穏やかではない。「第二の死」とは新約聖書のヨハネ黙示録に由来する言葉で、黙示録内で繰り返し言及される最悪の罰であり、その第 20 章では以下のように記されている。

即ち生命の書なり、死人は此等の書に記されたる所の、その行為に随ひて審かれたり。一三海はその中にある死人を出し、死も陰府もその中にある死人を出したれば、各自その行為に随ひて審かれたり。一四かくて死も陰府も火の池に投げ入れられたり、此の火の池は第二の死なり。一五すべて生命の書に記されぬ者はみな火の池に投げ入れられたり。(『文語訳』583)

すなわち生命の書に名前がなく最後の審判を通過できなかった者が、地獄もろとも火に焼かれることこそ「第二の死」で、たとえばジュネーヴ聖書 (the Geneva Bible) の欄外注でも「第一の死は肉体の自然な死、第二は永遠の死で、イエス・キリストを信じる者のみそこから免れる」(115)、または「魂の死、それは永遠の罰」(121) と記されるほど苛烈なものである。実際当時の聖職者もたびたびこの語を用いていて、王党派でイートン学寮長だったリチャード・オールストリー (Richard Allestree, c.1619–1681) が「よって自ら死を選ぶなら私は第二の死、炎と業火の池にさえ入るにふさわしい者となりましょう」(610) と述べたり、非国教徒の巡回説教師として知られたジョゼフ・アレン (Joseph Alleine, 1634–1668) もその著書『転向せざる罪人への警告』(An Alarme to Unconverted Sinners, 1672) で「あらゆる嘘つきは、炎と業火の燃える池、すなわち第二の死へと入ることになりましょう」(88) と語るなどするほか、「初期英国書籍オンライン」(Early English Books Online, EEBO) でも同様の用例が二千近い書籍に見られ、一方で「18世紀集成オンライン」(Eighteenth Century Collection Online, ECCO) では当該語句の現れる書籍が百にも満たないことから、もっぱら16~17世紀に通用した表現であったと思われる。

この流行語とも言える「第二の死」に備わった2度死ぬ地獄の含意のために下手な翻案行為は、ただ過去の文人に対して恥を掻かせるばかりか、最上級の冒涜行為を示すことになる。この語句で諷刺されるのは、もちろん実際に翻案劇『トロイラスとクレシダ』(Troilus and Cressida, 1679) の序幕でシェイクスピアの亡霊を登場させたドライデン当人であ

るが、この詩行の直後に同じく翻案を行った者として鋭い舌鋒に晒されたのが、ドライデン編集の共訳書『オウィディウス書簡集』(*Ovid's Epistles Translated by Several Hands*, 1680) に「オイノーネーからパリスへ」 ("Oenone Paridi") の翻案詩「「オイノーネーからパリスへ」の釈意訳」 ("A Paraphrase on Oenone to Paris") を寄せたアフラ・ベーン (Aphra Behn *c*.1640–1689) であった。

　本稿では、まずはこのプライア「当世の訳者どもへの諷刺」と『オウィディウス書簡集』との関係を見た上で、諷刺の対象とされたアフラ・ベーンがそののちどのような翻訳論を持つに至ったかを辿っていくこととしたい。

2

　「当世の訳者どもへの諷刺」は、マシュー・プライアがケンブリッジ大学のセントジョンズ学寮の奨学生だった1685年、学寮長ハンフリー・ガウア博士 (Humphrey Gower 1638–1711) に対して送られたもので、オックスフォード版著作集の編者はその年の (実際に年度の替わる) 3月25日までに書かれたものと推定している (Prior 823)。批判の背景としては、それまで3版を重ねていたドライデン=トンソン共同による翻訳書『オウィディウス書簡集』(1680; 2nd ed, 1681; 3rd, 1683) と、1684年に現れた詩と翻訳のアンソロジーである『雑詠集』(*Miscellany Poems*, 1684) とその第2集である『杜』(*Sylvae*, 1685) が翌年年始に立て続けて刊行されていたという企画の勢いにある。

　プライア自身、この詩を同封したガウア博士宛書簡のなかで、次のように記している。

　　われらの [対象たる] 訳者どもに思い知らせてやりましょう。ローマとアテネはわれわれの領土であることを。われらの桂冠詩人 [ドライデン] も良

い筆致で書けば、それを理解できる才に恵まれた人々にラテン作家たちの訳本を残せたかもしれないということを。わたしたちは他人を批難したいのではなく自分たちを守るために明らかにしたいだけなのだ、彼やその一党からわれらの言葉の腐敗が生じており、彼こそがそれを不誠実にも学識者へ投げつけてしまったのだと。(*Prior Papers* 2)

「われわれの領土」とはラテン語やギリシア語が「理解できる才に恵まれた人々」の領分、すなわち学識のある大学人・聖職者の縄張りのことであり、向こうからこちらへ領土侵犯してきたのだから、批判されるべくして批判された、とプライアは言いたいのだろう。事実、プライアは詩の冒頭で訳者たちを劇作家として自分たちと区別した上で、自分たちの創作で食い詰めて翻訳を手がけるようになった、という捉え方をしている。

> 舞台の団結された悪知恵が
> 当世の雇われ作家たちを邪魔しつつあるため、
> 近ごろ［劇場主］ベタートンが急成長して
> 古い劇を再演したり抜け目なく自作を上演したりするため、
> 手垢まみれのライダー［羅語辞典］が韻の目録をもって
> 当代の完全無欠の詩人を作り上げたため、
> 九ヶ月苦労して芝居を駄作に仕上げ
> 三日目の実入りを当て込んでいた者どもも
> 空っぽの頭を使っても渇望する胃袋を
> 養うことが今後もできるとは当然思えなくなり、
> 舞台活動から離れて、自らの昔からの天職を
> 劣作の埋め合わせとばかりに、悪訳へと取り換えているのだ、(*ll*.1–12)

ステュアート・ギレスピー (Stuart Gillespie) は、この頃に芝居小屋で組合が結成されたことと英雄劇のゆるやかな衰退を指摘した上で、そうした劇作の出版を担っていた書肆トンソンの企画に、時機としても人脈としても劇作家・劇場関係者（全訳者17名中9名）がちょうど集まりやす

い素地があったとしている (11–12)。もちろんオウィディウス『ヒロインたち』(*Heroides*) が訳されるのは今回が最初ではなく、1636年にはワイ・ソルトンストル (Wye Saltonstall, *c*.1602–?) の全訳が出て17世紀を通して版を重ねているが、彼自身はラテン語の教師であったから真面目な仕事のうちに入るのだろう。ただしラテン語の専門家ではない作家連中が盛り上げた翻訳出版に対してある種の反発にも近い動機を抱いたとするなら、プライアが不純な行為に憤る正義感の強い学生にも見えてくる。

ただしプライアが学寮長に詩を送ったことには、たとえば教課不履行で大食堂での食事を制限されかけたのを挽回しようとご機嫌を取ろうとしたためとの伝記上の推測もあるし (Rippy 4)、そもそも訳書や経験も豊富な学者が言うならまだしも、一介の学生にどうして（題材として選ぶほどの）ここまでの翻訳に対する自負があるのかという疑問も当然起こってくる。この後者については、プライア本人の立身のきっかけも無縁ではないだろう。

ウェストミンスターにある繁盛していた指物師の家庭に生まれたプライアは、近所の名門ウェストミンスター校で充実した古典教育を受けていたが、本人11歳の頃に父親が急逝して家業が立ちゆかず授業料が払えなくなり、学校から連れ戻されて家計のため、叔父アーサーが近くで経営する酒場リーニッシュ亭 (the Rhenish Tavern) で帳場番として働くことになった。おそらくその翌年に (Rippy 2–3; Eves 15)、のち庇護者となるドーセット伯チャールズ・サックヴィル (Charles Sackville, 6th Earl of Dorset 1638–1706) と出会うわけだが、当時のエピソードを酒場の向かいに住んでいたプライアの親友チャールズ・モンタギュー (Charles Montagu, 1st Earl of Halifax 1661–1715) の弟ジェイムズ (James 1665–1713) が書き残している。

> たまたまこの閣下［ドーセット伯］が、いつもの連れフリートウッド・シェパード氏が来ていないかと確かめにこの建物の酒場へと入っていくと、驚

いたことに、このマシュー・プライア少年がホラーティウスの本を手にしていたので、それを彼から取り上げて、持っていた本が何かと確かめて、それで何をしているのかと彼に訊ねてみた。マシュー少年は、読みふけっていたと答えた。ドーセット卿は「どのくらいラテン語がわかる？」と言った。彼が「少し」と返事をしたので、それを聞くなり、閣下は1、2ヶ所、口頭で訳させてみて、彼ができることがわかると、ドーセット卿はオードのひとつを開いて、それを英語に直してみせるよう言いつけると、それをマットは英語の韻文にして、散会するよりも早く一座のところまで持ってきたので、一座はその手際のよさと事の珍しさにたいへん感心して、みな気前よく彼におひねりをやった。そしてその一座がそこへ集うときにはいつも、ホラーティウスからオードを、オウィディウスから詩歌を与えて訳させるのが、まさしく彼らの娯楽のひとつとなった。(Eves 14)

古典語の成績もよく詩作も好んで叔父アーサーへ自作の詩を新年に贈ったという (Eves 7) 秀才の少年は、家庭の事情でやむをえず学校を離れていたわけだが、このときドーセット伯に見出され、ついには伯爵が授業料を肩代わりすることになり（ただし日用品代は叔父持ち）、ウェストミンスター校に戻ることができたという。そのあとは優秀な成績を収めて 81 年には王室奨学生になり、さらに自らの希望で（モンタギュー兄弟と同じ）ケンブリッジ大学を選び、1683 年 4 月にはセントジョンズ学寮の給費奨学生として入学することになった。こうした経緯を鑑みると、プライアは自らの「翻訳という一芸」に身を救われたと言ってもよく、それがきっかけで突発的に生まれた彼を中心にする一種の文芸サークルで、ドーセット伯をはじめとする錚々たる文人たちに囲まれながらその芸を鍛えられたのだから、まだ世に出ていない彼がそのことを、自分という人間が初めて社会に認められた大事なアイデンティティであると捉えていてもおかしくないだろう。

　つまり 20 歳の青年であっても、翻訳詩に一家言を持つじゅうぶんな背景があった次第だが、むろん諷刺とは低位から高位を狙い撃つもので

もある。レイチェル・トリケット (Rachel Trickett) も指摘しているが、他者を批判する諷刺はそれ自体が身を立てる方法でもあり、その場合、攻撃相手には地位や財産が揺るぎそうもない既に名声ある作家をあえて選んで、双方に害がないように心がけることも少なくなかった (*Honest Muse* 142)。ドライデン一派を敵視する理由として、ホイッグとトーリーの対立を挙げる者もあるが (Heavy 303–4)、動機はどうあれ当時桂冠詩人だったドライデンが学生時代のプライアとモンタギューの仮想敵だったことは間違いなく、のちにふたりが作ったパロディ詩『書き換え「牝鹿と豹」』(*The Hind and the Panther Transvers'd*, 1687) では「ドライデンの絶対化したものを相対化し特権的地位から引きずり下ろす」(西山 227) ことに成功して、文人としての出発点にもしている。「当世の訳者どもへの諷刺」はその前史に当たるものだが、では彼に批判された翻案とは実際にどんなものであったか、その諷刺とともに訳された詩行も見ていくこととしよう。

3

プライア「当世の訳者どもへの諷刺」で取り上げられて訳文を批判された文人たちは、ドライデンを「一味の頭」("the head of this Gang", l.23) として、順にネイハム・テイト (Nahum Tate 1652–1715)、ベーン、トマス・ライマー (Thomas Rymer *c*.1643–1713)、トマス・クリーチ (Thomas Creech 1659–1700) であり、クリーチをのぞいて『オウィディウス書簡集』の翻訳参加者だが、実は必ずしも劇作家ばかりでなく、とりわけライマーとクリーチの2名はドライデンお気に入りの学究肌の文人たちで、むしろ訳詩のつまらなさや拙さで攻撃されている。つまり一様ならぬ個々の分析と諷刺があるのだが、ここでは翻案批判に限定することにしよう。本稿冒頭で引用したくだりの続きは、以下のようになっている。

> しかし自国での略奪に飽き足らないとき、
> この海賊は外国との境に向かってさまようだろう。
> 彼がひっそりとさる不運な海岸に投げ出され、
> 自分の著作も辞書も失ってしまえば、
> ローマの作家の意味するところもわからなくなる、
> われら盲目の女翻訳者ベーンと同じほどに。(*ll*.73–78)

ここはまだドライデンへの諷刺で、翻案の種本を自国だけでなく外国にも求めながら、その異言語の本をろくに読めていない、とするのだが、「ベーンと同じほどに」読めないと言及するように、ここでアフラ・ベーンはラテン語のわからない人物として引き合いに出されている。これは『オウィディウス書簡集』に付されたドライデンの序文末尾にある、次の表現が踏まえられている。

> ただ『オイノーネーからパリスへ』のそれだけは、カウリー流の模倣のうちにある。ここで、このご婦人たる著者はラテン語を解さないのだ、という申し開きをしておきたい。が、事実そうだとしても、そう言った者が憚れるほどの出来になっているとは思う。(Dryden 119)[2]

ドライデンによる「『オウィディウス書簡集』への序文」は、弁論術の修辞に基づきながら、翻訳を「逐語のもの」("metaphrase")、「釈意のもの」("paraphrase")、「模倣のもの」("imitation") の３つに分けた上で、その中庸（釈意訳）をよしとして自ら編纂した翻訳集の訳業の幅を擁護するものだった（大久保「中庸の修辞」211–228）。例外としてベーンの翻案を挙げて事前に断った際の表現を、逆手に取られたわけである。

しかし確かに、（ドライデンの断りは横に置いて）ベーンの担当箇所「『オイノーネーからパリスへ』の釈意訳」("A Paraphrase on Oenone to Paris") をあくまで表題通り、最低限「意味を採った上で敷衍したもの」と考えて、原典の設定をそのまま使っているはずという先入観を持って読もうとすると、読者の想定とは大きく食い違う。キャロル・バラシュ

(Carol Barash) も指摘しているように、冒頭からして、原典ではパリスが手紙を読むという前提から始まっているのに対して、ベーンの翻案ではオイノーネーの書く気持ちが強調されている (114)。さらにギリシア神話の知識があるとかえって読書につっかえてしまうのが、続く以下の箇所である。

> せいぜい頑張っても愛とは折り合わない大きなもの、
> そのような隔たりが、あなた様とわたくしにはあるのです。
> かたやあなた様は王子で、わたくしは羊飼いの女、
> わたくしの怒り狂う激情は、和らげようがないのです。(*ll*.9–12)⁽³⁾

ここに対応すると思われる箇所の、原典に沿った散文訳では「まだあの頃は、あなたもそんなに偉くはなかった。でも私は満足して、嫁いだのです。偉大な河神の娘でしたのを。今はプリアモス家の殿君でも——憚らずに申し上げれば——当時はただの牧童でした。その牧童に、妖精が甘んじて嫁いだのです」(オウィディウス「名婦」317) となる。相違点としては、まず身分の設定がある。原典ではオイノーネーは神の娘であり、人間よりもはるか高位である上に、夫婦と契った当初のパリスは、親に捨てられて出自も自覚しない羊飼いに過ぎなかった。原典のオイノーネーは、相手が卑しくとも愛があるからと約束したのに、自分が王子となって高位となったら（それでも人間だが）その厚意を忘れるのか、と問い詰めているわけだ。それがベーンの翻案では、オイノーネーの神性はまったくなくなって、ただ捨てられた下層の女と、格上のパリスとの関係になってしまう。むろん「翻案」("adaptation") としてならあえて改変した可能性もあるが、あくまで「釈意訳」("paraphrase") とするなら、原典の「今はプリアモス家の殿君でも——憚らずに申し上げれば——当時はただの牧童でした」の部分を、かろうじて単語の意味はわかっても文法（性や時制）まではわからない者が、思い込みで「誤訳」したようにも思えてしまう。ベーンの詩ではこの行以降でもオイノーネー

は羊飼いであり、「小屋に住む農夫」("Cottager", *l*.31) とも自称している上、ホラーティウス『詩論』にあるように、翻案では一般によく知られた登場人物はあくまでそのキャラクターとしての一貫性を保持させるべきだとするなら（大久保「ホラーティウス」38–41）、その指針からも外れていることになる。

　ただし、ギリシア神話の知識としてオイノーネーの素性を理解していれば、原典の解釈として正しくないとわかることではある。プライアの諷刺詩では、先に引用したあと、ベーンへの批判が続けられる。

> この女流才子が次に罪人として立つ者で、
> その咎は、オヴィッドの詩ではなく、ただサンドのものを悪用したことにある。
> おそらく彼女は盗品の優雅さを身につけており、
> （それでは彼女の顔の崩れを少しも直らないが）
> その才が、美のように、心を征服するのだ、
> 自然が少なく、技芸が多く見えるところでは。(*ll*.79–84)

サンドとは、17世紀中葉にオウィディウス『転身譜』を完訳したジョージ・サンズ (George Sandys 1578–1644) のことで、オックスフォード版の編者はここに、サンズは『書簡集』を訳していないからサンズの訳し方を真似たのだろうという注をつけているが (Prior 825)、サンズの簡潔な訳し方とベーンの自由な翻案はあまりにも異なっているし、何より古典に詳しいプライアがそうした誤解をするとは考えがたい。むしろサンズは『転身譜』に膨大な訳注・解説をつけたことで知られ、後世では本文以上にそのコメンタリが神話の種本になったほどである（大久保「転身譜」61–62）。実際、サンズの訳本では第12巻と第13巻の解説に、パリスのことがトロイア戦争の経緯とともに詳しく書かれている一方で (Sandys 556–569, 601–616)、オイノーネーについては第7巻の欄外注でパリスの元妻の名として1度言及されるのみである (315)。とすればベ

ーンの「オイノーネーとパリス」が、ギリシア神話の設定が書き込まれたオウィディウスの書簡集原典をしっかり参照せずに、パリスのことがよく書かれたサンズの解説だけを種本に書いたと、プライアは判断したのではなかろうか。その上で、原典（自然）よりも、創作（技芸）が多いところでは、確かに心打たれるところもあると記したのである。

　ベーンの「オイノーネーとパリス」は、トロイア戦争の原因となるヘレネーをさらったパリスに対し、そのために捨てられた女からの怨み言が綴られた314行の詩であるが、元の原典（158行）のかたちをほとんど留めていない。原典の前半部分であれば、かつてふたりが暮らした牧歌的な場面や船出するパリスを見送るシーンなども含めて、部分的に（もしかすると意図的に）誤解しつつ採り入れてはいるものの、後半部分はほとんど反映されず、トロイア戦争での重要場面たるカッサンドラの予言も訳されないまま、手紙の終わり方までも変更してしまっている。

　　でしたら、まっとうな逃亡者におなりなさい、手遅れになる前に、
　　あなた様の誤った愛があなた様の悲運を引き起こしてしまう前に、
　　不当な扱いを受けた夫があなた様の死をたくらんで、
　　あなた様のその愛しい、その不実な胸を貫いてしまう前に。(*ll*.311–314)

かたや原典の終わり方は、「草を育てる豊饒な大地も、また神様にも、かなわない救いの道を、あなたは授けることができるのです。あなたは授け、私は受ける資格があります——そのふさわしい女をば、どうか可哀そうと思って下さい！　私はけっして、ギリシア軍を伴なって、血みどろな戦争を仕向けたりしません——子供の時分と同じように、私は今もあなたのもの。まだこれから先も、あなたのものでありたいと願うのです」（オウィディウス「名婦」319）となるため、まだ許しや改悛、関係修復の余地もあるように思えるが、ベーンによる最後の言葉は、一見相手の無事を願うようでいて、その裏でもはや脅しにも近い凄みがある。

　ここで問題になるのは、ベーンの翻案はそれ自体としては面白いが、

翻訳集のなかの一篇として見たときどうか、ということだ。プライアの難詰はさらにこう続く。

> どうかオヴィッドの書簡集では見せないようにしてほしい、
> その技巧を、彼女自身のものに見える猥雑さほどには。
> そうして彼女には、その次なる浮気な恋から、
> 二番目の女たらしのために、新しい一冊を手に取らせよう。
> 弄ぶアバズレのずるさを描かせよう、
> これまで彼女自身が用いてきた手練手管をもって。
> こんなふうに彼女に書かせよう、ただし釈意訳はもうごめんだ。(ll.85–91)

プライアはベーンの筆致を完全に否定しているわけではない。彼女自身の自作を書かせることについては異存ないが、『オウィディウス書簡集』の一篇として原典にはない技巧たっぷりの翻案を提示することに対して願い下げたいとしているのだ。むろん「オイノーネーからパリスへ」も、ベーン単独の作品としてなら評価する声も現在少なくない。オックスフォード英訳文学史の「捨てられた水精に男の腹話術でなく女性の声を与え」た上で「オウィディウスのエロティシズムをあえて高め」、「生き生きと機知あふれる翻訳でオウィディウスの精神を完全に示し」たとする賛辞は (Brown 115–116)、実際に翻訳をつぶさに検証したとは思えず、また（プライア自身もそう見ているように）ベーンを官能作家とする旧来の見方に拠りすぎるところがあり、ベーンよりも先に『書簡集』を訳した女性がいることを考えてもあまりに短絡的だが、ベーンの詩に通底する「破滅へと向かう女性の欲望」を描く萌芽として捉える読み方や (Wiseman 18)、パリスにモンマス公ジェイムズ・スコットの姿を見る読み解き方 (Heavey 304–305; Todd, *Secret* 262–264)、そこからさらに踏み込んで王政復古期英国への脱神話化された文化的翻訳とする考え方 (Barash 114–116) などは、論としてもじゅうぶん魅力的である。

ただし『オウィディウス書簡集』の全体のバランスを考えたとき、こ

れだけが原典からあまりに外れすぎ、また元のオウィディウス『ヒロインたち』にあった緩急をも失うことになっている。原典は、いずれも同じく手紙相手の男性に怨み言を綴りながらも、各篇に登場する女性たちの多彩な性格付けと結末の違いがアクセントになっている。はかなんで自殺する者もあれば、激情から相手に呪詛を放つ者もあり、また決然として高貴に振る舞う者もあるなかで、第5書簡のオイノーネーは理知的な神格として感傷を交えながらもあくまで道理を諭して相手の改悛を求めるのがその特色である。トリケットが定義している通り、英雄書簡詩の文体は「置かれた状況や、女性の性格、その感情の極地を、いちどきに読者に認識させるある種のコード言語」なのであって、「恥や熱情、絶望と希望、怒りと気丈さ」が「ないまぜになった直情」を様々に変奏してゆくのがオウィディウスだ("Heroides" 192)。また酒井幸三も指摘しているように、ドライデンの序文ではオウィディウスの特徴として「激情」だけが強調され、当時の一般的理解もそうであったとはいえ (65–67; Trickett, *ibid*. 194)、パストラルを裏返しにした当世風の激情一辺倒で無理に置き換えてしまうと元来あった感情の揺らぎや強烈な整然さはなくなってしまうし、何より原典の翻訳を期待している読者もここだけ別物を掴んでしまうことになる。

　プライアの規準は原典だが、一方で出版者であるトンソンにとっては、読者の期待がひとつの判断のしどころでもある。売るためには文芸であれ、読者の望むものを届けることが肝要なのだとすれば、『オウィディウス書簡集』の初版は、あくまで古典翻訳を欲する者にとっては、そのひとつが欠けたまま発売されたことになる。翌1681年に出された第2版は、ドライデンの序文や一部の詩をのぞいてほとんど組版をそのままにしながら、ベーンの翻案の前へ同じ第5書簡を元にしたジョン・クーパー (John Cooper) による182行の訳詩があらたに挿入されている。先に引用した身分差を示した箇所に対応する詩行は、以下の通りである。

今は王子だが、あなたはかつてそこまでまだ偉くはなく、
そのとき、名高い水精たるわたしは身を落としてあなたに抱かれたのだ。
あなたは隷奴だった（わが言いぶりをお許しください）、
あなたが隷奴だったのに、わたしからあなたをわが褥へと連れ込んだのだ。

(ll.9–12)⁽⁴⁾

これはこれであまりに素朴な訳文すぎて味気ないきらいがあるものの（そしてベーンの翻案よりも著しく魅力に欠けるが）、原典からはそう外れていないし、古典翻訳を望む読者の期待に適う、もしくは少なくともその用を足すものにはなっている。このクーパーの訳文とベーンの翻案との関係についてはよくわかっておらず、ベーン著作集の編者ジャネット・トッド (Janet Todd) は、既訳との類似性がないことに触れ、なおかつ両者の詩行に似ているところはところどころあるものの、どちらがどちらを参照したかはわからないと注をつけた上で (Behn 376)、当初はベーンが誰か学のある人の散文訳を下敷きにした説を唱えていたが (Todd, *Critical* 11)、近年ではさらに踏み込んで、友人で翻訳集参加者のテイトかトマス・オトウェイ (Thomas Otway 1652–85) が口頭で訳したのを聞いて詩を作った可能性を提示している (Todd, *Secret* 262)。聞きかじった話とサンズの解説から翻案を制作したのなら、要点を大胆に落とすのも自然に思えるが、これについては推測の域を出ない。

　以上のように、この「翻訳者版愚物列伝」(Rippy 71) とも称される「当世の訳者どもへの諷刺」は、題名下に掲げられたラテン語の標語「卑シイ模倣者連中ヲ憎ム」("Odi imitators servum pecus") にある通り、翻案者であるベーンをこき下ろし、ドライデンを正面攻撃したわけだが、ところがのちこの詩が悪名高い書肆カールから海賊版プライア著作集 (1707) として収録された際には、当人は自分の書いたものではないと否認している (Lynch 74–76; Prior 823)。というのも、その後のプライアはドーセット伯の紹介もあってかドライデン＝トンソンの人脈内に入っており、早くも第 3 雑詠集『詩ノ探究』(*Examen Poeticum*, 1693) に参加し、

ドライデン没後にはトンソン主宰のキット＝キャット倶楽部にも参加、直後の第5雑詠集 (*Poetical Miscellanies: The Fifth Part*, 1704) では16篇の詩が掲載されてもいた上、海賊版のあとの1709年にはトンソンに正規の著作集を出し直してもらっている。もちろん書いたこと自体は暗黙の了解であっても、こうして内輪に入ってしまうと公言するのは憚られてしまうのだろう。ドライデン自身もプライアとモンタギューの諷刺は水に流したようなのだが (Win 428–429)、ただしベーンがこの諷刺をどう受け取ったかは別の話である。

4

アフラ・ベーンがマシュー・プライアの批判をどう受け止めたのかを示す直接の反応はないが、ラテン語を解さないことに当時のベーンがコンプレックスを抱いていたことを思わせる詩行は、これまでにもよく引かれている (Barash 104–105; Duffy 222; Spencer 6)。先にも触れたトマス・クリーチがルクレティウス『事物の本性について』を訳出・出版した際に献詩として書かれたもので、題名を「未知なるダフニスへその優れたるルクレティウス翻訳について寄せる」("To the Unknown Daphnis on his Excellent Translation of Lucretius", 1683) というが、そこに古典教育について触れた次の表現が見られる。

> 今までわたしは自分の性別と教育を呪ってきた、
> この国の不十分な慣習についてはなおいっそう、
> 女性にはたどることが許されていないのだから、
> 亡くなった学識ある英雄たちの大いなる道を。
> 神のごときヴァージルや偉大なホーマーの詩神は
> 神秘のようにわれわれからは隠されている、
> […]

そこであなたがこの翻訳で高めてくださった、
　われわれの知識を無知の状態から。
　そしてわれわれが男と同等に！　　ああ、われわれはどれだけ
　あなたに崇拝を、捧げ物を差し上げればじゅうぶんなのか！

(ll.25–30, 41–44)⁽⁵⁾

　この詩行はのち「性別」が「生まれ」と推敲されるが、古典語や古典作品を学びたくても学べないという、女性に対しての「この国の不十分な慣習」に不満を持っていたことは間違いないだろう。17世紀は、裕福な商人などの中産階級、または郷紳や専門職などの上位中産階級を中心に、女学校が人気となってその娘たちに教育が施されたが、その課目は針仕事や料理といった家政、そのほか読み書き算数や宗教・道徳といった初等教育が主で、意欲的な学校でも社交術の一環として、音楽やフランスの読書・会話、地理・算数・天文学を教えるのがせいぜいだったため、依然として女子には古典などの高等教育を施すのは一般的ではなかった (O'Day 179–195)。文法学校に女子が入学することもないではないがほとんど例外的であり (*ibid.* 185)、そのほかは学者・教師の子が家庭で個人的に教えられるか、内戦期に軟禁状態にあった教養人が家庭教師をつとめた例が個別にあるくらいで、教育への関心が高まっても女性にラテン語を教えることには同時代の反発も少なくなかった (Stevenson 369–371)。そのため、古典に関する学問・翻訳は高等教育を受けた男性の領域と文化的に規定され、そこから外れる者がベーンのように訳詩ないし翻案に挑戦しても、先のプライアがやったように「われわれの領土」への侵犯として排撃されてしまう。

　ベーンが中産階級の生まれか上流階級出身かは、伝記的にも不明瞭なため議論があるものの、幼少期に建設されたばかりの南アメリカ北部の植民地スリナムの支配者層の家族として渡航したというから、中産階級として裕福であったか、もしくは一家に有力者の後見があったと思われ、女学校での教育を受けた可能性はある (Duffy 23–49; Todd, *Secret* 1–39)。

また若い頃、大陸で密偵活動に従事したほか、1682 年から翌年にかけてパリにいたことがわかっているから、彼女自身フランス語とスペイン語には堪能だった。教養へ大きな関心を持つベーンが、古典に憧れを抱きながらも大きな壁を感じ、それでも自分のできる範囲で知の翻訳に関わろうとしたなら、帰国後に同時代文芸のラ・ロシュフーコー『箴言集』(La Rochefoucauld, *Réflexions ou Sentences et Maximes Morales*, 1665) を『道徳についての内省録、あるいは仮面を外したセネカ』(*Reflections on Morality or Seneca Unmasqued*, 1685) として訳出しただけでなく、フランス語訳に頼りながら『イソップ寓話』(*Aesop's Fables*, 1687) を訳し、さらにはフォントネル『世界の複数性についての対話』(Fontenelle, *Entretiens sur la Pluralité des Mondes*, 1686) を『新世界発見』(*A Discovery of New Worlds*, 1688) としていち早く英語へと初訳したことも、たとえ金銭面での動機があったにいせよ意図的な選択としてじゅうぶんに理解できる。

　エリザベス・スピアリング (Elizabeth Spearing) は「アフラ・ベーン作品との関連で 17 世紀末の翻訳理論を考察しても有用性は限られている」(156) というが、諸氏からも反論があるように (Chalmers 193; Cottegnies 221)、むしろベーンの訳業は当時の古典翻訳理論の流れと不可分であり、とりわけ彼女によるフランス語からの翻訳とその理論は、古典翻訳へ対する直接的な対抗として存在する。実際、ベーンは『新世界発見』に訳者序文の冒頭部に翻訳論を付しており、その箇所だけ取り出す際には柱見出しにつけられた語句から「訳文論」("Essay on Translated Prose") と呼び習わされているが、その題名は明らかにロスコモン伯の『訳詩論』(Earl of Roscommon, *An Essay on Translated Verse*, 1684) を意識している。訳に取り組んだ動機を説く箇所で、ベーンは次のように述べている。

　　複数ある新世界の発見についてのこのささやかな本が、仏英両国で原典のまま受けている世間の喝采が、わたしに本書の英訳を試みさせた次第であ

> る。原著者の名声（[…]）、俗語でこの主題が書かれたという新奇性、そして著者がこれら5つの対話で女性を話し手のひとりに導入しているという点が、わたしにこのささやかな仕事を引き受けさせたさらなる動機である。というのも、フランス人女性が話していると思しき内容をイギリス人女性が逐一訳出するのは、冒険だとわたしには思えたからだ。ところが実際に試みてみると、はじめ思っていた以上にこの仕事が易しいものではないとわかった。そこで、原著者や本そのものの趣旨を述べる前に、散文の翻訳一般についていくらか言わせてほしい。韻文の翻訳については、亡きロスコモン伯のかの比類なき論に付け加えられることは何もない。[…]
>
> (Behn, 4: 73)[(6)]

「フランス人女性が話していると思しき内容をイギリス人女性が逐一訳出する」という未踏の領域を「冒険」としてあえて彼女が選んだことが説明されている。フォントネルの『世界の複数性についての対話』は、哲学者がある貴婦人の問いに答えながら最新の知見と空想世界の入り交じった解説をしていく当代のベストセラーだが、ベーンは女性が対話篇から知識を得ていくというこのスタイルに注目した上で、古典語ならぬ俗語たるフランス語の散文で書かれた教養を、女性である自らの手で訳し届けようとしたわけである。

　ベーンのロールモデルである〈比類なきオリンダ〉ことキャサリン・フィリップス (Katherine Philips, "the Matchless Orinda", 1632–1664) がかつて文芸の世界に出たときも、フランス語演劇の翻訳がそのきっかけだった（大久保「フィリップス」）。フランス語は女性への教育が許された外国語であり、そのため同時に女性にも開かれた言葉になったからこそ、フランス語の翻訳は女性と世界をつなぐものにもなれる。さらにフランス語の散文で書かれた知識を女性が訳し、さらに読者として女性を対象とすることで、ラテン語の韻文で閉ざされた男性だけの知的物語の世界をこじ開けることができる。こうした男性と女性、古典語と俗語、韻文と散文というそれぞれの対比がこの「冒険」の背景にあるわけだ

が、この挑戦はベーンがそれまでに取り組んだ男性中心の古典語韻文翻訳の世界における挫折と無縁ではないだろう。そして序文の続く箇所では、フランス語はラテン語以上に英語とかけ離れているため、何よりもいちばん翻訳が難しいと述べるのだが、ウィルキンズの言語論に立脚しながら言語の近縁性のほか、エスプリ・言語変化・借用語・省略・修飾過多などのフランス語の特徴を論理立ててその難易度を解説する点にも、強い対抗意識が感じられる。

さらにはこの短い翻訳論のあと、「恐縮ながら著者に対する諷刺と理解されるかもしれないことを書かなければならない」と前置きした上で、話し手の女性の位置づけにも一言物申している。

> ［話し手の］侯爵夫人について、時には欧州の大哲学者でもそれ以上できないような学識ある意見をさせながらも、実に馬鹿げたことをたくさん言わせている。［……］(Behn 4: 77)

さらに原書にある知識の錯誤を指摘するのだが、最終的に彼女が採った訳出手法は、古典翻訳のときにしていた翻案ではなく、「原典の書かれた場所であるパリを舞台にしたまま、原著者の言葉に近くなるよう本を訳出」して、「フランス語書籍の誤りを大胆にも修正」(85–86) するというやり方だった。その際、訳文はおおむね原文通りだが、ジュリー・ヘイズ (Julie Hayes) が指摘しているように、「女性の潜在的能力を示す」ため (148)、知識を正すだけでなく女性像も細かな操作を加えることで微妙に変化させている。たとえば第1夜の終わりで哲学者が自然哲学の問題から逸れて道徳哲学の話をし始めると、原典の侯爵夫人は「退屈なお話というのはそういうことですわ」（フォントネル 46）と興味なさそうな素振りを見せるが、ラ・ロシュフーコーの道徳箴言集を訳して自分も道徳哲学に関心のあるベーンは、自らの貴婦人にはそう返答させず、脈絡が逸れたのは相手の集中力が落ちて非論理的になったからと考えて「でもどうやらあなたは眠いようですね、あくびをなさり始めています」

(Behn, 4: 110) と観察に基づいた対応をさせている。また第3夜の冒頭で話を始める際、原典では侯爵夫人は相手を急かして「本題［要点］に入りましょう」（フォントネル 78）と言うのに対して、英訳では少し言葉を付け足して「議論の本題に入りましょう」(Behn, 4: 125) と、ふたりが行っているのはあくまで対等な議論であることを要所で印象づけている。そのほか単なる受け答えでも、たとえば哲学者が地動説を熱く語りすぎて説明足らずになっているとき、原典では「ちょっと待ってください」（フォントネル 34）とついて行けずに止めるだけだが、英訳では「丁寧かつ穏やかに」("Soft and fair"; Behn, 4: 103) と具体的に要求する。翻案のような大胆な書き換えではないが、こうしたささやかな挿入や改善のおかげで、侯爵夫人が論理的な思考を持っていて、ふたりが同格ないし対等に対話をしているようにも見えてくる。

すなわち「単に知を受け取るばかりの貴婦人」から「本も読めて自分でしっかり考えられるが正規の教育は受けられなかった」女性への変換 (Hayes 149) を翻訳内に組み込むことで、女性の置かれた知的状況に対して、実際の知識伝達の面でも描写の面でも、いち早く挑戦を仕掛けたのである。エリン・ダイアモンド (Elin Diamond) は主人公の人物像を「知的独立と奴隷的模倣のあいだを揺れ動いている」(167) と否定的に捉えるが、ベーン自身が男性社会の外にあるフランス語からの翻訳に取り組んだこと、主体的に知を学ぶ主人公に描き換えたことを鑑みれば、むしろ自らと登場人物の双方を英訳のなかで、プライアの詩冒頭の標語にあった「卑しい模倣者連中」から脱却させようとしたと考えるのが妥当だろう。ジャネット・トッドが紹介しているように、この訳書の同時代評は労作であることを認めながらも、女性の能力は低いとの偏見から正当な評価を受けていなかったが (*Critical* 35)、20世紀末には再注目され、「教育を受けなかった女性のためになされた驚くべき知的偉業」(Day; quoted in Todd, *Critical* 86) で、「当時の哲学と科学にも女性の居場所があると声を上げた」(Cottegnies 222) ものとの賛辞を受けている。

ドライデン＝トンソン共編による『雑詠集』の第1集には、ジョージ・ステプニー (George Stepney 1663–1707) なる詩人によってオウィディウス『愛の歌』第3巻第9歌の翻訳が収められているが、ティブルスの肉体が死してもその魂は幸いの杜エーリュシウムで不滅であることを唱う詩行の訳に、流行語らしく原典にはない「第二の死」の語句が用いられている。原典では「だがもしぼくらから　名前と影のほかにも何かが／残るなら、ティブルスは　エーリュシウムの谷間にいるだろう」（オウィディウス「愛の歌」580）と書かれたものが、次のように訳されている。

　　もし薄い影とさらに空虚な名のほかに
　　何か少しでも炎を生き延びて残るのなら、
　　エーリュシウムを自由にティブルスは歩くだろう、
　　第二の死が彼の愛を消し去らんとすることも恐れずに。
　　　　　　　　　　　　　　　(Dryden and Tonson, 1: 165–166)[7]

「第二の死」という呪詛を浴びてもなお翻訳を諦めず、当時まだ重要視されていなかったフランス語の知的作品の散文訳という新世界を見つけたベーンにこそ、幸いの杜エーリュシウムはふさわしい。ベーン訳『新世界発見』は、まったく同年に男性訳者による大胆な翻案が刊行されながらも負けずに1737年までに4版を重ね (France 368–369)、そして現代では2012年に訳者序文も併録されたコンパクトな一般向けの本として再刊され、今も読み継がれている。

注
(1) Matthew Prior, "A Satyr on the modern Translators" の出典は、*The Literary Works of Matthew Prior*. 2nd ed. 2 vols. Eds. H. Bunker Wright and Monroe K. Spears. Oxford: Clarendon, 1971, pp.19–24. 以降プライアからの引用は特記ない場合、筆者による訳。
(2) 訳文は（大久保「近代英国翻訳論：ドライデン」115）に基づきつつ、一部修

正した。
(3) 底本は (Ovid, 1st ed: 97–116) を主としつつ、(Behn 1: 12–19) を参考にしながら、筆者で訳をつけた。
(4) 底本は (Ovid, 2nd ed: 109–128) で、筆者による訳。
(5) 底本は (Behn 1: 25–29) で、筆者による訳。
(6) 筆者による訳。
(7) 筆者による訳。

参照文献

Allestree, Richard. *The Practice of Christian Graces*. London: Garthwait, 1658. EEBO.
Alleine, Joseph. *An Alarme to Unconverted Sinners, in a Serious Treatise*. London: Nevil Simmons, 1672. EEBO.
Barash, Carol. *English Women's Poetry, 1649–1714: Politics, Community, and Linguistic Autrhority*. Oxford: Clarendon, 1996.
Behn, Aphra. *The Works of Aphra Behn: Volume 1 Poetry*. Ed. Janet Todd. London: Pickering, 1992.
———. *The Works of Aphra Behn: Volume 4 Seneca Unmasqued and Other Prose Translations*. Ed. Janet Todd. London: Pickering, 1993.
Brown, Sarah Annes. "Women Translators". *The Oxford History of Literary Translation in English: Volume 3 1660–1790*. Eds. Stuart Gillespie and David Hopkins. Oxford: Oxford UP, 2005. 111–120.
Chalmers, Hero. *Royalist Women Writers 1650–1689*. Oxford: Clarendon, 2004.
Cottegnies, "Aphra Behn's French Translation". *The Cambridge Companion to Aphra Behn*. Eds. Derek Hughes and Janet Todd. Cambridge: Cambridge UP, 2004. 221–234.
Diamond, Elin. "Getus and Signature in Aphra Bhen's *The Rover*". *Early Women Writers: 1600–1720*. Ed. Anita Pacheco. London: Longman, 1998. 160–182.
Dryden, John. *The Works of John Dryden: Volume 1: Poems 1649–1680*. Eds. Edward Niles Hooker and H. T. Swedenberg, Jr. Berkeley: U of California P, 1961.
Dryden, John, Jacob Tonson, et al. *The Dryden-Tonson Miscellanies, 1684–1709*. 5 vols. Eds. Stuart Gillespie and David Hopkins. Tokyo: Edition Synapse, 2008.
Duffy, Maureen. *The Passionate Shepherdess: Aphra Behn 1640–89*. 1977. London: Methuen, 1989.
Eves, Charles Kenneth. *Matthew Prior: Poet and Diplomatist*. 1939. New York: Octagon, 1973.
Fontenelle, Bernard de. *A Discovery of New Worlds*. Tr. Aphra Behn. London: Hesperus,

2012.
France, Peter. "Moralists and Philosophers". *The Oxford History of Literary Translation in English: Volume 3 1660–1790*. Eds. Stuart Gillespie and David Hopkins. Oxford: Oxford UP, 2005. 361–373.
The Gevena Bible: A Facsimile of the 1560 Edition. Peabody: Hendrickson, 2007.
Gillespie, Stuart. "The Early Years of the Dryden-Tonson Partnership: The Background to their Composite Translations and Miscellanies of the 1680s". *Restoration* 12 (1988): 10–19.
Hayes, Julie Candler. *Translation, Subjectivity, and Culture in France and England, 1600–1800*. Stanford: Stanford UP, 2009.
Heavey, Katherine. "Aphra Behn's Oenone to Paris: Ovidian Paraphrase by Women Writers". *Translation and Literature* 23 (2014): 303–320.
Lynch, Kathleen M. *Jacob Tonson: Kit-Cat Publisher*. Knoxville: U of Tennessee P, 1971.
O'Day, Rosemary. *Education and Society 1500–1800: The Social Foundations of Education in Early Modern Britain*. London: Longman, 1982.
Ovid. *Ovid's Epistles, Translated by Several Hands*. London: Tonson, 1680. EEBO.
―――. *Ovid's Epistles, Translated by Several Hands: The Second Edition, with the Addition of a New Epistle*. London: Tonson, 1681. EEBO.
―――. *Ovid's Epistles, Translated by Several Hands: The Third Edition*. London: Tonson, 1683. EEBO
Prior, Matthew. *The Literary Works of Matthew Prior*. 2nd ed. 2 vols. Eds. H. Bunker Wright and Monroe K. Spears. Oxford: Clarendon, 1971.
Prior Papers: Calender of the Manuscripts of the Marquis of Bath Preserved at Longleat, Wiltshire. Vol. 3. Hereford: Anthony Brothers, 1908.
Rippy, Francis Mayhew. *Matthew Prior*. Boston: Twayne, 1986.
Sandys, George. *Ovid's Metamorphosis: Englished, Mythologized, and Represented in Figures*. Eds. Karl K. Hullely and Stanley T. Vandersall. Lincoln: U of Nebraska P, 1970.
Spearing, Elizabeth. "Aphra Behn: the Politics of Translation". *Aphra Behn Studies*. Ed. Janet Todd. Cambridge: Cambridge UP, 1996. 154–177.
Spencer, Jane. *Aphra Behn's Afterlife*. Oxford: Oxford UP, 2000.
Stevenson, Jane. *Women Latin Poets: Language, Gender, and Authority, from Antiquity to the Eighteenth Century*. Oxford: Oxford UP, 2005.
Todd, Janet. *The Critical Fortunes of Aphra Behn*. Columbia: Camden, 1998.
―――. *Aphra Behn: A Secret Life*. London: Fentum, 2017.
Trickett, Rachel. *The Honest Muse: A Study in Augustan Verse*. Oxford: Clarendon, 1967.

———. "The Heroides and the English Augustans". *Ovid Renewed: Ovidian Influences on Literature and Art from the Middle Ages to the Twentieth Century*. Ed. Charles Martindale. Cambridge: Cambridge UP, 1988. 191–204.
Winn, James Anderson. *John Dryden and His World*. New Haven: Yale UP, 1987.
Wiseman, S. J. *Aphra Behn*. Plymouth: Northcote, 1996.

オウィディウス「名婦の書簡」『世界文学大系 67　ローマ文学集』(松本克己訳) 筑摩書房, 1966. 305–349.
———「愛の歌」『ローマ恋愛詩人集』(中山恒夫編訳) 国文社, 1985. 439–597.
大久保友博「近代英国翻訳論——解題と訳文　ジョン・ドライデン　前三篇」『翻訳研究への招待』7 (2012): 107–124.
———「近代英国翻訳論——解題と訳文　キャサリン・フィリップス　書簡集 (抄)」『翻訳研究への招待』9 (2013): 129–140.
———「『転身譜』第 15 巻跋詞の訳におけるジョージ・サンズの変容」『歴史文化社会論講座紀要』11 (2014): 55–65.
———「近代英国翻訳論——解題と訳文　ホラーティウス『詩論』(抄) とその受容」『翻訳研究への招待』11 (2014): 35–44.
———「ドライデンの翻訳論と中庸の修辞」『十七世紀英文学を歴史的に読む』金星堂, 2015. 211–231.
酒井幸三『ポウプ・愛の書簡詩『エロイーザからアベラードへ』注解』臨川書店, 1992.
西山徹「マシュー・プライアー造反の理——詩人外交官の相対的世界」『名誉革命とイギリス文学——新しい言説空間の誕生』春風社, 2014. 207–259.
フォントネル, ベルナール・ル・ボヴィエ・ド『世界の複数性についての対話』(赤木昭三訳) 工作舎, 1992.
『文語訳　新訳聖書　詩篇付』岩波書店, 2014.

編集後記

　当初の締切段階では十分な数の論文が集まらず、刊行を危ぶみもした今回の論集ですが、三か月の締切延長の後に最終的には十二本の論文が寄せられました。論文をお寄せ下さいました先生方に、まずは感謝申し上げます。

　『十七世紀英文学における生と死』というテーマは、なるたけ広範囲からの論文が集まるよう企図したものですが、編集側の狙い通りに、ヴァラエティに富む論文が集まりました。哲学・神学におけるいわば形而上的な生・死についての思弁を出発点にした論文もあれば、同時代のより down-to-earth な生の姿の文学における表象を考察した論文もございます。十七世紀に顕著にその芽生えが見て取れた natural life, scientific life への関心とその文学における表象を考察した論文、さらには literary life じたいの在り様を考察したといえるジャンル論的論文も集まりました。

　書式については、前号からの横書き、かつ第 16 号からの MLA スタイルがある程度ご投稿の先生の間で浸透したように思います。しかし、欧文の固有名詞の表記など、もう少し明確に執筆要領で決めておくべき事があるようにも思いました。今後の課題でしょうか。

　最後になりましたが、このような論集を引き続き刊行できるのは、ひとえに金星堂の福岡社長のご理解とご厚意によるものです。深く感謝申しあげます。また今回も迅速かつ的確に編集作業をこなして頂いた倉林さまにも、御礼申し上げます。ヒューマンなものを尊ぶ土台になるヒューマニティズ＝人文学が蔑ろにされる時代であるがゆえに、この論集を刊行し続けることには格段の意味があると思います。次号が一層充実したものになることを切に願いつつ、編集後記といたします。

編集委員長　西川　健誠

Life and Death in Seventeenth-Century English Literature

2019

CONTENTS

Uetsuki, Keiichiro	Foreword
Aoki, Emi	Corona as a Poetic Legacy from Robert Sidney to Mary Wroth
Iwanaga, Hiroto	How sweet thoughts be, if that are but thought on *Phillis*!—Pastoral Death and Petrachan Melancholy in Thomas Lodge's *Phillis*
Yoshinaka, Takashi	William Habington's Cosmic Escapism
Honda, Marie	Bear-Baiting, Animal Protection, and Puritanism in *Twelfth Night*
Niwa, Saki	The Death of Antigonus and the Neglected Chastity of Paulina: The Meaning of the Roles of a Servant Couple in *The Winter's Tale*
Iwata, Miki	The End of the Fantastical Literary Device of Boy-and-Girl Twins in *'Tis Pity She's a Whore*
Sano, Hiroko	Milton's Awareness of Time
Nakayama, Osamu	Revolutionary Change in Attitudes towards "Death" in Seventeenth-Century England: Spirituality in Milton's *Lycidas*
Togashi, Go	Free Will in Predestination: English Calvinism and Milton's *Paradise Lost*
Takeyama, Tomoko	Gendered Trees and Their Backgrounds: A Case Study of Lanyer, Cowley, and Cavendish
Kawata, Jun	From Combination to Division: Diversity and Order in Cavendish's Atomism
Okubo, Tomohiro	A Ghost is to Bear a Second Death: Matthew Prior's "A Satyr on the Modern Translators" and Aphra Behn's "Essay on Translated Prose"
Nishikawa, Kensei	Afterword

編集委員

岩永　弘人・梶　理和子
西川　健誠・福士　　航
宮本　正秀・山本　真司
　　　　　　（五十音順）

十七世紀英文学における生と死
―十七世紀英文学研究 XIX ―

2019 年 9 月 5 日　初版発行

編　集　十七世紀英文学会
発行者　福　岡　正　人
発行所　株式会社　金　星　堂

（〒101–0051）東京都千代田区神田神保町 3–21
Tel. (03)3263–3828(代) Fax (03)3263–0716 振替 00140-9-2636

組版　ほんのしろ　　　　　　Printed in Japan
印刷所／モリモト印刷　製本所／牧製本
落丁・乱丁本はお取り替えいたします
ISBN978-4-7647-1194-5 C3098